Robert Muchamore · Top Secret – Die neue Generation

Das Kartell

Robert Muchamore

Top Secret – Die neue Generation

Das Kartell

Aus dem Englischen
von Tanja Ohlsen

cbt

Bei diesem Buch wurden die durch das verwendete Material und die Produktion entstandenen CO_2-Emissionen ausgeglichen, indem der cbj-Verlag ein Projekt zur Aufforstung in Brasilien unterstützt. Weitere Informationen zu dem Projekt unter: www.ClimatePartner.com/14044-1912-1001

FSC
www.fsc.org
MIX
Papier aus verantwortungsvollen Quellen
FSC® C014496

Wir produzieren
Klimaneutral
ClimatePartner.com/14044-1912-1001
Druckprodukt

Penguin Random House
Verlagsgruppe FSC® N001967

1. Auflage 2021
Erstmals als cbt Taschenbuch Dezember 2021

Die englische Originalausgabe erschien unter dem Titel »CHERUB: Lone Wolf« bei Hodder Children's Books, London.
Aus dem Englischen von Tanja Ohlsen
Lektorat: Ulrike Hauswaldt
Umschlaggestaltung: Karsten Molesch, Liebenburg
kk · Herstellung: LW
Satz: Uhl+Massopust, Aalen
Druck: GGP Media GmbH, Pößneck
ISBN: 978-3-570-31451-7
Printed in Germany

www.cbj-verlag.de

Was ist CHERUB?

CHERUB ist Teil des britischen Geheimdienstes. Die Agenten sind zwischen zehn und siebzehn Jahre alt. Meist handelt es sich bei den CHERUB-Agenten um Waisen aus Kinderheimen, die für die Undercover-Arbeit ausgebildet wurden. Sie leben auf dem Campus von CHERUB, einer geheimen Einrichtung irgendwo auf dem Land in England.

Warum Kinder?

Kinder können sehr hilfreich sein. Niemand rechnet damit, dass Kinder Undercover-Aktionen durchführen, daher kommen sie mit vielem durch, was Erwachsenen nicht gelingt.

Die wichtigsten Eigenschaften eines CHERUB-Agenten sind überdurchschnittliche Intelligenz und physische Belastbarkeit sowie die Fähigkeit, unter Stress zu arbeiten und selbstständig zu denken.

Die 300 Kinder, die auf dem CHERUB-Campus wohnen, werden im Alter von sechs bis zwölf Jahren rekrutiert. Ab zehn Jahren können sie undercover arbeiten, vorausgesetzt, sie überstehen die hunderttägige Grundausbildung.

Die CHERUB T-Shirts

Den Rang eines CHERUB-Agenten erkennt man an der Farbe des T-Shirts, das er oder sie auf dem Campus trägt. ORANGE tragen Besucher. ROT tragen Kinder, die auf dem Campus leben, aber zu jung sind, um schon als Agenten zu arbeiten. BLAU ist die Farbe während ihrer 100-tägigen Grundausbildung. Ein GRAUES T-Shirt heißt, dass man auf Missionen geschickt werden darf. DUNKELBLAU tragen diejenigen, die sich bei einem Einsatz besonders hervorgetan haben. Ein SCHWARZES T-Shirt ist die höchste Anerkennung für hervorragende Leistungen bei vielen Einsätzen. Wenn man CHERUB verlässt, bekommt man ein WEISSES T-Shirt, wie es auch das Personal trägt.

Teil 1

Dezember 2012

1

Kentish Town, Nordlondon

Nach dem Schneefall vor ein paar Tagen war der Gehweg vereist, und der Wind war so kalt, dass Craig Willow sich seinen Schal über die Ohren zog. Er war ein großer Mann mit einer platten Boxernase, aber seine Glanzzeiten im Ring lagen bereits zwei Jahrzehnte hinter ihm.

Die Straße war von viktorianischen Häusern gesäumt. Die meisten waren von irgendwelchen Neureichen saniert worden, aber Nummer sechzehn war schäbig, die Garage baufällig, und die alten Schiebefenster waren zu einem stumpfen Grün verblasst, das an das erinnerte, was man bei einer Grippe von sich gab.

Craig nahm einen Schlüssel aus der Tasche seiner schmutzigen Trainingshose. Bis vor ein paar Jahren war das Haus ein Studentenwohnheim gewesen. Im Flur gab es Münzautomaten für Gas und Stromzähler, Briefkästen und ein seit Langem abgeschaltetes Münztelefon.

Es gab keine Heizung, doch es war immerhin wärmer als draußen. Craig zog die Lederhandschuhe aus und rieb sich die gefühllosen Finger, bevor er mit der Faust an eine Metalltür schlug. Auf der anderen Seite rannte jemand die Treppe hinunter und fragte mit starkem walisischem Akzent:

»Bist du das, Craig?«

»Nein, es ist der dämliche Weihnachtsmann, der eine Woche zu früh kommt«, erwiderte Craig gereizt. »Du siehst mich doch auf dem Monitor!«

»Hagar sagt, du musst das Passwort sagen. Ohne Passwort kommt niemand rein oder raus.«

»Na gut«, meinte Craig, holte tief Luft und ballte die Fäuste. »Das Passwort lautet: *Mach die Tür auf, du kleiner Idiot, sonst schlage ich dir den Schädel ein*!«

Nach einer kleinen Pause wurden schwere Riegel hinter der verstärkten Tür geöffnet. Als sie aufging, trat Craig drei Schritte vor und versetzte dem mageren Teenager auf der anderen Seite einen sanften Stoß.

»Passwort!«, schnaubte er. »Du bist wohl scharf auf 'ne Ohrfeige.«

Doch die Drohung konnte Jake nicht ernst nehmen.

»Ich bin der Sohn vom Boss«, neckte er Craig, während er die mit einem ausgefransten Teppich belegte Treppe hinaufging. »Du musst mich wahrscheinlich eines Tages mit ›Sir‹ anreden.«

»Du bist Hagars *Stiefsohn*«, verbesserte ihn Craig. »Wenn er das Interesse an deiner Mutter verliert, lässt er dich fallen wie eine heiße Kartoffel.«

Das Gespräch verstummte, weil sie am Ende der Treppe angekommen waren und einen großen Raum betraten. Vor allen Fenstern hingen blickdichte Gardinen, an einem Ende des Raumes standen lange Tische und ein Geldzählautomat, am anderen war eine Sitzecke mit kaputten Sofas und einem großen Fernseher eingerichtet, auf dem ohne Ton der Sportkanal lief.

Die beiden anwesenden Männer waren um die fünfzig und schienen von Craigs massiger Gestalt eingeschüchtert.

»Was war denn los?«, erkundigte er sich.

»Dreihundertsechzehntausend«, erzählte der größere der beiden Männer und deutete auf einen großen Safe.

»Alles vakuumverpackt in Paketen zu je zehntausend. Im anderen Safe sind zweihundertzwölftausend. Und achtzehn Kilo Kokain in der Sporttasche.«

Craig zog eine Augenbraue hoch, woraufhin einer der Männer erschrocken einen halben Schritt rückwärts machte.

»Wollt ihr mich verarschen?«, stieß Craig zornig hervor. »Wer hat denn gesagt, dass Drogen ins Zählhaus gebracht werden? Warum hat mir keiner Bescheid gesagt?«

»Da ist etwas schiefgelaufen bei einem Geschäft«, erklärte Jake. »Es war sozusagen ein Notfall. Hagar hat gesagt, es sei ein Haufen Ware und hier sei der sicherste Ort dafür.«

Craig schüttelte verächtlich den Kopf. Von den millionenschweren Bossen bis zu den Kids, die Tütchen für zehn Pfund auf der Straße verkauften, galt im Drogenhandel eine goldene Regel: Geld und Ware immer getrennt halten.

»Sind Lieferungen vereinbart?«, fragte er.

»Ihr sollt nur Wache halten, du und Jake, es sei denn, es ändert sich etwas.«

»Na gut«, meinte Craig und betrachtete die Geldzähler. »Dann macht euch heim zu euren Frauen, und keinen Ton über die achtzehn Pakete mit Stoff zu irgendwem.«

»Ein paar der Crews konnten nicht zahlen«, erklärte einer der Männer und deutete auf ein Notizbuch auf dem Tisch. »Archway, wie üblich. Steht alles im Register.«

»Ein paar Schläge mit meinem alten Baseballschläger bringen sie meist dazu, die Taschen aufzumachen«, meinte Craig voller Vorfreude auf ein wenig Gewalt.

Albern ahmte Jake einen Schlag mit einem Baseballschläger nach, als die beiden Geldzähler nach Hause gingen. Nachdem sie durch die Stahltür verschwunden waren, beobachtete Craig sie auf dem Überwachungsmonitor, bis sie aus dem Gebäude waren, bevor er hinunterging und die Riegel wieder vor die Tür schob.

Als er wieder nach oben kam, ärgerte er sich erneut über die mit achtzehn Kilo Kokain prall gefüllte Sporttasche unter einem der Tische. Abgesehen von ein paar Anklagen wegen tätlichen Angriffs hatte Craig Ärger mit dem Gesetz immer vermieden und war nie im Gefängnis gewesen. Mit einem Haufen illegalen Geldes in einem Haus erwischt zu werden, würde ihm eine drei- bis fünfjährige Gefängnisstrafe eintragen. Ein Haus voller Drogen und Geld würde diese Strafe auf zehn Jahre erhöhen, und der Gedanke beschäftigte ihn unangenehm, während er seine Jacke auf das Sofa fallen ließ.

Aus der Küche rief Jake: »Gleich kommt auf Sky ein Fußballspiel. Ich war vorhin bei Sainsbury. Was willst du haben? Es gibt Curry aus der Mikrowelle oder Hot Dogs oder ich könnte uns Eier mit Schinken und Pommes machen.«

Craig grunzte und erwiderte: »Ich sehe gleich selbst in den Kühlschrank. Aber erst muss ich nach oben und kacken.«

»Ich könnte schon mal anfangen zu kochen«, schlug Jake vor.

»Wir haben hier zwölf Stunden lang Wache«, meinte Craig kopfschüttelnd. »Da macht es doch nichts aus, wenn du wartest, bis ich mich ausgeschissen habe, oder?«

Er griff sich die *Sun* vom Couchtisch und ging ins Bad, das sich im Obergeschoss befand. Auf der Toilette stank es, und das einzige Putzmittel bestand aus einer leeren Flasche WC-Reiniger, die er frustriert in die Badewanne warf.

»Ich bin es leid, dass ihr Drecksäcke hier nie sauber

macht!«, brüllte er, zog sich die Hose herunter und ließ sich auf der Toilette nieder.

»Hast du was gesagt, Boss?«, rief Jake von unten.

»Ach, vergiss es!« Kopfschüttelnd murrte Craig vor sich hin: »Zwölf Stunden hier zusammen mit diesem Schwachkopf ...«

Es war ein normales Bad, wenn man einmal von dem LED-Bildschirm absah, auf dem abwechselnd die Bilder aus acht verschiedenen Überwachungskameras auftauchten. Sie zeigten alles vom Zählraum und der Treppe über die unbewohnten Räume im unteren Stockwerk und den hinteren Garten bis zur Straße vor dem Haus. Mithilfe einer Fernbedienung konnte man den Bildausschnitt der einzelnen Kameras steuern.

Als Craig einen enormen Furz in die Schüssel krachen ließ, hörte er hinter seinem Kopf ein Knacken. Da er glaubte, es handle sich um eine Maus oder eine Kakerlake, rollte er die Zeitung zusammen, um danach zu schlagen. Doch anstatt eines Insekts sah er eine behandschuhte Faust, die die Gipskartonwand hinter ihm durchschlagen hatte.

Noch bevor Craig sich auch nur umdrehen konnte, stach ihn eine Nadel zwischen die Schulterblätter, und die Hand verabreichte ihm eine Spritze mit einem schnell wirkenden Beruhigungsmittel. Als er mit der Hose um die Knöchel auf der Toilette zusammensackte, begann eine Frau mit einer Hockeymaske schnell und effizient Teile aus der Gipskartonwand zu schlagen.

Nach einer Minute war das Loch groß genug, dass die Frau hindurchklettern konnte. Dazu musste sie Craigs massigen, bewusstlosen Körper von der Toilette schubsen. Sie kniete sich nieder und legte zwei Finger an seinen Hals, um seinen Puls zu fühlen, als ihre dreizehnjährige Nichte Fay durch das Loch stieg.

»Ist er in Ordnung, Kirsten?«, erkundigte sie sich.

Kirsten und ihre Nichte waren etwa gleich groß und trugen beide Hockeymasken, schwarze Jeans, Kapuzenshirts und schwarze Turnschuhe. Ihre Ausrüstung war mit Staub bedeckt.

»In ein paar Stunden wacht er mit ekligen Kopfschmerzen auf und hat bestimmt eine Menge zu erklären«, erwiderte Kirsten. »Vergiss die Taschen nicht.«

Fay kniete sich auf den Toilettendeckel und griff durch das Loch ins Nachbarhaus. Kirsten nahm die Pistole aus dem Hüfthalfter und entriegelte die Tür.

»Wenn etwas schiefgeht, rennst du wie der Teufel«, sagte Kirsten. »Auch wenn ich nicht glaube, dass uns Jake viele Schwierigkeiten machen wird.«

Fay nickte, während ihre Tante die Tür aufmachte und nach unten schlich, und sah von oben zu, wie sie Jake in der Küche überraschte.

»Auf die Knie oder ich puste dir den Kopf weg!«, drohte sie.

Fay schnappte sich die Rucksäcke und rannte nach unten, wo Kirsten Jake bereits in den Zählraum gebracht hatte und ihn mit den Händen auf dem Kopf niederknien ließ.

»Hol die Handschellen«, befahl Kirsten und hielt die Waffe auf Jakes Kopf gerichtet. »Wie macht man die Safes auf?«, fragte sie ihn.

»Die haben ein Zeitschloss«, erwiderte Jake und schüttelte panisch den Kopf. »Die gehen erst morgen früh um zehn Uhr wieder auf.«

»Sehr witzig«, lachte Kirsten. »Wir haben uns nämlich in eure Überwachungskameras eingehackt und den Raum hier zwei Wochen lang überwacht. Ich habe gesehen, wie du die Safes jederzeit geöffnet hast. Tag und Nacht.«

Jakes selbstsichere Haltung fiel in sich zusammen und Fay nahm einen merkwürdigen Satz Unterwäsche aus ihrem Rucksack.

»Warst du schon mal in Texas, Jake?«, fragte Kirsten.

»Nein«, erwiderte Jake misstrauisch.

»Die Leute dort werden übermütig«, erzählte Kirsten. »Mein Mädchen hat da elektrische Unterwäsche, die von der Gefängnisbehörde entwickelt wurde. Wenn sie einen echt großmäuligen Hundertfünfzig-Kilo-Mann unter Kontrolle halten müssen, lassen sie ihn so was tragen. Man schaltet es ein paar Sekunden lang ein, und er bekommt eine Stromladung ab, die ihn schluchzen lässt wie ein Kleinkind.«

»Wann kommt die Morgenschicht?«, fragte Fay nach dem Drehbuch, das sie mit ihrer Tante zusammen einstudiert hatte.

»In elfeinhalb Stunden«, antwortete Kirsten. »Mit diesen Anzügen bricht man die größten und fiesesten Männer der Welt nach ein oder zwei Stromstößen. Nun, Jake, ich kann dir jetzt ein Beruhigungsmittel spritzen und dann wachst du in dieser Unterwäsche auf. Dann habe ich die ganze Nacht Zeit, um deine winzigen kleinen Eier zu malträtieren. Du kannst aber auch ein vernünftiger kleiner Junge sein und die Safes gleich aufmachen.«

Jake hob einen Finger und schnippte nach Kirsten.

»Vor ein paar Mädchen habe ich keine Angst«, stieß er hervor.

Augenblicklich zog Fay einen ausziehbaren Schlagstock hervor und hieb ihn Jake ins Genick. Als er bäuchlings auf den schmierigen Teppich fiel, setzte sie ihm die Hacke ihres Turnschuhs zwischen die Schulterblätter, packte dann mit geübtem Griff seinen Arm und bog ihn nach hinten.

»Oh Mann, neiiin!«, schrie Jake.

»Elf Stunden«, erinnerte ihn Kirsten. Die Augen hinter ihrer Hockeymaske waren nur schmale Schlitze. »Wir sind vielleicht Mädchen, aber nicht zimperlich.«

»Hört auf!«, verlangte Jake atemlos.

»Machst du die Safes auf?«, fragte Fay.

»Wenn du meinen Arm loslässt.«

Fay ließ ihn los und erlaubte es Jake, zu den Safes zu kriechen. Sobald der erste offen war, begann Fay die eingeschweißten Geldpakete in eine Nylontasche zu packen.

»Fünfhundertachtundzwanzig Riesen in bar«, sagte Kirsten. »Plus achtzehn Kilo Kokain, das wir für weitere achthundert verscherbeln können.«

»Eins Komma drei Millionen«, rechnete Fay und begann zu grinsen. »Nicht schlecht für einen Abend Arbeit.«

Sobald die Taschen gepackt waren, verpasste Kirsten Jake genügend Beruhigungsmittel, um ihn für ein paar Stunden offline gehen zu lassen.

Dann fuhren sie in Jakes Opel Astra fort, den sie hinter dem Bahnhof St. Pancras stehen ließen. Sie entledigten sich ihrer schwarzen Kleidung, nahmen sich am Bahnhof ein Taxi und fuhren ein kurzes Stück bis zu einer Wohnung in St. John's Wood.

2

Als Fay den äußeren Weg um den Regent's Park herumrannte, dessen Rasenflächen noch vom Morgenfrost bedeckt waren, bot sie einen hübschen Anblick. Sie war schlank, ohne mager zu sein, hatte haselnussbraunes Haar und leuchtend grüne Augen. Die Dreizehnjährige hatte ein gutes Tempo in ihren Laufschuhen, die diese Strecke wohl schon hundertmal gemacht hatten. Als sie mit ihren zwei Runden fertig war, stoppte sie ihre Laufuhr. Sie lag eine Minute über ihrer Bestzeit, aber angesichts der stressigen Nacht war das auf keinen Fall schlecht.

St. John's Wood ist eine der besten Gegenden Londons. In luxuriösen Wohnungen residieren Bankiers und reiche Künstler, während die Häuser den millionenschweren Topmanagern und Popstars vorbehalten sind. Der Ausländeranteil ist sehr hoch, was einer der Gründe dafür war, dass Fay an einem Wochentag im Park herumlaufen konnte, ohne dass sie jemand fragte, warum sie nicht in der Schule war.

Nachdem sie in einer Bäckerei Croissants und ein Walnussbrot gekauft hatte, hielt ihr ein Portier die Tür zu der eleganten Lobby des Wohnhauses auf, in dem sie seit ein paar Monaten wohnte. Die offen gestaltete Wohnung im zwölften Stock hatte große Fenster, die einen wunderbaren Blick über den Park boten.

Kirsten begrüßte ihre Nichte mit einem Lächeln, sagte

aber streng: »Mach deine Dehnübungen *ordentlich* und geh dann duschen!«

Fay ließ das Brot auf den Küchentisch fallen und zog sich die Turnschuhe aus.

»Ich mache dir eine heiße Schokolade«, verkündete Kirsten. »Und dann beschäftigst du dich mit den Mathebüchern.«

Fay warf ihre durchgeschwitzten Trainingssachen in den Wäschekorb und stellte sich unter die heiße Dusche. Die Kälte hatte ihre Wangen und Finger ganz taub werden lassen. Ihr Körper war durchtrainiert und muskulös, trug aber ein paar blaue Flecken, die von den Kickbox-Sessions mit ihrer Tante herrührten.

»Willst du den ganzen Tag da drin bleiben?«, rief Kirsten.

Fay spähte durch die beschlagene Duschkabine, ob sie den Riegel vor die Tür geschoben hatte, und beschloss dann, sich so viel Zeit zu nehmen, wie sie wollte.

Dann zog sie T-Shirt und Trainingshose an und erwartete eigentlich einen Tadel von ihrer Tante. Stattdessen fand sie auf dem Esstisch Walnussbrot, Käse und Apfelscheiben neben einer Tasse heißer Schokolade mit Marshmallows und einem drei Zentimeter dicken Papierstapel.

»Was ist das denn, Tantchen?«, fragte Fay, obwohl sie sah, dass es ausgedruckte Schul-Websites waren.

»Wir hatten Glück, das Safe-Haus zu überfallen, als dort gerade Geld *und* Drogen waren«, meinte Kirsten.

Fay nickte nachdenklich und spießte mit der Gabel ein Stück Cheddar auf.

»Hagar ist paranoid und geht bestimmt davon aus, dass es ein Insider-Job war. Das sollte den Verdacht von uns ablenken.«

»Hoffentlich«, stimmte Kirsten zu. »Wir waschen das Geld auf dem üblichen Weg. Ich habe einen Kontakt in

Manchester, der uns einen guten Preis für das Kokain bietet. Und damit sind wir aus dem Schneider.«

»Wieso?«

»Ein paar meiner Projekte sind bereits in der Planungsphase. Die will ich auch noch abarbeiten«, erklärte Kirsten. »Aber das kann ich auch allein.«

Fay klappte der Unterkiefer herunter. »Wir haben aber doch seit Mums Tod zusammengearbeitet!«

Kirsten tippte auf den Stapel mit den Ausdrucken.

»Das hier sind einige der besten Privatschulen des Landes. Oder zumindest die besten mit Plätzen für eine Dreizehnjährige mit einer unzulänglichen Schulkarriere.«

»Du hast mich zu Hause gut genug unterrichtet«, meinte Fay. »Ich sehe nicht ein, warum ich so eine schicke Schule brauche.«

»Süße, ich weiß, wie viel Sprengstoff man braucht, um einen Safe aufzusprengen. Ich kenne sogar ein paar Leute, die mir Dynamit verkaufen. Aber das bedeutet nicht, dass ich dir Chemie für die Abschlussprüfungen beibringen kann. Außerdem ist da noch die soziale Komponente. Du kannst nicht dein ganzes Leben mit deiner Tante verbringen. Du musst Leute in deinem eigenen Alter treffen.«

Fay griff wahllos nach einer der Seiten und betrachtete stirnrunzelnd die selbstsicheren Kinder auf dem Schulhof.

»Als ich klein war, hat Mum mich in die Schule geschickt«, erzählte sie steif, »aber die anderen Kinder haben mich genervt.«

Doch Fay hatte nur ein paar Jahre die Grundschule besucht, und auch wenn sie es nicht zugeben wollte, machte ihr die Vorstellung, in einem Raum mit anderen Kindern zu sein, Angst.

»Ich bin ein einsamer Wolf«, rief sie, stieß den Stapel Ausdrucke zu Boden und stand auf. »Als Mum gestorben ist, hast du geschworen, dich um mich zu kümmern!«

»Genau das tue ich hiermit«, behauptete Kirsten, ohne auf die Wut ihrer Nichte einzugehen, klaubte gelassen die Papiere vom Boden auf und legte sie wieder vor Fay auf den Tisch. »Deine Mum und ich waren Teenager. Wir wuchsen in Pflegeheimen auf und begannen irgendwann damit, Straßendealer für zwanzig Pfund zu überfallen. Dann wagten wir uns an größere Dealer. Und dann spionierten wir die Geldlager und großen Drogengeschäfte aus. Jetzt haben wir zwei Millionen in bar, die keiner von uns ausgeben kann, wenn wir im Gefängnis landen.«

»Was willst du denn den ganzen Tag tun?«, wollte Fay wissen. »Ich kann mir nicht vorstellen, dass du einfach nur dasitzen und dir Gameshows ansehen willst?«

Kirsten zuckte mit den Achseln.

»Ich könnte ja eine Kickbox-Schule aufmachen. Ich könnte ein Café kaufen, Japanisch lernen, Golf spielen, es mit dem Banjo versuchen ...«

Fay schnaubte. »Und was ist mit dem Jagdfieber?«

»Irgendwann verlässt einen das Glück, Fay. Wenn wir Glück haben, schnappen uns die Cops und wir wandern ins Gefängnis. Aber wenn uns ein Dealer in die Finger kriegt, wird er uns foltern und umbringen.«

»Oh, du bist immer so melodramatisch«, stöhnte Fay.

»Deine Mutter hat sich für unsterblich gehalten und dann hat Hagar sie gekriegt.«

»Ich verstehe nur nicht, warum ich auf so eine dumme Schule gehen soll!«, rief Fay und hielt eine der Broschüren hoch. »Sieh sie dir doch an, lauter kleine Damen in Faltenröckchen und Kniestrümpfen.«

»Wenn du dir keine aussuchst, werde ich es tun«, drohte Kirsten. »Ob es dir gefällt oder nicht, du wirst zur Schule gehen.«

»Dann falle ich eben bei der Aufnahmeprüfung durch!«

»Dann schicke ich dich auf die Gesamtschule. Wir werden darüber nicht diskutieren, Fay. Wir haben so viel Geld, wie wir brauchen, und du gehst zur Schule!«

*

Zwei Tage später lag Fay morgens in einem rosa Bademantel auf ihrem Bett. Sie hatte ihre zwei Runden um den Park bereits hinter sich, aber zusätzlich noch eine Stunde Kickboxen mit ihrer Tante trainiert. Es gab zwar genügend Einbauschränke, aber da sie alle paar Monate umzogen, lebte Fay gewohnheitsmäßig aus zwei großen Rollkoffern, deren Inhalt sich auf dem Boden ausbreitete wie ein bunter Pilzbefall.

Kirsten klopfte an und trat ein, ohne eine Antwort abzuwarten.

»Manchester«, sagte sie unvermittelt, »zieh dich an!«

»Jetzt gleich?«

»Der Käufer ist bereit. Sechzehn Kilo für fünfundvierzigtausend das Kilo.«

»Ich dachte, wir hätten achtzehn Kilo geklaut«, meinte Fay verwirrt.

»Und auf der Straße kursiert die Geschichte, dass jemand Hagar achtzehn Kilo geklaut hat, daher verkaufen wir jetzt nur sechzehn und heben uns die anderen beiden für schlechte Zeiten auf.«

Begeistert griff Fay nach ihrer Jeans und einem T-Shirt, die auf dem Boden lagen, während Kirsten befriedigt registrierte, dass der Stapel mit den ausgedruckten Schulbroschüren ziemlich zerlesen aussah. An den Rand hatte Fay sogar ein paar Kommentare wie »öde Uniform« oder »am Arsch der Welt« geschrieben, und Kirsten musste lachen, als sie das Bild eines Jungen sah, auf dessen Schulpullover mit rotem Kugelschreiber »heiß« stand.

»Die vier ganz oben sind meine Favoriten«, erklärte Fay.

»Alles gemischte Schulen, wie ich sehe«, lachte Kirsten.

»Na ja, wenn du mich schon zwingst, in die Schule zu gehen, dann will ich wenigstens in eine, wo es ein paar Jungs gibt.«

»Reine Mädchenschulen sind auch ziemlich bizarr«, stimmte ihr Kirsten zu. »Und es freut mich, zu sehen, dass du dich mit der Idee anfreundest.«

»Was passiert jetzt als Nächstes?«

»Ich rufe die Zulassungsstelle an und frage, wie es aussieht«, antwortete Kirsten. »Wenn sie freie Plätze haben, kannst du vielleicht schon nach Weihnachten anfangen.«

Fay musste schlucken.

»Das ist ja schon in drei Wochen! Ich dachte, du sprichst von September, wenn das neue Schuljahr anfängt!«

»Ich fände es besser, wenn du dich in das Schulleben eingefügt hast, bevor die Prüfungen beginnen.«

»Wenn ich gute Noten kriege, können wir in den Ferien dann jemanden überfallen?«, grinste Fay.

»Fay!« Kirsten lachte. »Du machst mir Angst!«

»Warum?«

»Ich überfalle Drogendealer wegen der Kohle«, meinte Kirsten. »Du bist genau wie deine Mutter. Du machst es aus Vergnügen.«

3

Kirsten fuhr in einer silbernen Mercedes-Limousine, die sie mit einem Führerschein und einer Kreditkarte auf den Namen Tamara Cole gemietet hatte, von London nach Manchester. Fay verbrachte die Fahrt auf dem Rücksitz und las ein Buch über einen Mann, der die Welt umsegelt hatte. Die Vorstellung, allein in einem kleinen, von den Wellen gebeutelten Boot zu sitzen, gefiel ihr

»Ich würde gerne segeln lernen«, verkündete sie, als der Mercedes einen Bus mit Rentnern überholte.

»Wenn du dich in der neuen Schule gut machst«, erwiderte Kirsten.

Die Antwort schien Fay zu befriedigen und sie vertiefte sich wieder in ihr Buch.

Ihr Ziel war das Belfont, eines der neuesten Hotels in Manchester mit einer schicken Lobby in schwarzem Marmor, wo es leicht nach Jasmin roch und die Beleuchtung so schummrig war, dass man kaum die Hand vor Augen sehen konnte.

Die sechzehn Kilo Kokain waren in einem Aluminium-Rollkoffer mitgereist, und Kirsten musste einen Portier im Zylinder verscheuchen, der sich um ihr Gepäck bemühen wollte. Sie fragte nach einem Konferenzraum namens Windermere und wurde in den neunten Stock verwiesen.

Als sie die Rezeption verließen, sah Kirsten Fay an und sagte leise: »Es wird ihnen nicht gefallen, wenn ein Kind beim Treffen anwesend ist, also warte lieber hier. Sie werden jeden Würfel auf seine Reinheit überprüfen wollen, bevor sie das Geld übergeben, deshalb werde ich wohl mindestens vierzig Minuten brauchen. Geh nicht zu weit weg.«

Fay sah nicht gerade begeistert aus. »Kann ich gegenüber zu Starbucks gehen und mir einen Frappuccino holen?«

Das grüne Starbucks-Logo war auf der Straße gegenüber der Lobby zu sehen und Kirsten nickte.

»Ja, aber geh nicht weiter weg. Wenn ich fertig bin, suchen wir uns ein nettes Lokal für ein spätes Mittagessen und gehen shoppen, okay?«

Fay war kein großer Shopping-Fan, aber sie brauchte neue Laufschuhe und wollte sich nach einem weiteren Buch übers Segeln umsehen.

Während Kirsten auf den Aufzug zum neunten Stock wartete, verließ Fay durch eine Drehtür die Hotellobby und überquerte eine Nebenstraße. Es war immer noch kalt, daher bestellte sie sich, nachdem sie kurz in der Schlange gewartet hatte, eine heiße Schokolade mit Schlagsahne. Und da die Sessel im Starbucks bequemer aussahen als die in der Hotellobby, machte sie es sich auf einem Platz in der Nähe des Tresens bequem und nahm ihr Buch aus einem kleinen Leinenbeutel.

Ihre Tante schien zwar zuversichtlich, die Drogen, die sie von Hagar gestohlen hatten, verkaufen zu können, doch mit diesen Leuten aus Manchester hatte sie noch nie Geschäfte gemacht. Solange ihre Tante gegenüber mit einem Drogendeal über siebenhundert Riesen beschäftigt war, fiel es Fay daher schwer, sich auf ihr Buch zu konzentrieren, so gut es auch war.

Sie hob gerade die Schokolade an die Lippen, als eine Frau über ihr ausgestrecktes Bein stolperte. Anstatt sich zu entschuldigen, sah sie Fay finster an.

»Kannst du nicht aufpassen, wo du deine Beine hinstellst?«

»Wie wäre es, wenn Sie aufpassen, wo Sie hintreten?«, erwiderte Fay gereizt.

Die Frau antwortete nicht, nahm nur ein Tablett mit sechs Kaffeebechern und ging zur Tür. Fay sah ihr nach und bemerkte, dass ihre Jacke um die Hüften herum ausgebeult war und dass sie schwarze Schuhe trug, wie ein Cop sie tragen würde.

Sie nahm einen weiteren Schluck Schokolade und sagte sich, dass sie paranoid war, doch dann fiel ihr noch etwas auf: Die Frau hatte Londoner Dialekt gesprochen. Da war also eine Frau aus London mit Polizistenschuhen und einer ausgebeulten Jacke, als hätte sie jede Menge Ausrüstung wie Handschellen und so weiter darunter. Und sie kaufte sechs Getränke, als müsste sie eine ganze Mannschaft versorgen …

Bilde ich mir das ein?

Wenn man nervös ist, redet man sich manchmal Dinge ein, die gar nicht da sind. Wäre Fay sicher gewesen, hätte sie sofort ihre Tante angerufen, aber sie war sich eben nicht sicher. Daher verbrannte sie sich den Mund, als sie die heiße Schokolade hinunterstürzte, steckte das Buch in die Leinentasche und ging zur Tür.

Die Frau mit den sechs Drinks hatte bereits die Straße überquert und drängte sich durch die Drehtür des Belfont. Von hinten sah Fay eindeutig das silbrige Aufblitzen von Handschellen, die unter einer schwarzen Nylonweste hervorsahen.

Augenblicklich griff Fay nach ihrem Telefon und rief ihre Tante an.

»Komm schon!«, stieß sie hervor. Der Atem stand ihr in kleinen Rauchwölkchen vor dem Gesicht, als sie die Drehtür erreichte. Sie versuchte, durch die Scheiben hindurch zu erkennen, was die Polizistin drinnen machte, doch in der Lobby war es zu dunkel. Endlich klickte es in ihrem Ohr.

»Guten Tag, dies ist der Anschluss von Tamara Cole. Ich bin im Augenblick nicht erreichbar. Wenn Sie mir eine Nachricht hinterlassen möchten, sprechen Sie bitte nach dem Piepton.«

Fay ächzte frustriert auf und stürmte durch die Drehtür.

»Tantchen, ich habe gerade eine Polizistin ins Hotel gehen sehen. Lass alles stehen und liegen und hau ab.«

In der düsteren, ach so stilvollen Lobby sah Fay sich nach der Polizistin um, die mit ihrem Tablett in einem Aufzug verschwand. Gerade schlossen sich seine Türen. Fay rannte hinüber und drückte auf den Rufknopf. Während sie wartete, tippte sie hektisch eine Nachricht in ihr Telefon.

Überall Bullen! Sofort raus da!!!!

Mit äußerst mulmigem Gefühl betrat Fay den Aufzug. Sie überlegte, ob sie im achten Stockwerk aussteigen und von da aus die Treppe nehmen sollte, doch sie wollte ihrer Tante so viele Chancen bieten wie möglich, daher riskierte sie es, direkt in den neunten Stock zu fahren.

Durch die Aufzugstür sah sie einen breiten Korridor, an dem zu beiden Seiten Konferenzräume mit großspurigen Namen lagen. Schon nach dem ersten Schritt sah sie den Aufruhr. Windermere war ein Konferenzraum mit einer Doppeltür am Ende des Ganges. Davor standen mehrere Polizisten und Pulverdampf und Kokainpulver erfüllten die Luft. Mindestens drei Männer lagen in Handschellen am Boden, ein weiterer hing über einem langen Tisch und wurde gerade durchsucht.

Fays Telefon meldete eine SMS von ihrer Tante.

KOMM NICHT NACH OBEN!

Ein Polizist, der aussah, als hätte er das Sagen, rief:

»Wie konntet ihr sie entkommen lassen? Ich will, dass alle nach ihr suchen!«

Fay trat zurück in den Aufzug und drückte auf E und auf den Knopf zum Schließen der Türen. Es schien eine Woche zu dauern, bis sie zu waren, doch dann schwebte sie wieder nach unten und tippte eine Nachricht für ihre Tante ein.

Wo bist du?

In der Lobby war alles friedlich. Fay holte tief Luft und ging schnell, aber nicht zu schnell, um keine Aufmerksamkeit zu erregen. Als sie auf dem Weg nach draußen in der Drehtür an einem uniformierten Beamten vorbeikam, blieb ihr fast das Herz stehen.

Sie kannte sich in der Gegend nicht aus und wusste nicht, wie sie ihrer Tante helfen sollte. Das einzig Logische schien ihr, so viel Abstand wie möglich zwischen sich und das Hotel zu bringen und sich später mit ihrer Tante zu treffen, vorausgesetzt, diese konnte entkommen. Wenn nicht, hatte sie keine Ahnung, was sie tun sollte.

Fay merkte, dass sie zitterte, als sie die Straße überquerte. Summend kam eine weitere SMS ihrer Tante auf dem Telefon in ihrer Tasche an.

SCHALT DAS TELEFON AUS. MAN KANN DICH DAMIT ORTEN!

Fay blieb stehen, weil sie gleich zurückschreiben wollte. Doch dann hatte sie plötzlich das komische Gefühl, als schleiche sich jemand an sie an, und als sie sich umsah, sah sie zwei massige Cops hinter sich.

»Du hast nichts getan«, sagte der eine. »Wir wollen dir nur ein paar Fragen über deine Tante stellen.«

»Echt jetzt?«, antwortete Fay und begann zu rennen.

Fast augenblicklich rannte sie in den Elektroscooter eines alten Mannes. Sobald sie das Gleichgewicht wiedererlangt hatte, raste sie vom Starbucks aus fünfzig Meter weiter und bog dann auf eine belebte Geschäftsstraße ab. Der Gehweg war gerammelt voll mit Menschen, die ihre Weihnachtseinkäufe machten, daher lief sie auf die Straßenbahnschienen.

Ein paar Hundert Meter weiter sah sie sich um und bemerkte, dass einer der beiden Cops über siebzig Meter zurückgefallen war, während der andere bereits komplett aufgegeben hatte. Dumm war nur, dass ihr eine Straßenbahn entgegenkam, deren Fahrer energisch klingelte, um sie zu verscheuchen.

Als sie auf den Gehweg springen wollte, kam sie ungeschickt auf einem Gleis auf und stürzte kopfüber in einen Haufen Passanten.

»Haltet sie fest!«, schrie der Cop hinter ihr.

Fay schlug sich das Knie auf dem Pflaster auf und landete neben einer schwarzen Frau in einem Haufen von Marks & Spencer- und Primark-Einkaufstüten.

»Sorry!«, stieß Fay hervor.

Die Frau war wütend, weil in ihren Tüten einige Becher zerbrochen waren.

»Haltet sie fest!«, wiederholte der Cop, dem die Menge bereitwillig Platz machte.

Ein Mann packte Fay um die Taille und versuchte, sie hochzuheben, doch sie stieß ihm den Ellbogen in die Rippen. Irgendwie schaffte sie es, weiterzulaufen. Da es in der Einkaufsstraße zu voll war, rannte sie über einen kleinen Platz mit einem Weihnachtsbaum in der Mitte.

Von Polizei war nichts mehr zu sehen, doch Fay befand sich immer noch in einer fremden Stadt und hatte keine Ahnung, ob ihre Tante verhaftet worden war. Nach einem letzten Sprint war sie auf der anderen Seite des Platzes und beschloss, dass sie weniger auffiel, wenn sie von nun an schnell weiterging, statt zu rennen.

Im Weiterlaufen griff sie in ihre Tasche und sah auf ihr Telefon, doch es waren keine weiteren Nachrichten von ihrer Tante gekommen. Sie bog in eine schäbige Gasse mit Friseuren, Kebab-Buden und Läden ein, in denen Handys entsperrt werden konnten. Sie hatte immer noch die Hand in der Tasche, als am anderen Ende der Gasse eine Polizistin auftauchte. Fay wirbelte herum, nur um zu sehen, wie der erste Cop, der ihr gefolgt war, hinter ihr herkam.

»Bleib stehen, dann passiert dir nichts«, rief die Frau und zog einen Schlagstock.

Fay suchte in ihrer Tasche nach dem Griff eines kleinen Taschenmessers. Sie rechnete sich mehr Chancen aus, wenn sie die Frau angriff, die kleiner war, klappte daher die Klinge aus und rannte los.

Da die Polizistin nur eine schlanke Dreizehnjährige vor sich sah, stellte sie sich breitbeinig hin und schwang unbeholfen den ausziehbaren Schlagstock. Fay setzte ihr Kickbox-Training ein, wich dem Schlag aus und versetzte der Frau einen nach hinten gerichteten Tritt.

Durch die Schutzkleidung der Polizistin zeigte der Tritt weniger Wirkung, als Fay gehofft hatte, doch es reichte, um sie aus dem Gleichgewicht zu bringen und sie gegen die Aluminiumrollläden eines indischen Restaurants fallen zu lassen.

Mittlerweile war der andere Cop bei ihnen angekommen und zielte mit dem Schlagstock auf Fays Arm, um ihr das Messer aus der Hand zu schlagen. Doch Fay sah den Schlag kommen, wich zurück und schnellte mit dem Messer vor, als der Cop das Gleichgewicht verlor.

Die Messerspitze traf den Beamten am Hals und verpasste ihm einen Schnitt bis zur rechten Wange. Fay sprang zurück, als der Cop stolperte und Blut hustete. Wenn er starb, war sie geliefert. Wenn man ihre Tante verhaftet hatte, war sie geliefert. Es war fast so schlimm wie damals, als sie ihre Mutter gefunden hatten, von einem der Drogendealer gefesselt und gefoltert.

Aber zumindest kann ich gut rennen.

4

Ständig sah Fay das Messer und das Blut vor sich. Sie war eine halbe Ewigkeit gerannt und hatte jeden Moment damit gerechnet, über sich einen Hubschrauber zu sehen oder dass sie von Mannschaftswagen eingekesselt würde. Doch hatte sie es geschafft, sich ein paar Kilometer vom Stadtzentrum zu entfernen, in eine Gegend mit schäbigen Wohnblocks.

Fay schlüpfte zwischen die Seitenwand eines Hauses und eine überwucherte Hecke. Ihre Schuhe patschten über angefrorene Müllsäcke, bis sie bei einer kurzen Treppe ankam, die zu einer verbretterten Tür führte.

Sie sah auf ihrem Telefon nach neuen Nachrichten, doch seit der Nachricht *SCHALT DAS TELEFON AUS. MAN KANN DICH DAMIT ORTEN!*, war nichts mehr gekommen.

Sie hatte es eingeschaltet gelassen, weil sie auf weitere Informationen hoffte, doch jetzt hielt sie den Knopf gedrückt, bis das Display schwarz wurde. Sie musste über vieles nachdenken. *Wie hatte man sie hereinlegen können? War Kirsten entkommen? War der Cop tot? Wo sollte sie jetzt hin?*

Sie erkannte, dass es keinen Sinn hatte, sich jetzt über alles auf einmal klarwerden zu wollen. Im Augenblick musste sie sich darauf konzentrieren, so viel Abstand wie möglich zwischen sich und den Ort des Verbrechens zu bringen. Langsam schmiedete sie einen Plan, an dessen Anfang erst einmal stand, dass sie ein Taschentuch nahm, es an einem vereisten Geländer anfeuchtete und das blutige Messer damit abwischte.

Nachdem sie das blutige Taschentuch weggeworfen und sich die erstarrten Finger gerieben hatte, nahm sie eine Brieftasche aus ihrer Jeans. Sie besaß fünfundzwanzig Pfund sowie eine Geldkarte, die die Polizei innerhalb von Sekunden orten konnte, wenn sie sie zu benutzen wagte.

Fay hielt es für am besten, in das ihr vertraute Gebiet in Nordlondon zurückzukehren. Die Polizei kannte vielleicht die Wohnung in St. John's Wood, aber Kirsten hatte auch noch eine andere Wohnung und ein paar Verstecke in weniger wohlhabenden Wohnvierteln, und dorthin würde sie wohl auch zurückkehren, wenn sie entkommen konnte.

Das Problem war nur, dass die Polizei die Aufnahmen der Überwachungskameras aus dem Hotel hatte, die zeigten, wie Fay aussah und was sie anhatte. Wäre es Sommer gewesen, hätte sie überlegt, ob sie nicht ein oder zwei Tage in dem verlassenen Haus bleiben sollte, bis die Lage sich entspannt hatte, aber es war Dezember, da würde sie da drinnen erfrieren.

Also brauchte sie neue Kleidung, mehr Geld und wenn möglich ein Smartphone. Ihr erster Gedanke war, jemanden zu überfallen, aber dann würde sie das Opfer ausziehen müssen, um an seine Kleidung zu kommen, daher entschied sie sich für einen Einbruch.

Die Gegend wirkte heruntergekommen, aber man kann schon durch das Äußere viel über ein Haus erfahren. Stores vor den Fenstern und ordentliche Vorgärten deuteten auf ältere Menschen hin, die wahrscheinlich zu Hause waren und höchstwahrscheinlich weder über passende Kleidung noch Smartphones verfügten. Ein Minibus in der Auffahrt ließ eine Familie mit Kindern vermuten, und wenn die Fenster vergittert waren, bedeutete das meist, dass dort schon einmal eingebrochen worden war.

Fay hatte fast die Hoffnung aufgegeben, als sie ein Haus mit altmodischen Schiebefenstern und Recyclingtonnen voller Pizzapackungen und billigen Supermarkt-Bierdosen fand. Das mussten Studenten sein.

Fay sah durch den Briefschlitz und entdeckte Fahrräder im Flur. Dann schlich sie sich an der Seite entlang zu einem großen Fenster, das ihr eine schmutzige Küche mit dem Abwasch einer Woche im Spülbecken zeigte.

Sie zerrte an der Hintertür, falls die offen gelassen wurde, doch so einfach war es leider nicht. Aber das kleine Fenster daneben war groß genug, um hindurchzuklettern. Sie sah sich sorgfältig um, trat einen Schritt zurück und versetzte dem Fenster einen Tritt. Dann duckte sie sich schnell.

Als sie sicher war, dass es drinnen niemand gehört hatte, streckte sie die Hand vorsichtig zwischen den Glasscherben hindurch und öffnete die Hintertür von innen. Unter ihren Schuhen knirschte Glas, als sie das Haus betrat. Die Wärme war angenehm, aber es herrschte ein grauenhafter Gestank nach altem Curry und vergammeltem Gemüse.

Auf dem Kühlschrank klebte ein Schild, auf dem stand: *Lasst, die ihr eingeht, alle Hoffnung fahren!* Sie ignorierte die Warnung und war angenehm überrascht, als sie eine Flasche frisch gepressten Orangensaft fand, dessen Verfallsdatum noch nicht abgelaufen war. Sie trank ihn, während sie den Gang entlanglief.

Am Fuß der Treppe hielt sie erschrocken inne, weil von oben ein gedämpftes Wummern erklang. Als sie sich höher schlich, kam ihr der Bass bekannter vor. Nachdem sie an einem Bad vorbeigekommen war, über das man besser nicht weiter nachdachte, sowie an der Tür, hinter der die Musik erklang, sah sie sich die beiden anderen Zimmer in diesem Stockwerk an.

Eines davon gehörte einem Jungen, der seine stinkenden Rugby-Sachen überall verteilt hatte und dessen Vorstellung von Inneneinrichtung darin gipfelte, eine leuchtend gelbe Flagge von Norwich City vor das Fenster zu hängen. Das dritte Zimmer im ersten Stock sah da wesentlich vielversprechender aus.

Seine Besitzerin war weiblich, und den Kleidungsstücken nach zu urteilen, die herumlagen, tendierte sie zum Gothic-Stil, war etwa gleich groß wie Fay und hatte ungefähr ihre Schuhgröße, war aber wesentlich kräftiger gebaut. Schnell zog Fay sich aus, tauschte ihre blutbespritzte Jacke und Jeans gegen eine schwarze Daunenjacke, schwarze Lederstiefel und schwarz-grün gestreifte Leggings.

Von einem kleinen Tisch fegte sie einen Zehn-Pfund-Schein und etwa fünf Pfund in Kleingeld. Dummerweise nehmen die Leute ihre Handys mit, wenn sie unterwegs sind, aber auf dem Schreibtisch stand ein Laptop, und Fay sah, als sie die Leertaste drückte, erfreut, dass der Bildschirm aufleuchtete, ohne dass ein Passwort verlangt wurde.

Sie öffnete den Webbrowser und stellte fest, dass die Besitzerin des Laptops Chloe hieß. Sie gab den Straßennamen bei Google Maps ein, um herauszufinden, wo sie sich befand. Dann suchte sie nach Zugverbindungen nach London. Von Manchester Piccadilly nach London zu fahren, wäre zu riskant, aber sie sah, dass ganz in der Nähe ein Bus fuhr, der sie nach Stockport brächte, von wo aus sie einen Zug nach London nehmen konnte.

Dumm war nur, dass sie jetzt zwar etwa vierzig Pfund hatte, das Ticket nach London aber fünfundsechzig kostete. In ihrer übergroßen Gothic-Montur lief sie zum zweiten Stockwerk hinauf. Der ausgebaute Dachboden enthielt nur ein Zimmer.

Dort schien ein Pärchen zu wohnen. Fay durchsuchte die Schubladen nach Geld. Sie fand ein paar Euro und eine tote Maus im Kleiderschrank, aber leider haben Studenten nicht viel Geld, und das, was sie haben, nehmen sie meistens mit, wenn sie ausgehen.

Als sie die Treppe wieder hinunterging, hörte Fay die Toilettenspülung im ersten Stock. Sie wollte sich zurückziehen, doch der Kerl, der in seinem Zimmer Musik gehört hatte, nagelte sie auf halbem Weg mit einem finsteren Blick fest.

»Wer bist du denn?«, fragte er. Da dies eine Wohngemeinschaft war, klang er eher neugierig als besorgt.

»Ich bin eine Freundin von Chloe«, behauptete Fay. »Sie hat mir den Schlüssel gegeben und mir gesagt, ich soll auf sie warten. Wir lernen zusammen.«

Sie unterstrich ihre Worte mit einer Schreibgeste.

»Was genau lernt ihr denn?«

»Unser Fach eben«, stammelte Fay.

»Das dürfte dir schwerfallen. Sie hat aufgehört und arbeitet jetzt bei Tesco an der Kasse. Jetzt sag mir, wer du bist und warum du in unserem Haus herumschleichst.«

Er kam die Treppe hinauf und versuchte, sie am Arm zu packen. Da er ziemlich muskulös war, musste Fay ihn überraschen. Sie ließ sich an der Schulter berühren, hieb ihm dafür jedoch heftig den Handballen unter das Kinn. Als er zurückstolperte, trat sie ihm mit einem ihrer eben erworbenen schwarzen Stiefel in den Bauch. Dann sprang sie die Treppe hinunter und setzte ihn mit einem Kniestoß ins Gesicht außer Gefecht.

»Das wird dich lehren, dumme Fragen zu stellen«, meinte Fay, hockte sich hin und durchsuchte seine Taschen.

In seiner Jeans fand sie zehn Pfund, doch als sie in sein

Zimmer ging und eine Brieftasche mit weiteren fünfzig fand, hatte sie das Gefühl, den Jackpot geknackt zu haben. Damit hatte sie genug, um nach London zurückzukehren und sich unterwegs etwas zu essen zu kaufen. Sie fand auch ein iPhone, aber da es eine Pin-Nummer verlangte, als sie es einschaltete, ließ sie es liegen.

5

Jedes Mal wenn jemand den Bus bestieg, jedes Mal wenn der Zug anhielt, und auch als sie am Bahnhof London Euston ankam, rechnete Fay mit den Cops. Es war acht Uhr abends und es fiel ein eiskalter Schneeregen. Schnell verschlang sie einen Burger und nahm einen Bus nach Islington.

Das Apartment, das Kirsten dort besaß, lag in der obersten Etage eines sechsstöckigen Hauses. Der Aufzug war außer Betrieb, und als Fay an ein paar Kids vorbeikam, die auf der Treppe herumhingen, riefen sie ihr »mickrige Schlampe!« nach. Oben schaltete sie den Boiler ein, nahm eine Mülltüte und legte das Messer sowie die Kleidung, die sie an diesem Tag getragen hatte, hinein.

Nach einer Dusche trocknete Fay sich ab und machte den Kleiderschrank auf. Dort hing Ersatzkleidung, doch da Fay gewachsen war, seit sie das letzte Mal hier gewesen waren, zog sie sich schließlich Sachen von ihrer Tante an. Als sie fertig war, schob sie einen Sessel aus einer Ecke, zog den Teppich zurück und hob eines der Bodenbretter an.

Als sie das Versteck sah, fühlte sie sich schon ein wenig sicherer. Dort lagen zwanzigtausend in bar, zwei kleine Päckchen Kokain, Handys und eine Reihe von Waffen und Schutzkleidung, darunter zwei Automatikpistolen und ein kompaktes Maschinengewehr.

Fay nahm sich ein Messer und ein paar Hundert Pfund in bar. Es gab nur ein Schlafsofa, das sie auszog. Dann machte sie sich auf die Suche nach Kissen und Decken, die sie schließlich in einem Schrank im Flur fand. Als sie im Bett lag, musste sie der Versuchung widerstehen, das Handy einzuschalten, um zu sehen, ob eine Nachricht von ihrer Tante da war, aber sie wusste, dass sie sich damit verraten würde.

So vergrub sie sich stattdessen ein wenig verzagt unter der Bettdecke, versuchte, vor ihrem inneren Auge nicht das Messer zu sehen, das dem Cop das Gesicht aufschlitzte, und hoffte, dass ihre Tante mit einer Art Plan auftauchen würde.

*

Früh am Morgen wachte Fay wieder auf, doch sie konnte nichts tun, als sich weiter zu verstecken. Es war ein düsterer Dezembermorgen, und sie fühlte sich einsam, daher streckte sie den Fuß aus dem Bett und schaltete mit der großen Zehe einen alten tragbaren Fernseher ein. Der Empfang war zwar schlecht, aber Fay wickelte sich in die Decke und sah sich ein nettes Interview mit Kids aus einer neuen Reality Show an und danach Carol, die Wetterfee.

Dann verpassten ihr die Sieben-Uhr-Nachrichten den Schock ihres Lebens.

Die Polizei in Manchester sucht nach einem dreizehnjährigen Mädchen, das nach einem schiefgelaufenen größeren Drogendeal einen Beamten schwer verletzt hat.

Fay sah ein Bild von sich auf dem Bildschirm. Das erste war eine verschwommene Aufnahme einer der Kameras im Belfont-Hotel. Das zweite war ein hochaufgelöstes Foto, das im letzten Sommer in Frankreich aufgenommen worden war. Das konnten die Cops nur bei der Durchsuchung der Wohnung in St. John's Wood gefunden haben.

Dann wurde ein Ausschnitt aus einer Pressekonferenz der Polizei gezeigt:

»Nach längerer Überwachungsarbeit konnte die Polizei Manchester in Zusammenarbeit mit der Londoner Metropolitan Police in einer groß angelegten Operation einen Drogendeal verhindern. Mehrere Mitglieder einer Gang aus Manchester sowie eine Frau aus London wurden verhaftet. Außerdem wurden sechzehn Kilo Kokain und eine große Menge Bargeld beschlagnahmt.

Eine der Verdächtigen hat vermutlich ihre dreizehnjährige Nichte mitgebracht. Als die Polizei versuchte, das Mädchen festzunehmen, griff sie zwei Beamte an und verletzte einen davon. Sein Zustand ist ernst, aber stabil. Ich kann nicht genug betonen, dass diese Jugendliche äußerst gefährlich ist. Daher bitte ich die Öffentlichkeit darum, sich ihr nicht zu nähern, sondern, falls Sie der Meinung sind, sie gesehen zu haben, so schnell wie möglich die Polizei zu informieren.«

Dann wechselte das Bild zu einem Reporter vor dem Belfont-Hotel.

»In den letzten paar Stunden wurde bekannt, dass ein Mädchen, auf das die Beschreibung passt, in ein Haus in Ardwick in Manchester eingebrochen ist. Wie Überwachungskameras zeigen, hat sie danach einen Zug von Stockport nach London bestiegen.«

Fay setzte sich auf und ein heftiger Schluchzer entrang sich ihrer Brust. Ihre Tante war verhaftet worden, der Polizist war schwer verletzt, und ihr Bild prangte auf jedem Fernseher im ganzen Land.

»Du bist ja so am Arsch!«, sagte sie sich.

Zumindest war die Wohnung eine Zuflucht. Sie verfügte über Geld und Waffen, aber als sie in die Küche tapste, stellte sie fest, dass nichts zu essen da war. Sie erinnerte sich daran, dass sie am Abend zuvor auf dem Weg an einem Laden vorbeigekommen war, und schätzte, dass es am besten war, wenn sie jetzt bei Dunkelheit ging, solange die Straßen leer waren.

Der Aufzug war immer noch außer Betrieb, daher zog sie sich die Kapuze eines Sweatshirts ihrer Tante über den Kopf, ging die Treppe hinunter und über die Straße zu Dinesh's Food&Wine. Schnell legte sie Obst, Schokolade, Reisgerichte für die Mikrowelle und genügend Dosenvorräte für eine Woche in ihren Korb.

An der Kasse wurde ihr fast schlecht, weil ihr Gesicht sie von der Hälfte der Zeitungen anstarrte. Sie fragte sich, ob sie nicht lieber einen Tag lang hätte hungern sollen und hoffen, dass ihr Gesicht dann aus den Nachrichten verschwunden war.

In der Wohnung begann sie an die Zukunft zu denken. Sie hatte Geld und Waffen. Alles was sie konnte, war, Drogendealer auszurauben, und das, dachte sie, konnte sie auch allein. Vielleicht legte sich die Aufregung in ein oder zwei Wochen, sodass sie sich etwas freier bewegen konnte. Aber konnte sie im Ernst auf der Flucht überleben oder zögerte sie die unausweichliche Verhaftung und die Konsequenzen ihres Handelns nur hinaus?

Sie musste sich mit irgendetwas beschäftigen, aber in der Wohnung war nicht viel. Sie machte sich Bohnen auf Toast, legte sich auf das Bettsofa und sah wie besessen den Nachrichtenkanal. Alle halbe Stunde brachten sie denselben Bericht über den schwer verletzten Cop und zeigten den Reporter vor dem Belfont-Hotel, der zunehmend fror, aber im Grunde immer dasselbe erzählte.

Gelegentlich wurde sie traurig, wenn sie daran dachte, dass ihre Tante im Gefängnis saß. Manchmal machte sie sich Sorgen wegen des Polizisten, denn wenn er starb, würde die Strafe, die ihr drohte, noch viel härter ausfallen. Kurz nach zehn begann sie zu weinen. Sie griff zum

Telefon und überlegte, ob sie es anschalten und die Polizei bitten sollte, sie abzuholen.

Und dann explodierte die Haustür.

»Polizei!«

Tränengas zog durch den Flur. Instinktiv huschte Fay zu einer Schiebetür aus Glas, die auf einen Balkon hinausführte. Sie riss die Tür auf und atmete ein Gemisch aus Gas und Luft, das ihre Lungen brennen ließ.

Sie trat mit ihren Socken in eiskalte Pfützen, als sie auf den Balkon floh. Von Kopf bis Fuß in schwarze Schutzkleidung gehüllte Polizisten mit Gasmasken stürmten in die Wohnung. Sie sah nach oben, doch das Dach des Gebäudes war außer Reichweite. Da bestand eher die Chance, dass sie sechs Stockwerke tief zu Tode stürzte. Der Gedanke hatte durchaus etwas für sich, doch einer der Cops hatte den Balkon erreicht und packte sie am Sweatshirt.

Er zog sie so heftig nach drinnen, dass es in ihrem Genick knackte. In der Wohnung war die Luft voller Tränengas, das Fay husten und würgen ließ. »Zufällig« wurde sie gegen eine Wand gestoßen, dann trat ihr ein großer Stiefel die Beine weg.

Fay stieß sich den Kopf an der Ecke des Fernsehtisches, als sie ein kräftiger Polizist heftig auf den Boden stieß. Dann riss er ihr die Arme hinter den Rücken und fesselte sie mit Plastikhandschellen.

»Fay Hoyt, du bist verhaftet wegen mutmaßlich versuchten Mordes. Du hast das Recht, zu schweigen, aber alles was du sagst, kann vor Gericht gegen dich verwendet werden.«

Das Gas ließ Fays Augen tränen, als der Cop sie zur Tür bugsierte.

»Wir mögen keine Leute, die unsere Kollegen angreifen«, knurrte er. »Du steckst ganz tief in der Scheiße!«

Teil 2

Juni 2014

6

CHERUB-Campus

»Verdammt noch mal, Sharma!«, schrie Trainer Speaks und steckte den Kopf in eine Umkleidekabine, die die Spuren Tausender Paintball-Schlachten trug. »Ich habe schon einbeinige Rentner gesehen, die sich schneller bewegen als du! Wenn du nicht in zwei Minuten umgezogen bist und mit deiner Ausrüstung zur Inspektion antrittst, kannst du fünf Runden ums Trainingsgelände laufen!«

Auf dem Übungsplatz standen zwei Viererteams. Neunzig Minuten zuvor war der fünfzehnjährige Ryan Sharma aus dem Bett gezerrt worden. Zehn Minuten bekam er, um sich anzuziehen und zu frühstücken, bevor er über den Hindernisparcours laufen durfte. Nach drei grausamen Runden über Kletternetze, schmale Balken und Seilschaukeln klebte ihm sein schwarzes CHERUB-T-Shirt schweißnass am Körper.

Ryans Teamkollegen waren seine drei Brüder: die zwölfjährigen Zwillinge Leon und Daniel und der neunjährige Theo.

»Wir werden kochen, wenn wir in der Montur rumrennen müssen«, beschwerte sich Leon, während er den wattierten Anzug über seinem Trainingsanzug zuzog und seine Stiefel wieder überstreifte.

Während Leon vor sich hin schimpfte, bekam Theo einen Wutanfall, weil sein Reißverschluss klemmte.

»Das ist alles total blöde!«, tobte er.

Ryan hatte bereits seine Stiefel an und seine Maske aufgesetzt und wandte sich instinktiv um, um seinem kleinen Bruder zu helfen.

»Jetzt beruhige dich«, mahnte er ihn streng. »Wie willst du es denn durch hundert Tage Grundausbildung schaffen, wenn du dich schon von einem kleinen Reißverschluss fertigmachen lässt?«

»Du bist so ein Weichei, Theo«, warf Leon nicht gerade hilfreich ein.

Ryan sah den Zwilling verächtlich an, stellte sich vor Theo und legte ihm die Hand auf die Schulter.

»Lass es mich mal versuchen.«

»Der sitzt total fest!«, jammerte Theo und riss mit aller Kraft am Reißverschluss.

»Wenn du es mit Gewalt versuchst, machst du ihn nur kaputt«, warnte Ryan.

»Dreißig Sekunden!«, schrie Trainer Speaks durch die Tür.

Ryan kniete sich hin und ruckelte den Reißverschluss an Theos Overall ein paarmal auf und ab, bis er ihn schließlich erfolgreich bis zu seinem Kinn hochzog.

»Na bitte«, meinte er, als ihn sein kleiner Bruder dankbar anlächelte. »Panik bringt dich auch nicht weiter, oder?«

Warmer Sonnenschein begrüßte die vier dunkelhaarigen Brüder, als sie in einheitlichen armeegrünen Overalls, dicken Handschuhen und schwarzen Paintballhelmen aus dem Umkleideraum kamen.

»Na endlich!«, tönte Trainer Speaks und klatschte in die riesigen schwarzen Pranken.

Das gegnerische Team hatte sich bereits auf der Asphaltrampe zum Paintball-Gelände versammelt. Alle vier waren Freunde von Ryan: die fünfzehnjährige Fu Ning, seine gelegentliche Freundin Grace Vuillamy und seine beiden besten Freunde Max Black und Alfie Du-Boisson.

»Euch machen wir platt!«, drohte Alfie.

»Wir sind vielleicht jünger und kleiner, aber wir haben das, was zählt«, gab Daniel zurück und tippte sich an den Kopf. »Gehirnschmalz.«

»Euer Team besteht doch nur aus fetten Weibern und Idioten!«, fügte Leon hinzu.

Ning und Grace fuhren hoch.

»Sag das noch mal, und du kannst was erleben!«, drohte Grace.

Mr Speaks ließ die Muskeln spielen und die Knöchel knacken.

»Euer Geplänkel ist ja ausgesprochen unterhaltsam, aber ich würde eure Herzen gerne schneller schlagen lassen, also hört gut zu, denn ich werde mich nicht wiederholen.

Auf dem Gelände verteilt, werdet ihr acht Paintball-Gewehre, acht dafür notwendige Druckluftbehälter und acht Behälter mit hundertfünfzig Paintballkugeln finden. Außerdem findet ihr Schilde und verschiedene Hilfsmittel, um an die Sachen heranzukommen.«

»Wie in den Tributen von Panem«, meinte Theo leise.

»Ziel des Spiels ist es, die Gewehre zu finden, zusammenzubauen und die vier Mitglieder des gegnerischen Teams abzuschießen. Wenn ihr von einem Paintball getroffen wurdet, seid ihr tot und müsst das Gelände verlassen.

Hat nach drei Stunden kein Team gewonnen, gilt es als unentschieden, und ich lasse euch alle um den Campus rennen, mit großen Sandsäcken überm Kopf.

Es gelten die üblichen Sicherheitsregeln. Keine Tiefschläge, nicht in die Augen. Außerdem solltet ihr zum Schutz vor den Paintballkugeln die Helme aufbehalten und anderen nicht die Helme abnehmen. Eure persönliche Leistung wird bewertet werden. Wer keine Initiative zeigt und sich nicht die ganze Zeit über anstrengt, wird ans Ausbildungslager verwiesen und bekommt einen persönlichen Auffrischungskurs mit meiner Wenigkeit. Noch Fragen?«

Max Black hob die Hand und Mr Speaks deutete auf ihn.

»Drei Trainingsrunden für dich nach der Übung«, zischte er.

»Was?«, fragte Max ungläubig.

»Ich habe alles erklärt, was notwendig ist«, rief Mr Speaks. »Wenn du Fragen hast, dann heißt das, dass du nicht zugehört hast.«

Max fluchte leise in seinen Helm, aber er wusste, dass er sich nur noch mehr Strafen einhandelte, wenn er diskutierte.

»Es ist jetzt elf nach neun«, sagte Mr Speaks. »Ihr habt also Zeit bis elf nach zwölf. Dann los!«

Mr Speaks machte das Tor zum Paintball-Gelände auf und die beiden Teams liefen hindurch. Hundert Meter weiter stand eine große schwarze Mülltüte auf dem Rasen. Ryan sah sie zuerst und sprintete los, doch sogleich hefteten sich Max und Alfie vom gegnerischen Team an seine Fersen.

Ryan schnappte sich die Tüte und merkte sofort, dass sie für Paintball-Sachen zu leicht war. Max bekam sie zu fassen und riss das Plastik auf. Ein Haufen bunter Seile und Kletterausrüstung fiel heraus. Ryan bückte sich, um etwas davon aufzuklauben, wurde aber von dem kräftigen vierzehnjährigen Alfie umgeworfen.

»Lass los, du Schönling!«, befahl Alfie, als Ryan die Seile an seine Brust presste.

Ryan wusste zwar nicht, wie wertvoll sie noch sein mochten, wollte aber zumindest ein paar davon behalten. Er warf einen Blick über seine Schulter in der Hoffnung, dass einer der Zwillinge ihm zu Hilfe käme. Doch offensichtlich hatten Ning und Grace Anstoß daran genommen, als fette Weiber bezeichnet zu werden, und da sie die Zwillinge nicht unterscheiden konnten, jagten sie eben beide.

Das Gerangel endete damit, dass Ryan rücklings am Boden lag und Alfie auf seiner Brust saß, während Max ein Bündel Seile im Arm hielt.

»Warum fesseln wir ihn nicht?«, schlug Max vor. »Dann müssen wir uns nur noch um seine drei kleinen Brüder kümmern.«

»Nicht fesseln!«, protestierte Ryan.

»Sagt wer?«, fragte Max und machte eine große Schlinge, die er um Ryans Knöchel wand.

Alfie nickte. »Wir haben den Standardvortrag über Tiefschläge und Kopfschüsse gehört, aber nichts übers Fesseln.«

Ryan wehrte sich heftig.

»Verdammt noch mal, Alfie!«

Der grinste. »Halt die Klappe oder ich furz dich an!«

»Attacke!«, schrie Theo, der mit dem Plastikdeckel einer Mülltonne hinter einem Baum hervorsprang.

Er machte einen Bogen, um Alfie auszuweichen, und knallte in den wesentlich leichter gebauten Max. Theo wog zwar ein Drittel weniger als Max, hatte aber genügend Schwung, um ihn zur Seite zu fegen.

Da Ryan sich wieder bewegen konnte, zog er das Knie hoch.

»Auuu!«, stöhnte Alfie, als Ryans Kniescheibe mit seinen Eiern kollidierte. »Tiefschlag.«

Max landete im Gras, weggestoßen von Theo und dem sich aufbäumenden Ryan. Alfie versuchte, Theo um die Taille zu packen, bekam aber für seine Mühe nur einen Schlag mit dem Mülleimerdeckel.

Ryan machte sich davon, zuerst kriechend, dann rappelte er sich auf. Obwohl Max nach seinem Stiefel griff und das Schuhband aufzog, rannte Ryan fort.

»Du hast mir den Hintern gerettet«, bedankte er sich im Laufen bei seinem kleinen Bruder. Theo war äußerst zufrieden mit sich selbst.

Alfie hielt sich immer noch stöhnend die Nüsse, und Max hatte keine Lust, Ryan und Theo allein zu verfolgen, daher schafften es die beiden Brüder, ein paar Hundert Meter offenes Gelände zu überqueren und in einem Wäldchen unterzutauchen.

»Hast du gesehen, was mit Leon und Daniel ist?«, fragte Ryan.

»Die Mädchen sind hinter ihnen her.«

Ryan nickte. »Da haben sie wenig Chancen, vor allem gegen Ning.«

»Das ist gemein«, beschwerte sich Theo. »Die im anderen Team sind alle fünfzehn – na ja, Alfie ist erst vierzehn, aber dafür riesig.«

»Das Leben ist nicht fair«, erklärte Ryan. »Das versuchen sie uns hier beizubringen.«

»Und jetzt?«, fragte Theo. »Sollen wir versuchen, den Zwillingen zu helfen?«

Ryan schüttelte den Kopf.

»Selbst wenn wir sie einholen, haben wir kaum Chancen. Pass auf, wir bleiben zusammen und suchen möglichst weiträumig das Gelände ab. Das andere Team ist stärker und größer. Also ist unsere einzige Chance, vor ihnen Waffen und Munition in die Finger zu kriegen.«

7

Idris-Strafanstalt, Trainingscenter

»Das ist gar nicht schwer«, sagte Chloe Cohen, als sie in einem England-Rugby-Hemd, Trainingshosen und Flipflops in die Wäscherei geschlendert kam.

Ihre vierzehn Lebensjahre waren eine Folge von Misshandlungen und Katastrophen gewesen, die sie schließlich hinter Gitter brachten, nachdem sie sich zugedröhnt und das Haus ihres Stiefvaters abgebrannt hatte. Ihre Freundin Izzy war dreizehn, wirkte aber eher wie elf. Sie saß ein, weil sie aus dem Chemieraum in ihrer Schule Chemikalien gestohlen hatte, um für ihre Eltern und ihre ältere Schwester Gifttee zu brauen.

Izzy setzte einen Plastikwäschekorb vor einer Maschine ab und Chloe nahm eine Schaufel Waschpulver aus einer gigantischen Schachtel.

»Mach die Schublade da vorne auf.«

Izzy öffnete die Lade, und Chloe kippte das Waschmittel in die Öffnung, wobei ein paar Krümel danebenfielen.

»Klamotten rein, Tür zu und 30-Grad-Wäsche einstellen«, erklärte Chloe. »Und jetzt auf Start drücken.«

Izzy trat nervös von der Waschmaschine zurück, doch als sie zu gurgeln begann, wandte sie sich zu Chloe und lächelte sie erleichtert an.

»Das dauert ungefähr eine Stunde«, sagte Chloe.

»Dann komme ich wieder und zeige dir, wie man die Trockner bedient.«

»Hallo, hallo!«, sagte Fay Hoyt.

Die mittlerweile fünfzehnjährige Fay trug zerschlissene Jeans und ein schwarzes T-Shirt, das sich über muskulöse Schultern spannte. Chloe wich zu einer der Maschinen zurück. Izzy spürte ihre Angst und tat es ihr gleich.

»Ist das die Neue?«, erkundigte sich Fay und betrachtete Izzy von oben herab, während sie einen Schritt auf sie zu machte. »Die es in die Sechs-Uhr-Nachrichten geschafft hat, weil sie versucht hat, ihre ganze Familie zu vergiften?«

Chloe kniff die Augen zusammen.

»Und *du* hast versucht, einen Bullen umzubringen.«

»Ich habe nur versucht, abzuhauen«, korrigierte sie Fay. »Hätte ich versucht, den Mistkerl umzubringen, dann wäre er jetzt tot.«

»Du tust immer so taff«, ärgerte sich Chloe. »Aber ich habe keine Angst vor dir.«

Fay prustete und schlug dann zu. Der Schlag endete kurz vor Chloes Wange, doch diese sprang zurück, was Fay in Gelächter ausbrechen ließ.

»Ach nee? Du hast kein bisschen Angst vor mir?«

Als Fay noch einen Schritt machte, schlug Chloe unbeholfen zu. Fay fing ihr Handgelenk in der Luft ab und bog ihr die Finger zurück, während sie ihr mit der anderen Hand ins Gesicht schlug. Chloe stürzte rücklings über eine Waschmaschine, bevor Fay sie hochzog und mit dem Kopf voran gegen einen der Trockner stieß.

»Bleib, wo du bist, sonst schlage ich dir den Schädel ein«, warnte Fay sie und wandte sich dann an Izzy.

Das zierliche Mädchen hatte sich in eine Ecke mit Waschpulverschachteln zurückgezogen. Fay deutete auf die Fliesen vor sich und knurrte: »Komm her!«

Izzy zitterte.

»Ich will dich nicht holen müssen!«

»Lass sie in Ruhe!«, rief Chloe. »Du bist doppelt so groß wie sie!«

Izzy hatte zu viel Angst, um aus ihrer Ecke zu kommen, daher trat Fay vor, packte sie am Genick und stieß sie mit dem Kopf gegen eine Waschmaschine. Dann wickelte sie sich Izzys langes rotes Haar um das Handgelenk und zog schmerzhaft daran.

»Was hast du?«, fragte sie.

»Wie?«

Fay grinste. »Wenn ich in dein Zimmer gehe und du mir etwas Hübsches gibst, sind wir beste Freundinnen, und ich muss dir nicht wehtun.«

»Kleider?«, schlug Izzy vor.

»Kleider!«, fuhr Fay sie an. »Sehe ich so aus, als ob ich in deine Mickerklamotten passe, du Opfer?«

»Gib ihr nichts!«, warnte Chloe. »Sie ist ein Psycho und hört nie damit auf!«

»Gehen wir doch mal in dein Zimmer und sehen nach«, meinte Fay.

Fay ging zur Tür und schleifte Izzy am Haar mit sich. Der Gang draußen war vanillegelb gestrichen und zu beiden Seiten gingen Türen im Gefängnis-Stil ab. Zumindest ein Mädchen sah, was vor sich ging, doch sie hielt den Kopf gesenkt, als Izzy durch den halben Korridor bis zu der Zelle geschleift wurde, in der sie mit Chloe wohnte.

»Ich hoffe *inständig*, du hast was Gutes«, rief Fay.

Izzy sah sich verzweifelt in ihrem Zimmer um und deutete auf einen neuen Wecker, der die Form eines Dinosauriers aus *Toy Story* hatte. Fay warf ihn sofort vom Nachttisch und trat darauf, ohne Izzys Haare loszulassen.

»Für dieses eine Mal lasse ich dich davonkommen«,

verkündete Fay. »Aber halt die Schnauze, und wenn ich dich das nächste Mal sehe, hast du was Hübsches für mich dabei.«

Als sie Izzys Haare von ihrer Hand wickelte, betraten zwei kräftige Frauen die Zelle.

»Nein, nein, nein!«, rief eine von ihnen. »So nicht, junge Dame!«

Fay sah sich um und erblickte ein paar Schulbücher auf der Fensterbank.

»Sie ist in mein Zimmer gekommen und hat meine Schulbücher geklaut!«, rief sie.

Als Fay ergriffen wurde, begann Izzy zu weinen. Die beiden Wachen packten Fay geschickt unter den Armen und nahmen sie in einen Fesselgriff, bevor sie sie aus der Zelle beförderten. Davor stand Chloe mit einem Grinsen im Gesicht.

»Ich weiß, dass du mich verpfiffen hast!«, schrie Fay. »Na warte! Warte nur ab!«

Chloe streckte ihr kühn den Mittelfinger entgegen und lief dann in die Zelle, um Izzy zu trösten.

»Nicht weinen«, meinte sie beruhigend. »Fay ist eine blöde Kuh, aber zum Glück schicken sie sie in zwei Wochen wieder auf die Straße.«

*

Fünfunddreißig Minuten nach Beginn der Übung hatten Ryan und Theo Waffen und Munition gefunden sowie einen Ausrüstungsbeutel mit Fernglas, Wasserflaschen und einer Klappschaufel. Theo stand in einer Astgabel und sah sich mit dem Fernglas um, während Ryan vom Boden aus Ausschau hielt.

»Da ist Grace«, flüsterte Theo. »Ohne Waffe.«

»Bist du sicher?«, grinste Ryan.

»Keine fünfzig Meter«, meinte Theo und sprang leise vom Baum.

»Gib mir Deckung, ich versuche, sie auszuschalten«, befahl Ryan.

Theo hockte sich mit der Waffe im Anschlag hin, während Ryan langsam, aber stetig vorrückte und sorgfältig die Füße aufsetzte, um möglichst kein Geräusch zu machen. Paintball-Gewehre sind nicht sehr präzise, daher ließ er sich zwanzig Meter vor seinem Ziel auf die Knie nieder und kroch weiter. Als er noch zehn Meter entfernt war, sah Grace auf die Uhr und ging weg.

Ryan schnellte hoch und gab einen Schuss ab, schaffte es aber, sie weit zu verfehlen. Grace hörte die Farbkugel an einem Baum in der Nähe zerplatzen und begann zu rennen. Ryan wusste, dass er riskierte, in eine Falle des Feindes zu laufen, wenn er seine Deckung aufgab, aber er fand, einen unbewaffneten Gegner zu verfolgen, war eine zu gute Gelegenheit, als dass man sie ungenutzt lassen sollte.

Grace rannte auf offenes Gelände, von dem aus man einen halben Kilometer entfernt das Hauptgebäude des Campus erkennen konnte. Als Grace über einen Baumstamm sprang, blieb sie mit dem Stiefel hängen und fiel auf den Bauch. Schnell kam Ryan bis auf fünf Meter heran und schoss auf die am Boden liegende Grace.

»Ryan hat mich erwischt!«, schrie Grace in der Hoffnung, ihre Gefährten an die richtige Stelle zu führen.

Hinter sich hörte Ryan das typische Klatschen von Paintball-Kugeln.

»Theo?«, schrie er auf.

Er wirbelte herum und sah Blitze in der Richtung, aus der er eben gekommen war. Über seinen Kopf pfiff eine Kugel hinweg, sodass er hinter einem Baumstamm in Deckung ging. Am liebsten wäre er losgerannt, um Theo zu helfen, aber das wäre Selbstmord gewesen, solange er nicht wusste, woher die Schüsse genau kamen.

Nachdem er zwanzig Sekunden gekrochen war, sah er

seinen Freund Alfie mit Farbspritzern auf dem Helm aus dem Wald kommen und die Hände heben. Es waren immer noch Schüsse zu hören und langsam ging Ryan auf das Geräusch zu.

Er glaubte, dass er noch mindestens zwanzig Meter vom Schauplatz des Geschehens entfernt war, als er Max zwischen zwei Bäumen hervortreten sah. Ryan zielte aus fünf Metern Entfernung auf ihn und dieses Mal traf er mit dem ersten Schuss.

Max hatte ein sanftes Gemüt und nahm seinen Tod recht gelassen hin.

»Guter Schuss«, meinte er. »Dann gehe ich wohl mal und laufe meine Strafrunden.«

»Lebt Theo noch?«, wollte Ryan wissen.

Aber Theo kam gerade aus dem Wald und beantwortete die Frage selbst.

»Klar doch«, verkündete er mit dem Stolz eines Jungen, der gerade einen größeren besiegt hatte.

»Irgendwas von Leon und Daniel?«, fragte Ryan.

Max lachte.

»Grace und Ning haben sie gefesselt, und sobald wir die erste Waffe hatten, haben wir sie erledigt.«

»Dann ist vom anderen Team also nur noch Ning übrig.« Theo grinste seinen Bruder vorsichtig an. »Zwei gegen einen.«

8

Aus einem gesicherten Erziehungsheim kann man ebenso schwer ausbrechen wie aus einer Strafanstalt für Erwachsene, aber in fast jeder anderen Hinsicht war Idris weit weniger streng. Das Wachpersonal nannte man beim Vornamen. Wendy, die Leiterin in Fays Flügel, saß an einem Schreibtisch vor einer Wand, die mit dem Slogan *Jedes Kind zählt* bemalt war.

»Nun, Fay, was hast du dazu zu sagen?«

Fay saß der uniformierten Beamtin gegenüber und schürzte die Lippen, als wolle sie etwas Wichtiges sagen. Doch sie schwieg.

»Eine Neue. Sie ist klein und steht vor einer schwierigen Eingewöhnungsphase. Du marschierst in die Wäscherei. Greifst ihre Zellengenossin Chloe an, dann packst du Izzy und schleifst sie in ihre Zelle, um dort Geld von ihr zu verlangen.«

Fay zuckte mit den Achseln. »Wenn Sie es sagen.«

»Ich kann verstehen, warum sich manche Mädchen prügeln. Sie haben emotionale Probleme. Sie haben Essstörungen, Drogenprobleme oder wurden misshandelt. Bei vielen von ihnen gab es grundlegende Erziehungsprobleme. Aber du bist ein ausgesprochen kluges Mädchen. Du wirst eine gute Abschlussprüfung machen. Du bist sportlich. Der einzige Grund, warum man dich an einer Universität nicht annehmen könnte, ist, wenn du dich selbst gehen lässt.«

Fay räusperte sich.

»Als ich zehn Jahre alt war, bin ich vom Einkaufen gekommen und habe meine Mutter von einem Dealer in Stücke gehackt gefunden. Letztes Jahr wurde meine Tante im Gefängnis erwürgt, während sie auf ihren Prozess wartete. Ermordet von einem anderen Dealer. Das waren die einzigen beiden Menschen, an denen mir etwas lag. Und die einzigen beiden, denen etwas an mir lag.«

»Den Leuten hier liegt auch etwas an dir«, sagte Wendy.

»Ihr seid doch froh, wenn ihr mich los seid«, schnaubte Fay.

»Fay, wir hatten das alles doch schon in der Gruppentherapie – zumindest bis du dich geweigert hast, weiter hinzugehen. Wir haben dir die Mittel gegeben, mit deiner Vergangenheit abzuschließen und mit starken Emotionen klarzukommen.«

Fay lachte. »Ich bin nicht mehr hingegangen, weil die Therapie scheiße ist. Meine Tante Kirsten war die Einzige, die es verstanden hat?«

»Was verstanden hat?«

»Dass ich es mag.«

»Was mag?«

»Ich mag dieses Leben«, erklärte Fay und hob die Stimme zum ersten Mal über ein monotones Flüstern. »Den Schauer, der einem über den Rücken läuft, wenn man jemanden ausrauben will. Die Angst im Gesicht von jemandem, dem man ein Messer an die Kehle hält. Wegzulaufen in dem Bewusstsein, dass man tot ist, wenn man nicht schnell genug ist. Wenn man dieses Leben gelebt hat, ist es schwer, sich auf einen Geschichtsaufsatz zu konzentrieren oder sich über eine unerwartete Wendung bei den *East Enders* aufzuregen.«

Wendy räusperte sich verlegen.

»Und du versuchst, diesen Kick zu bekommen, indem du ein armes Mädchen wie Izzy schikanierst?«

Wieder lachte Fay.

»Zunächst mal ist das arme Mädchen eine Irre, die versucht hat, ihre halbe Familie umzubringen. Außerdem ist die Welt voller Schafe. Millionen und Abermillionen davon fristen ihr kümmerliches Leben. Und es gibt ein paar Wölfe, deren Aufgabe es ist, gelegentlich ein paar Schafe zu fressen.«

»Du bist also ein Wolf?«, fragte Wendy.

»Absolut.«

»Und es macht nichts, wenn der Wolf die Schafe verletzt?«

»Nein, dem Wolf ist das egal«, lachte Fay.

»Und wenn du in ein paar Wochen hier rauskommst, was wirst du dann tun?«

Fay zuckte mit den Achseln. »Oh, ich werde mich anstrengen. Ich mache meine Abschlussprüfungen und gehe auf die Uni. Vielleicht heirate ich einen Kerl, der Connor heißt. Dann haben wir einen Labradoodle namens Scottie, drei Kinder, einen Ford C-Max und ein kleines Wochenendhäuschen in Suffolk.«

»Nun, ich hoffe, du findest genügend Stabilität, bevor du dein Leben versaust«, meinte Wendy streng und schüttelte den Kopf. »Aber der Vorfall von heute Nachmittag bringt dir fünf Tage Einzelhaft ein und ich gebe dir eine Ausgabe unserer Leitlinien gegen Mobbing mit.«

»Das ist bestimmt total spannend«, meinte Fay und verdrehte die Augen.

*

Das Paintball-Gelände war zwar nicht riesig, aber es war groß genug, dass zwei Gruppen lange Zeit umeinander herumschleichen konnten, ohne sich zu begegnen.

Fast eine Stunde lang trieben sich Ryan und Theo herum und suchten nach Ning, während die Sonne höher stieg und ihnen der Schweiß unter den Masken und Overalls herunterlief. Sie fanden einige Stellen, an denen Nings Team Ausrüstungstaschen gefunden hatte, aber keine Spur von Ning selbst.

»Ich wette, sie hat sich ganz oben in einem Baum verkrochen«, vermutete Theo.

»Hoffentlich nicht«, erwiderte Ryan abwesend. »Speaks hat gesagt, dass wir alle bestraft werden, wenn keine Seite gewinnt, und ich habe keine Lust, bei dieser Hitze noch mehr zu rennen.«

»Soll ich versuchen, sie hervorzulocken?«, schlug Theo vor. »Ich gehe ins Freie, und wenn Ning auf mich schießt, erschießt du sie und bist als Letzter übrig geblieben.«

»Das ist zwar kein toller Plan, aber etwas Besseres haben wir ja nicht«, meinte Ryan achselzuckend.

Der beste Platz dafür war das offene Gelände gleich beim Haupttor. Ryan ärgerte sich, als er Leon, Daniel, Alfie und Grace ohne ihre Overalls und mit eisgekühlten Wasserflaschen vor dem Umkleideraum sitzen sah. Er hatte das Gefühl, als seien sie dafür belohnt worden, dass sie aus dem Spiel geworfen worden waren.

Doch viel Zeit hatte Ryan nicht, um darüber nachzudenken, denn sobald Theo ins Freie trat, hörte er das Klatschen eines Paintballs. Der Schuss war aus großer Entfernung abgegeben worden und ging einige Meter daneben.

»Kannst wohl nicht zielen!«, spottete Theo, rannte über das Gras und sprang in eine Sandgrube.

Ryan war besorgt: Wenn Theo zu kühn wurde, würde er abgeschossen werden, bevor Ryan die Gelegenheit bekam, sich der Position zu nähern, aus der die Schüsse abgefeuert wurden. Glücklicherweise bekam er Unterstützung von Leon.

»Sie ist zwischen den beiden großen Eichen!«

Die beiden Mitglieder von Nings Team regten sich über die Hilfestellung auf und riefen nun ebenfalls Informationen über den Zaun.

»Ning!«, schrie Alfie. »Theo ist in der ersten Grube am Tor, und Ryan ist im Wald und versucht dich von der Seite anzugreifen!«

»Kommt doch einfach raus und schießt die Sache aus«, bemerkte Daniel gereizt. »Wenn keiner gewinnt, macht Speaks uns fertig!«

Theo duckte sich in der Sandgrube und zuckte bei Nings gelegentlichen Schießversuchen zusammen, während Ryan im Wald verschwunden war und sich ihrer Position näherte. Nach einer Minute war er nah genug, um die beiden Eichen erkennen zu können, bei denen Ning sich versteckte.

Er begann zu kriechen, als draußen vor dem Zaun weitere Rufe erklangen:

»Theo ist aus der Grube raus!«

Gerade als Ryan glaubte, dass er Ning überlistet hatte, erschreckte ihn ein Rascheln im Laub hinter ihm. Er drehte sich um und feuerte blindlings drauflos. Ning hatte sich hinter einem Baum kaum vier Meter weiter versteckt.

Ryan kroch auf dem Bauch weiter und achtete auf jede Bewegung. Als er bis auf zwei Meter herangekommen war, sprang Ning hinter dem Baum hervor und feuerte wie wild. Ryan rollte sich beiseite, doch seine Schüsse gingen ebenso weit daneben.

Er hörte, wie Ning wegrannte, und die Tatsache, dass sie alle bestraft würden, wenn kein Team gewann, erleichterte ihm die Entscheidung, ihr nachzulaufen. Mehrere Hundert Meter lang wechselten Ryan und Ning Schüsse, von denen einige ihr Ziel nur um ein paar Zentimeter verfehlten.

Schließlich gelangte Ning zum tiefsten Teil des Geländes, wo nach den heftigen Regenfällen ein kleiner Bach verlief. Sie rutschte die Böschung hinunter und wartete ab, doch es war plötzlich still geworden. Nachdem sich nach ein paar Minuten immer noch nichts gerührt hatte, kroch sie die flache Böschung wieder hinauf und fand anhand der Farbspritzer auf Laub und Zweigen ihren Weg zurück.

Überrascht sah sie hinter einem Baumstamm ein Bein hervorragen. Sofort schoss sie darauf, machte sich aber Sorgen, als keine Reaktion kam.

»Ryan?«

Sie hockte sich hin und drehte Ryan auf den Rücken.

»Ryan, alles in Ordnung?«

Ryan hob die Hand an den Kopf und sagte langsam: »I-ich glaube... ichabbe mir an iggenwas den Kopfestoßn, a-alsicherannt bin.«

Als Ning sich vorbeugte, um ihm aufzuhelfen, sprang Theo aus seinem Versteck ein paar Meter weiter und schoss auf Nings Visier, sodass sie halb blind war.

»Du bist tot!«, schrie er aufgekratzt.

Doch Ning hatte andere Sorgen.

»Ryan hat sich den Kopf gestoßen. Ich glaube, er hat eine Gehirnerschütterung.«

Ryan begann zu grinsen und zuckte mit den Achseln.

»Ich weiß gar nicht, was sie will, meinem Kopf geht's ausgezeichnet.«

Ning sprang auf und warf wütend das Gewehr auf den Boden. »Ihr... ihr... ihr elenden Lügner... ihr betrügerischen...«

Doch Theos Siegergrinsen hatte etwas so Ansteckendes, dass sie schließlich lachen musste.

»Das zahle ich euch heim«, drohte sie, während sie mit erhobenen Händen zum Tor ging. »Ich weiß noch nicht, wie oder wann, aber eines Tages, wenn ihr es am wenigsten erwartet...«

9

Wendy vom Aufsichtspersonal öffnete das verriegelte Tor und schüttelte dem Polizisten davor die Hand.

»Detective Constable Schaeffer«, begrüßte sie ihn. Er war groß, mit lockigen braunen Haaren und einer dicken Nase, doch das Auffälligste an ihm war die lange Narbe, die Fay Hoyt auf seiner Wange hinterlassen hatte. »Willkommen im Idris STC.«

Wendy geleitete den Polizisten in ihr Büro und bemerkte die braune Papiertüte von McDonalds in seiner Hand.

»Ist von den Verletzungen, die Fay Ihnen zugefügt hat, außer der Narbe noch etwas zurückgeblieben?«, erkundigte sie sich.

»Einige Nerven sind geschädigt«, antwortete Schaeffer. »Meine Wange fühlt sich meist taub an. Am schlimmsten ist es, wenn man versucht zu essen und einem das Essen aus dem Gesicht fällt.«

»Sie hegen keinen Groll gegen sie?«

Schaeffer schüttelte den Kopf.

»Ich bin vielleicht nicht ihr größter Fan, aber ich muss mich regelmäßig mit Menschen befassen, die weit unangenehmer sind als sie.«

Wendy schob ihm ein Blatt Papier über den Tisch zu.

»Mit diesem Formular haben Sie unser Einverständnis zu Ihrer Unterredung mit Fay. Doch da Fay minderjährig ist und kein weiterer Erwachsener anwesend sein wird, wird nichts von dem Gespräch aufgezeichnet oder kann als Beweis verwendet werden. Und wenn sie es wünscht, müssen Sie den Raum verlassen.«

»Ich weiß Bescheid«, nickte Schaeffer. »Es geht nicht darum, was Fay in der Vergangenheit getan hat. Ich möchte ihr helfen, Erlösung zu erlangen, und will ihr eine Möglichkeit bieten, ihre Tante zu rächen.«

Wendy lächelte schief, nahm ein Arbeitsblatt vom Tisch und hielt es hoch.

»Wie ich bereits sagte, als Sie anriefen und um das Interview baten: Fay ist nicht besonders kooperativ. Die letzten drei Tage hat sie in Einzelhaft verbracht, weil sie jemanden schikaniert hat. Jeder, der andere tyrannisiert, muss eine Reihe von solchen Anti-Mobbing-Fragebögen ausfüllen. Hier sind einige von Fays Antworten.

Frage vier: Wie reagiere ich, wenn ich sehe, dass ein anderer Insasse drangsaliert wird? Fays Antwort: Ich zerstoße etwas Glas und mische es ihnen ins Müsli. Frage neun: Wenn dich deine Zellengenossin nachts schikaniert, wie verhältst du dich am besten? Fays Antwort: Ich warte, bis sie schläft, schlitze ihr den Bauch auf und flechte ihre Eingeweide zu einem hübschen Springseil zusammen.«

»Ganz schöne Fantasie«, meinte Schaeffer.

»Nun, da Sie das Formular unterschrieben haben, möchten Sie die Bestie jetzt sehen?«

Wendy brachte Schaeffer zur Einzelzelle, die direkt gegenüber von ihrem Büro lag.

»Die Regeln für die Einzelhaft sind streng«, erklärte sie. »Fay bekommt nur einen Satz Kleidung, Schulbücher und persönliche Hygieneartikel. Es gibt weder Fernseher noch Radio, und man darf nur für eine Stunde auf den Hof, wenn die anderen Mädchen schon für die Nacht eingeschlossen worden sind.«

Bei den letzten Worten klopfte sie an die Tür.

»Fay, hier ist Detective Constable Schaeffer, der dich besuchen will.«

»Was hat er mir mitgebracht?«, wollte Fay wissen.

»McFlurry«, antwortete Schaeffer.

»In dem Fall dürfen Sie reinkommen.«

Fay hatte in den drei Tagen ihrer Isolationshaft nicht geduscht, sich aber mit Trainingsübungen wie Sit-ups, Kniebeugen und Liegestützen beschäftigt. Bei dem warmen Wetter war der daraus resultierende Geruch erheblich.

»Hübsche Narbe. Wie sind Sie denn daran gekommen?«, fragte Fay und brach dann in wildes Gelächter aus.

»Bitte etwas mehr Respekt!«, verlangte Wendy.

Fay ignorierte sie und meinte: »Ist aber wohl irgendwie sexy. Kriegen Sie eine Menge Mädchen rum?«

Schaeffer hielt ihr die McDonalds-Tüte hin, die Fay sich schnappte.

»McFlurry!«, schrie sie glücklich. »Haben Sie Crunchie bekommen, wie ich wollte? Wenn nicht, kriegen Sie kein weiteres Wort aus mir heraus.«

Fay tauchte den Plastiklöffel in das Eis und nickte zufrieden, als sie ihre Lieblingssorte schmeckte.

»Oh, ist das gut!«, quiekte sie mädchenhaft. »Setzen Sie sich doch!«

Schaeffer setzte sich auf Fays Bett.

»Eine Frage«, begann Fay. »Sie müssen doch mindestens vierzig sein. Aber Sie sind immer noch Detective Constable Schaeffer. Bedeutet das, dass Sie ein mieser Cop sind?«

Schaeffer räusperte sich, bevor er erklärte: »Viele Beamte ziehen Action dem Papierkrieg vor. Wenn man befördert wird, verbringt man viel mehr Zeit am Schreibtisch.«

»Sie sind also ein Äääkschn-Män!«, stellte Fay fest

und stopfte noch mehr McFlurry in sich hinein. »Normalerweise bin ich nicht so hyper, aber ich habe mich seit drei Tagen mit niemandem mehr unterhalten außer der dummen Kuh, die mich nach dem Zapfenstreich draußen herumführt.«

»Für ein Mädchen mit deinem Potenzial muss es schwierig sein, hier drin eingesperrt zu sein«, meinte Schaeffer.

»Ehrlich gesagt haben Sie Glück, dass ich in Einzelhaft stecke«, erklärte Fay. »Eigentlich hatte ich gedacht, es wäre lustig, Sie hierherzulocken, damit Sie mir einen McFlurry kaufen, und Sie dann nur anzuschweigen.«

Wendy zog eine Augenbraue hoch und sah Schaeffer an, dann zog sie sich zurück.

»Viel Glück. Wenn Sie mich brauchen, ich bin gleich gegenüber.«

»Wollen Sie mich poppen?«, versuchte Fay den Beamten zu schockieren. Doch für so etwas war er viel zu erfahren. »Ein bisschen Minderjährigen-Sex?«

»Du magst mich nicht, und ich mag dich nicht«, stellte Schaeffer fest. »Aber wir haben einen gemeinsamen Feind.«

»Ich habe keine Feinde. Ich liebe alle.«

Schaeffer sah sie überrascht an. »Auch Erasto Ali Anwar?«

»Nie von ihm gehört«, behauptete Fay.

»Geboren 1983 in Somalia. Wohnt irgendwo in Kentish Town in Nordlondon. Leitet vermutlich große Heroin- und Kokain-Deals in den Londoner Bezirken Islington, Camden, Haringey und Hackney. Auf der Straße wird er üblicherweise Hagar genannt.«

Fay nickte und sah ihn ein wenig neugierig an.

»Seinen richtigen Namen habe ich nie gekannt.«

»Hagar und seine Crew sind wahrscheinlich für die Folterung und den Mord an Melanie Hoyt, deiner Mutter, im Jahr 2009 und die Ermordung deiner Tante Kirsten Hoyt 2012 im Gefängnis verantwortlich.«

»Das weiß ich auch«, sagte Fay.

»Deine Mutter und deine Tante haben Hagar über ein Dutzend Mal ausgenommen, außerdem einen Haufen anderer Drogendealer in Nordlondon. Dafür mussten sie eine Menge wissen. Sie mussten Hagars Gewohnheiten, seine bevorzugten Aufenthaltsorte, seine Frauen und seine Komplizen kennen und was er in seiner Freizeit gerne machte. Du hast in dieser Welt gelebt und weißt alles, was es über Hagar zu wissen gibt.«

Fay schüttelte den Kopf.

»*Gab*«, korrigierte sie. »Vergangenheitsform. Die Dinge ändern sich schnell.«

»Ich wette, wenn ich dich in ein Auto setze und dich durch diese Gegenden fahre, kannst du mir Dinge und Gesichter zeigen, die uns etliche neue Spuren liefern würden.«

»Hagar betreibt sein Geschäft seit zwanzig Jahren«, sagte Fay. »Wenn Sie ihn haben wollen, greifen Sie ihn sich.«

»Er ist außerdem extrem vorsichtig«, erklärte Schaeffer. »Er hält sich nur selten in der Nähe von Bargeld oder Drogen auf, lässt andere die Botengänge machen und Strafprügel austeilen. Wir haben x seiner Handlanger verhaftet, aber es ist schwer, ihm selbst etwas anzuhängen.«

»Und außerdem hat der die Hälfte aller Cops von London in der Tasche«, schnaubte Fay.

»Das kann ich mir nicht vorstellen«, erwiderte Schaeffer, der vermutete, dass sie ihn wieder schockieren wollte. »Aber wenn du Beweise dafür hast, dass es korrupte Polizeibeamte gibt, würde ich es gerne erfahren.«

Fay ärgerte sich über Schaeffers ruhige Haltung und überlegte, wie sie ihn wohl aufregen könnte.

»Denken Sie eigentlich jedes Mal an mich, wenn Sie in den Spiegel sehen?«, fragte sie. »Sie müssen mich wirklich hassen.«

»Willst du, dass ich dich hasse?«, fragte Schaeffer.

»Mir ist egal, was Sie denken«, erwiderte Fay.

»Nein, ist es nicht«, gab Schaeffer zurück. »Nicht weil du nicht so schrecklich bist, wie du zu sein versuchst. Aber wenn ich an dich denke, bedeutet das, dass zumindest irgendjemand da draußen in der Welt an dich denkt. Deine Mutter und deine Tante sind tot. Du hast keine Verbindungen zu irgendjemandem, und Schikane und Verhaltensauffälligkeiten sind deine einzige Möglichkeit, Aufmerksamkeit zu erregen.

In ein paar Wochen wirst du zu einer Pflegefamilie oder in ein Heim entlassen. Wahrscheinlich wird es nicht sonderlich nett. Aber wenn du dich gut führst, wirst du schließlich Freunde finden, deinen Abschluss machen und das Leben eines normalen Teenagers führen.«

»Wer zum Teufel sind Sie?«, schrie Fay, sprang auf und stemmte die Hände in die Hüften. »Tun Sie nicht so, als wüssten Sie alles über mich.«

»Du bist wütend wegen dem, was deiner Tante und deiner Mutter passiert ist«, fuhr Schaeffer fort. »Ich biete dir die Gelegenheit, dich in eurer alten Gegend umzusehen, dir ein paar Fotos in unserer Kartei anzusehen und uns alles zu erzählen, was du über Hagar und seine Bande weißt. Und vielleicht, nur vielleicht, kannst du uns eine winzige Information liefern, mit der wir ein paar oder auch alle von denen hinter Gitter bringen können.«

»Ich will nicht, dass Hagar ins Gefängnis kommt, ich will, dass er stirbt«, entgegnete Fay. »Wenn möglich auf die schmerzhafteste Art und Weise.«

Schaeffer zuckte mit den Schultern.

»Ich fürchte, wir leben in einem Rechtsstaat. Mit bar-

barischen Bestrafungen kann ich nicht dienen, aber wenn Hagar einfährt, dann für lange, lange Zeit.«

»*Ich* kümmere mich um Hagar«, verkündete Fay und leerte den McFlurry.

»Ach, komm schon«, sagte Schaeffer und lächelte leicht. »Du bist nur ein fünfzehnjähriges Mädchen.«

»Und keine Petze.«

»Du willst mir im Ernst erklären, dass du der Polizei nicht ein paar Stunden lang helfen willst, um die Leute zu verhaften, die deine Tante und deine Mutter umgebracht haben?«

»Ich trage meine Kämpfe selbst aus«, knurrte Fay.

»Deine Tante und deine Mutter waren beide älter und erfahrener als du und trotzdem hat Hagar sie beide am Ende erwischt. Seine Bande ist jetzt wahrscheinlich noch stärker als vor achtzehn Monaten, als du verhaftet wurdest. Ich hoffe also, dass du nicht so dumm bist, dich mit ihnen anzulegen.«

Fay schüttelte den Kopf.

»Ich möchte, dass Sie jetzt gehen.«

Schaeffer nahm eine Visitenkarte aus der Jacke und hielt sie ihr hin, doch Fay weigerte sich, sie anzunehmen.

»Ich lege sie aufs Fensterbrett«, sagte er. »Bitte ruf mich an, bevor du etwas Dummes tust.«

10

Nach jahrelangen Wasserschäden und Reparaturarbeiten war das hochtechnologische Einsatzkontrollgebäude auf dem CHERUB-Campus endlich frei von »Außer-Betrieb«-Schildern und Eimern. Ryan Sharma lief über den knirschenden Kies zum Haupteingang, als er hörte, wie jemand über die Rasenfläche auf ihn zujoggte. Als er Ning erkannte, ließ er den Rucksack fallen, den er über der Schulter trug, und nahm Kampfhaltung ein.

»Sind wir ein wenig nervös?«, neckte ihn Ning und hob beschwichtigend die Hände, während sie langsamer wurde und den Pfad betrat. »Keine Angst, im Augenblick will ich mich nicht an dir rächen.«

»Wie wäre es mit einem Freischlag?«, bot Ryan ihr an. »Egal wohin, außer Eier und Nase.«

Ning grinste. »Es macht aber mehr Spaß, dich zappeln zu lassen.«

»Mich tot zu stellen, war nicht mal meine Idee«, erzählte Ryan. »Das ist Theo eingefallen.«

»Na, das ist ja nett«, lachte Ning, »deinen neunjährigen kleinen Bruder zu beschuldigen. Und an Theo würde ich mich nie rächen, der ist viel zu süß.«

»Süß, aber tödlich«, gab Ryan zurück. »Bald fängt er mit der Grundausbildung an, und ich denke, er wird sie mit Auszeichnung bestehen.«

»Ich habe eine E-Mail von der Trainingsabteilung bekommen«, erzählte Ning. »Ich habe die Übung fehlerlos bestanden und muss kein Extratraining absolvieren.«

Ryan war ein wenig nervös. »Wann hast du das denn bekommen?«

»Es war in meiner Mailbox, als ich aus dem Französischunterricht kam.«

Sofort zog Ryan sein iPhone hervor und sah in seine E-Mail-App, wo er eine neue Nachricht von Mr Speaks von der Trainingsabteilung vorfand, die er laut vorlas.

»Leistung gut … akzeptable Fitness … gute Zusammenarbeit mit anderen … Keine Notwendigkeit für zusätzliches Training. Oh, Gott sei Dank!«

»Allerdings«, fand Ning. »Du bist auf dem Weg zur Einsatzleitung?«

Ryan nickte. »Normal ist das ja aufregend, aber es ist nur James Adams.«

»Ich muss auch zu James«, sagte Ning verwirrt. »Ich fand ihn bei unserem Fahrtraining eigentlich ganz okay.«

»Ja«, stimmte ihr Ryan zu. »James ist in Ordnung, aber er ist gerade erst Einsatzleiter geworden. Wenn wir auf irgendeine glamouröse Mission geschickt werden sollen, dann müssten wir zu John Jones oder Ewart Asker anstatt zum Neuen.«

»Das heißt, ich werde mir dabei nicht mein schwarzes T-Shirt verdienen können?«, vermutete Ning, ohne ihre gute Laune zu verlieren. »Ich würde gerne wieder auf Mission. Ich sitze seit über vier Monaten auf dem Campus.«

Sie waren an der Haupttür angekommen. Ning ging voraus und starrte in den Iris-Scanner. Es surrte ein paarmal, dann ging die Tür mit einem Ploppen auf, und auf einem kleinen Bildschirm erschien die Nachricht *Begeben Sie sich in Raum 7a.*

Ryan hielt sich nicht mit dem Scanner auf, sondern drängte sich mit Ning durch die Tür.

»Herein!«, rief James auf Nings Klopfen hin.

James war zweiundzwanzig, muskulös, blond und experimentierte zurzeit mit einem etwas mickrigen Bart. Das Büro hatte eine vernünftige Größe, ein großes Ledersofa und eine Fensterwand zum Wald hin. Doch Nings Blick fiel auf die leeren Ablagen und Bücherregale.

»Ich habe das Büro erst letzte Woche bekommen«, erklärte James. »Ich schätze, ich habe es im Nu mit Aktenstapeln und anderem Kram zugemüllt.«

»Dann sind Sie jetzt richtiger Einsatzleiter«, fragte Ryan.

James nickte. »Und ich war selbst mal CHERUB-Agent, ich weiß also genau, was ihr denkt: Ich bin der neueste Einsatzleiter, also kann ich euch nur langweilige Routinemissionen bieten.«

Ning und Ryan schüttelten gleichzeitig den Kopf.

»Der Gedanke wäre mir nie gekommen«, behauptete Ryan, obwohl er sich das Lachen verbeißen musste.

»Der Einsatz, den ich für euch zusammengestellt habe, ist nicht sonderlich hochrangig, aber wenn er sich auszahlt, könnte es eine super Angelegenheit werden«, verkündete James. »Was wisst ihr über Kokain?«

»Macht sich gut auf Toast«, erwiderte Ryan, bevor Ning mit einer vernünftigen Antwort kam.

»Droge. Weißes Pulver. Man schnupft es, um einen Rausch zu bekommen.«

James nickte. »Aber wenn man in eine Bar oder einen Club geht und für fünfzig Pfund Kokain kauft, kann es sein, dass man im Grunde nicht viel Kokain für sein Geld bekommt. Meistens bekommt man irgendwelchen Müll, den man dem Kokain beimischt, um es profitabler verkaufen zu können.

Kokain gewinnt man aus Kokablättern, die zumeist in Südamerika wachsen. Die Blätter werden in einem

Labor auf dem Land verarbeitet und man bekommt reines weißes Pulver. Dieses wird in Ziegelform vakuumverpackt und in fast hundertprozentiger Reinform nach Großbritannien geschmuggelt. Hier wird es durch Beimischen eines anderen weißen Pulvers – wie Milchpulver, Backpulver, Lidokain oder sogar Kalkstaub gestreckt. Man nennt diesen Prozess Verschneiden.

Jeder verschneidet das Kokain. Wenn ein Dealer der Top-Klasse es von einem internationalen Schmuggler bekommt, ist es zu etwa vierzig bis fünfzig Prozent rein. Ein Dealer der mittleren Ebene verschneidet es dann auf etwa dreißig Prozent, und die Dealer auf der Straße fügen noch mehr Zeug hinzu, sodass der Käufer auf der Straße in der Regel ein Gramm bekommt, das weniger als zwanzig Prozent Kokain enthält.

Manchmal ist das Straßen-Kokain so schlecht, dass die Polizei die Dealer, die sie festgenommen hatte, wieder freilassen musste, weil die Menge an Kokain in ihrem Produkt so gering war, dass es nicht einmal illegal war.«

»Ist das Zeug, mit dem sie das Kokain verschneiden, denn gefährlich?«, fragte Ning.

James nickte. »Es ist nicht gerade gesund, sich Kalkstaub und Babypuder durch die Nase zu ziehen, und für die, die es sich spritzen, ist es noch gefährlicher. Manche Leute sagen, dass die Verunreinigungen mehr Gesundheitsprobleme verursachen als die Droge selbst.

Der Grund dafür, dass ihr hier steht, ist, dass sich vor ein paar Jahren ein ziemlich schlauer Polizist in Deutschland Gedanken zum Reinheitsgehalt von Kokain gemacht hat. Er richtete eine Datenbank ein, in der er den Reinheitsgrad aller Drogen eintrug, die bei den Drogenrazzien in Deutschland beschlagnahmt wurden. Und dann begann er sich in den Gegenden umzusehen, wo das Kokain am reinsten war. Irgendeine Ahnung, warum?«

Ryan nickte.

»Das Kokain wird in jedem Stadium verschnitten. Wenn man sehr reines Kokain findet, besteht die Chance, dass man an den Top-Dealern dran ist, die das Zeug ins Land schmuggeln.«

»Genau«, lächelte James.

»Aber warum verdünnen sie das Zeug nicht noch weiter, wenn sie es auf der Straße verkaufen?«, wunderte sich Ning. »Von einhundert auf zwanzig Prozent auf ein Mal?«

»Auf diese Weise können sie ihre Spuren verwischen, und ich bin sicher, dass viele das auch tun«, sagte James, »aber Tatsache ist, dass es Gegenden gibt, in denen sehr reines Kokain auf der Straße verkauft wird, und die Erfahrungen aus Deutschland und anderen Ländern zeigen uns, dass man oft Hinweise auf die großen Drogenimporteure bekommt, wenn man in diesen Gegenden Nachforschungen anstellt.«

Ryan und Ning gefiel die Vorstellung, einen großen Drogenschmuggler zur Strecke zu bringen.

»Und wo werden diese reinen Drogen verkauft?«, fragte Ryan.

»Ihr werdet in Kentish Town in Nordlondon stationiert«, erklärte James. »Der Stoff auf der Straße ist dort ständig ungefähr zu fünfundzwanzig Prozent rein.«

Ning sah ihn verwundert an. »Und fünfundzwanzig Prozent sind gut?«

James nickte. »Für den Stoff auf der Straße schon. Besseres bekommt man nicht. Außerdem ist er immer mit zwei Teilen Laktose und einem Teil Lidokain verschnitten. Lidokain ist ein Betäubungsmittel, das ein Taubheitsgefühl auslöst, wodurch man glaubt, das Kokain sei stärker, als es eigentlich ist. Die Tatsache, dass in Dutzenden von beschlagnahmten Drogen dieselbe Chemikalienzusammensetzung gefunden wurde, deutet darauf hin, dass das Kokain aus ein- und demselben großen Verschneidebetrieb stammt.

Der Handel mit Kokain und Heroin in diesem Teil der Stadt wird von einem Mann namens Erasto Ali Anwar beherrscht, den man als Hagar kennt. Kentish Town ist seine Basis, aber er hat ein Netzwerk von Verkäufern in den Bezirken Islington, Camden, Hackney und Haringey sowie in Nachtclubs in der Stadtmitte.

Wie die Drogenfahndung in Kentish Town berichtet, benutzt Hagar für den kleineren Drogenhandel und die Drecksarbeit Jungen im Teenageralter. Viele davon gehören einem Jugendclub der Wohlfahrt an, dem *Hangout*.

Ryan, wenn du die Mission annimmst, dann geht es erst mal mit der üblichen CHERUB-Routine los. Du besuchst die dortige Schule und verbringst Zeit im Hangout-Club. Vielleicht kannst du nach ein paar Wochen eine Position einnehmen, die das Interesse von Hagars Bande an dir weckt. Wenn du in die Organisation aufgenommen wirst, sollst du so viel wie möglich über sie herausfinden.«

»Sie haben gesagt, dass Hagar sowohl Kokain als auch Heroin verkauft. Soll ich mich für beides interessieren?«

»Es gelten dieselben Reinheitsregeln für Heroin wie für Kokain, und die Polizei wendet dieselben Methoden an, um es aufzuspüren. Die Analyse zeigt, dass das Heroin, das von Hagars Bande verkauft wird, im Durchschnitt von geringer Qualität ist, sodass es unwahrscheinlich erscheint, dass sie dabei nah an der ursprünglichen Schmugglerquelle sind.«

»Klingt logisch«, meinte Ryan.

»Nun, nimmst du an?«, fragte James.

Ryan nickte. »Klingt nach einer anständigen Mission.«

»Und was ist mit mir?«, erkundigte sich Ning. »Wenn Hagar nur Jungen engagiert, was kann ich dann tun?«

»Für dich habe ich etwas anderes organisiert«, sagte James und lächelte leise. »Es bringt vielleicht nicht viel, aber wenn, dann hat es das Potenzial, Hagars Organisation komplett zu knacken.«

11

Officer Wendy öffnete die Zellentür und sah Fay mit finsterem Gesicht am Bettende sitzen.

»Na, wirst du dich jetzt benehmen?«, fragte Wendy.

»Werdet ihr mich vermissen, wenn ich weg bin?«, konterte Fay.

Wendy schnaubte und Fay klemmte sich ihre Schulbücher unter den Arm und lief zur Tür. Sie ging den kurzen Weg bis zu ihrer Zelle, tippte einen dreistelligen Code in ihr Schrankschloss ein und nahm sich ein Handtuch und einen Bademantel, um das erste Mal seit fünf Tagen zu duschen.

Als sie zurückkam, saß ein chinesisches Mädchen auf dem rechten Bett und machte Hausaufgaben.

»Du hast dich in der Zelle geirrt«, sagte Fay bestimmt. »Wo ist Amber?«

Ning zuckte mit den Achseln.

»Die hat man vor ihrer Entlassung in eine Einheit mit niedrigerer Sicherheitsstufe verlegt.«

»Was?«, rief Fay. »Amber ist meine Zellengenossin.«

»Jetzt bin ich deine Zellengenossin«, erklärte Ning, während sich Fay den Bademantel auszog und einen BH und ein T-Shirt aus einer Schublade nahm.

Ning konzentrierte sich wieder auf ihr Heft, doch als Fay sich eine saubere Jeans anzog, bemerkte sie, dass die Kissen auf ihrem Bett fehlten, während Ning vier Stück hinter ihrem Rücken aufgetürmt hatte.

»Wer hat dir erlaubt, an meine Kissen zu gehen?«, fuhr sie auf. »Gib her!«

»Die brauche ich«, lächelte Ning.

Fay war es nicht gewohnt, dass ihr jemand widersprach.

»Wie bitte?«

»Oh, bist du taub?«, fragte Ning fröhlich und schrie los: »ICH SAGTE, ICH KANN SIE DIR NICHT GEBEN, WEIL ICH SIE GERADE BRAUCHE!«

Fay stand mit geballten Fäusten über Nings Bett.

»Gib mir sofort meine Kissen«, verlangte sie, »sonst schlage ich dir deinen dämlichen Schädel ein!«

»Na, du bist aber wirklich ein unhöfliches kleines Mädchen«, meinte Ning missbilligend.

Fay konnte es nicht länger ertragen. Sie beugte sich vor, um zuzuschlagen, und erwartete, dass Ning gleich darauf kreischen und ihr die Kissen geben würde. Doch sie stellte überrascht fest, dass Ning ihren Schlag abfing und sie mit beiden Füßen in den Bauch trat.

Als Fay zusammenklappte, stand Ning auf und versuchte, Fay den Arm auf den Rücken zu drehen. Doch die schaffte es, sich aufzurichten und rasch zuzuschlagen. Ihr Hieb traf Ning in die Nieren.

»Du kannst also kämpfen?«, meinte Ning, trat vor und ließ einen Hagel von Schlägen auf sie niederprasseln.

Fay musste zurückweichen, bis sie gegen die metallenen Schränke stieß. Ning traf sie mehrmals heftig, bevor Fay sich keuchend aus der Ecke befreien konnte. Als Ning versuchte nachzusetzen, landete Fay einen Tritt, der Ning gegen die Schränke stürzen ließ.

Ning hatte gewusst, dass Fay gut im Kickboxen war, aber nicht, dass sie so gut war. Als sie wieder angriff, musste sie gegen den Schmerz ankämpfen. Fay war groß und hatte eine längere Reichweite als sie selbst, doch Ning war kräftig und kam auf sie zu wie ein Rammbock.

Nach einem schnellen Austausch von Tritten und Schlägen packte Ning Fay am Haar und warf sie auf eines der Betten. Dann setzte sie sich auf ihren Rücken und bohrte ihr den Ellbogen zwischen die Schulterblätter. Eine Aufsicht namens Gladys hatte den Lärm gehört und kam hereingelaufen.

»Was zum Teufel ist hier los?«, schrie sie.

Sofort ließ Ning von Fay ab.

»Nichts, Miss.«

Stöhnend drehte Fay sich auf den Rücken, schaffte es jedoch, Gladys anzulächeln.

»Nur eine kleine Reiberei«, bestätigte sie.

Warnend hob Gladys den Finger. »Ich behalte euch beide im Auge!«

Als sie sich zurückzog, ging Ning zu ihrem Bett. Fay rieb sich mit finsterem Gesicht die Hand, die sie sich irgendwo aufgeschürft hatte. Nach einer Minute Schweigen nahm Ning die zwei Kissen und warf sie auf Fays Bett.

»Da«, sagte sie. »Wo hast du Kickboxen gelernt?«

Fay stand auf und schüttelte die Kissen auf, dann antwortete sie mürrisch: »Hat mir meine Mutter beigebracht. Und du?«

Da es am besten ist, die Anzahl der notwendigen Lügen, an die man sich erinnern muss, auf ein Minimum zu reduzieren, hatte sich Ning eine Geschichte ausgedacht, die der Wahrheit recht nahe kam.

»Ich bin in China aufgewachsen«, sagte sie. »Da hat man mich für die Sportakademie ausgesucht. Ich hatte jede Menge Box- und Kampfunterricht.«

»Du bist das erste Mädchen hier, das ich nicht plattgemacht habe. Ich heiße übrigens Fay.«

»Ich bin Ning.«

Ning streckte die Hand aus, und Fay lächelte vorsichtig, als sie ihre Faust gegen die von Ning stieß.

»Wie bist du in Idris gelandet?«, wollte Fay wissen.

»Ich war in einem Pflegeheim«, erzählte Ning. »Da habe ich die Sperrstunde überschritten und bin betrunken nach Hause gekommen. Dann habe ich die Nachtaufsicht angegriffen, sein Büro verwüstet und ihm beide Arme gebrochen.«

»Nicht gerade zartfühlend!«, lachte Fay. »Wie lange hast du bekommen?«

»Dreißig Tage«, antwortete Ning. »Aber die meiste Zeit habe ich in einer weniger gesicherten Einheit abgesessen, bis ich in eine Prügelei geraten bin. Hier bin ich nur für sieben Tage. Und du?«

»Achtzehn Monate für das Aufschlitzen eines Cops, aber jetzt habe ich nur noch eine Woche.«

»Ein Bulle?«, meinte Ning. »Beeindruckend.«

»Aber jemandem beide Arme zu brechen, ist auch gut«, fand Fay. »Mir tut derjenige leid, der ihm den Hintern abwischen muss, bis der Gips abkommt.«

Ning ließ einen Satz fallen, der bei Fay eine bestimmte Wirkung erzielen sollte.

»Zumindest kannst du zu deiner Familie und so.«

»Was weißt du schon darüber?«, fuhr Fay sie gereizt an.

»Sorry«, sagte Ning. »Ich habe es nur angenommen. Ich habe niemanden da draußen. Dad sitzt in China im Gefängnis und meine Mutter ist tot. Also komme ich wohl wieder in dieses schäbige Pflegeheim in Islington.«

»Islington?«, erkundigte sich Fay. »Wo denn?«

»Tufnell Park.«

»Ich habe fast mein ganzes Leben da in der Nähe gewohnt«, erklärte Fay. »Mir geht es genauso wie dir: keine Familie. Mum starb schon vor langer Zeit und dann wurde auch noch meine Tante ermordet.«

»Scheiße«, fand Ning.

Fay lächelte, als wäre ihr gerade etwas Lustiges eingefallen.

»Weißt du, Ning, es ist schade, dass du nicht ein paar Monate früher gekommen bist, denn zusammen hätten wir hier den ganzen Laden gerockt!«

*

Ryan fasste James Adams um die Taille, als der Einsatzleiter den Gashebel seiner Triumph 865 Bonneville aufdrehte und mit fast hundert Stundenkilometern unter einer Brücke hindurchraste. Dann fegte er an einem roten Doppeldeckerbus vorbei und über einen Fußgängerüberweg, bog rechts in eine Nebenstraße ab und quetschte sich zwischen einem Minivan und dem Gehweg hindurch.

James ging vom Gas, bog gemächlich links ab und fuhr durch das Tor, das zu einem dreistöckigen Ziegelgebäude führte. Sobald das Motorrad auf dem kleinen gepflasterten Hof anhielt, sprang Ryan ab. Aufatmend löste er seinen Helm.

»Na, hat's Spaß gemacht?«, erkundigte sich James fröhlich und sah auf seine Uhr. »Fünfundneunzig Minuten vom Campus bis hierher. Das kriegt man mit dem Auto nicht mal annähernd hin!«

Ryan bebte in einer Mischung aus Angst und Zorn.

»Sie sind doch total irre!«, schrie er.

James grinste.

»Ich sitze seit vier Jahren unfallfrei im Sattel, Kumpel. *Fahr langsam, James! Mir ist schlecht, James! Pass auf die alte Dame auf, James!* Du bist ja schlimmer als meine Freundin Kerry. Die will nicht mehr bei mir mitfahren.«

»Ich will auch nicht mehr bei Ihnen mitfahren!«, behauptete Ryan.

James zuckte mit den Achseln.

»Von mir aus. Aber dann geht es mit einem Bus, drei Zügen und einem Taxi zum Campus zurück. Nun lass uns mal sehen, was das Umzugsteam für uns parat hat.«

Ryan zitterten immer noch die Hände, als er den Schlüssel in die Haustür steckte. Es war eine Zweizimmerwohnung im Erdgeschoss am Rand des Pemberton Estate. Die Zimmer waren zwar klein, aber die Wohnung war frisch renoviert und in einem ordentlichen Zustand.

Ryan ging in ein kleines Schlafzimmer und stellte fest, dass das Umzugsteam seine Sachen bereits in den Schrank gelegt hatte, während seine Missionsausrüstung in einem Flugkoffer am Bettende stand.

»Sie haben bei Waitrose für uns eingekauft«, meinte James, als er ein Fertiggericht in die Mikrowelle schob und auf Start drückte. »Todschick. Hast du Hunger?«

»Ich glaube, mein Magen braucht nach dieser Fahrt eine Woche zur Regeneration«, behauptete Ryan.

James schüttelte verächtlich den Kopf. Ryan ging zur Küchenspüle und zog das Rollo auf. Es gab einen winzigen gepflasterten Hinterhof und die Aussicht auf mehrere weitere niedrige Wohnhäuser weiter unten, die um einen zentralen Hof gruppiert waren.

In der Mitte dieses Hofes befanden sich ein betongepflasterter Spielplatz und ein großes Wellblechgebäude mit einem riesigen rot-blauen Schriftzug an der Seite: *The Hangout – Jugendzentrum.*

12

Zum Frühstück bereitete James Omelettes mit Schinken und Champignons, die Ryan gierig in Unterwäsche verschlang, bevor er wieder in sein Zimmer ging, um sich die schwarz-gelbe Krawatte und den grünen Blazer der St. Thomas-Schule für Jungen anzuziehen.

»Denk daran, was wir im Briefing besprochen haben«, mahnte James. »Um an die Drogendealer zu kommen, musst du den Eindruck erwecken, taff und rebellisch zu sein, aber nicht so verrückt, dass man dich für labil hält.«

»Ich weiß«, erwiderte Ryan.

»Und die Fotos?«, fragte James.

James war alles mit ihm schon am Tag zuvor auf dem Campus durchgegangen und Ryan reagierte leicht gereizt.

»Meine Güte, James! Ich habe mir die Bilder angesehen, die wir von der Polizei in Kentish Town bekommen haben; ich weiß also, mit welchen Kindern ich abhängen soll.«

Dieser Teil von Nordlondon war nicht gerade für seine guten Schulen bekannt und St. Thomas war die schlimmste unter einer Menge schlechten.

Das Hauptgebäude war ein altes viktorianisches Schulhaus, dessen Luft von dem Gestank aus den Toiletten verpestet wurde.

Die Frau im Sekretariat schickte Ryan in ein Büro im

zweiten Stock. Der Leiter der zehnten Klasse war ein schlaksiger IT-Lehrer namens Mr Kite.

»Willkommen in St. Thomas«, begrüßte er Ryan mit festem Händedruck. »Und wie wäre es, wenn wir gleich auf dem richtigen Fuß anfangen und du dir das Hemd in die Hose steckst?«

Widerwillig steckte Ryan das Hemd weg und setzte sich dann, um sich eine langweilige Lektion über die Schwierigkeiten anzuhören, die er beim Einstieg in das Programm zu den Abschlussprüfungen haben würde, und dass die Schule einen familiären Leitfaden hätte und keinerlei Schikane oder Rassismus duldete.

Nachdem diese Formalitäten erledigt waren, hatte es bereits zur ersten Stunde geläutet, und Ryan schaffte es, zwanzig Minuten zu spät zum Biologieunterricht zu kommen. Lautstark stürmte er in den Raum und steuerte einen der Plätze ganz hinten an.

»Junger Mann, was hast du denn vor?«, erkundigte sich ein bärtiger Lehrer.

Ryan sah zwischen seinen Beinen hinunter.

»Ich setze mich auf einen Stuhl«, erklärte er spöttisch, was ein paar andere Kids zum Lachen reizte.

»Nun, in meinen Unterricht kommst du nicht einfach zwanzig Minuten zu spät und setzt dich. Vor allem nicht, wenn ich keine Ahnung habe, wer du bist.«

Alle Schüler sahen zu, wie Ryan nach vorne ging und dem Lehrer einen Stundenplan zeigte. Zwei der Kinder erkannte er von den Überwachungsfotos.

Der Lehrer deutete auf einen Namen auf Ryans Stundenplan.

»Biologie, *Miss Dingwall*. Sehe ich aus wie eine Miss Dingwall?«

»Keine Ahnung, ich bin Miss Dingwall ja noch nie begegnet«, grinste Ryan.

Der Lehrer strich sich über den Bart.

»Manche Frauen sind echt haarig«, meinte Ryan, woraufhin die ganze Klasse in Gelächter ausbrach.

Der Lehrer beschloss, die Frechheit zu ignorieren, und deutete nach rechts.

»Zwei Räume weiter.«

»Schon gut«, meinte Ryan säuerlich, als er zur Tür ging. »Kein Grund, beleidigt zu sein.«

»Mir gefällt deine Einstellung nicht!«, bemerkte der Lehrer. »Du kannst von Glück sagen, dass ich dich nicht dem Jahrgangsleiter melde!«

Ryan schlenderte hinaus, ging den Gang entlang und platzte dann lautstark in den Unterricht von Miss Dingwall.

»Oh ja, du musst der neue Schüler sein«, sagte sie mit überartikulierter Sprechweise. »Du bist ein wenig spät und wir wollten gerade mit einem Experiment anfangen. Wenn du also bitte schnell das Diagramm an der Tafel abschreibst, dann komme ich gleich und helfe dir beim Aufbau, ja?«

»Jaaa«, erwiderte Ryan gedehnt.

Er erkannte sofort drei Kids von den Überwachungsfotos, doch nur neben einem von ihnen war noch ein Platz frei. Es war ein molliger Junge, halb Somali, halb Engländer, mit Namen Abdi.

»Miss, ich habe kein Arbeitsbuch«, sagte Ryan.

Aber Miss Dingwall hatte ihren neuen Schüler erwartet und kam bereits mit einem Arbeitsbuch, einem Heft und mehreren Ausdrucken zu ihm.

Während sie mit Ryan arbeitete und ihm half, die Geräte für ein Experiment aufzubauen, wurde der Rest der Klasse so unruhig, dass sie wieder nach vorne gehen und die Schüler anschreien musste, ruhig zu sein.

Ryan sah Abdi an und sagte: »Ich heiße Ryan.«

Abdi runzelte die Stirn und sah Ryan an. »Und das interessiert mich weshalb …?«

Fay und Ning plauderten die ganze Nacht über Themen wie Filme oder Musik, aber auch über wichtige Angelegenheiten, wie was sie nach ihrer Entlassung aus Idris machen würden.

»Die sagen alle, ich sei nur ein Kind«, beschwerte sich Fay. »Aber ich werde die Leute, die meine Tante und meine Mutter ermordet haben, nicht davonkommen lassen.«

»Ich bewundere deine Entschlossenheit«, meinte Ning. »Aber du legst dich mit einer ganzen Organisation an. Vielleicht solltest du doch mit diesem Bullen herumfahren, von dem du gesprochen hast.«

»Ich bin doch kein Verräter«, erwiderte Fay geringschätzig.

Als die Mädchen endlich schwiegen und einschliefen, war es bereits nach drei Uhr morgens. Folglich waren sie am nächsten Morgen, als eine Aufsicht namens Sarah sie zur Schule weckte, unausgeschlafen und schlecht gelaunt.

Der Unterricht in der Strafanstalt war Pflicht, aber jeder Lehrer musste sich mit fünfzehn Mädchen abplagen, die vom Alter und Kenntnisstand völlig verschieden waren und oft eine andere Muttersprache als Englisch hatten. Fays und Nings Lehrer schien es nicht zu stören, dass sich die beiden auf ein paar Schaumgummikissen hinten im Klassenraum setzten und einschliefen.

Nach Schulschluss um zwei Uhr nachmittags gingen die Mädchen zum Wohnblock zurück.

»Es haben immer nur Wendy und eine andere Aufsicht Dienst«, sagte Fay. »Willst du dich ein bisschen amüsieren?«

Ning wirkte interessiert, meinte aber vorsichtig: »Aber nicht so, dass meine Strafe verlängert wird.«

»In Ordnung«, stimmte Fay zu. »Aber es gibt nur eine

Einzelhaftzelle, und ich wette mit dir um fünf Pfund, dass ich dort vor dir hineinkomme.«

Grinsend stemmte Ning die Hände in die Hüften.

»Willst du behaupten, dass du schlimmer bist als ich?«

»Das behaupte ich nicht, das weiß ich«, gab Fay zurück.

Nach ihrer Rückkehr aus dem Schulblock gingen die meisten Mädchen in ihre Zellen. Einige zogen sich um, weil sie bei einem Volleyballspiel mitmachen wollten.

Fay lief in die Wäscherei und sprang auf eine der Maschinen. Sie versuchte, dahinterzugreifen, doch ihre Arme waren nicht lang genug, daher sah sie Ning herausfordernd an.

»Steh nicht einfach so rum, hilf mir mal!«, verlangte sie und begann, eine der Maschinen von der Wand abzurücken.

Als sie sie einen halben Meter nach vorne gezogen hatten, sprang sie in die Lücke dahinter und zog den Wasserschlauch ab. Das Wasser begann herauszuspritzen und Fay zog auch die Schläuche der beiden Maschinen daneben ab.

»Kipp das Pulver aus!«, verlangte Fay.

Es standen zwei große, offene Schachteln Waschpulver im Regal, die die Mädchen auf dem Boden verteilten, auf dem sich das Wasser bereits sammelte.

»Anarchie!«, rief Fay fröhlich, als sie zusammen wieder in ihre Zelle rannten.

Dann setzten sie sich auf ihre Betten und warteten darauf, dass jemand ihren Sabotageakt der Aufsicht meldete. Es schien ewig zu dauern, und es war schließlich die kleine Izzy, die bemerkte, dass Wasser den Gang entlanglief, und die in Wendys Büro rannte.

»Miss, da läuft Wasser aus der Wäscherei!«

Fay und Ning sahen aus ihrem Zimmer, wie Wendy hektisch nach Sarah, der zweiten Aufsicht, rief. Bevor sie den Gang entlangrannte, durch den immer mehr Wasser lief, schickte sie Izzy los, um einen Hausmeister zu finden.

»Ich weiß nicht, wie man es abstellt«, rief Wendy. »Irgendwo muss ein Absperrhahn sein.«

Sobald sie sicher war, dass die beiden Aufseherinnen in der Wäscherei verschwunden waren, führte Fay Ning über den Flur in Wendys Büro.

Dort riss sie sofort den Aktenschrank auf und begann, die Akten herauszunehmen und auf den Boden zu werfen. Ning wusste, dass sie mitmachen musste, zerrte die Schreibtischschubladen heraus und verteilte ihren Inhalt auf dem Boden.

Ein paar Mädchen waren auf den Flur gelaufen, um nach dem Wasser zu sehen, und einige von ihnen machten mit, schnappten sich die Papiere von Wendys Schreibtisch und warfen sie auf den nassen Flur. Fay und Ning lachten, allerdings ein wenig besorgt.

Ning war der Meinung, dass erreicht war, was sie vorgehabt hatten, doch Fay hatte noch ein weiteres Ziel. Sie stürmte wieder in den Gang und plantschte bis zu Izzys und Chloes Zelle. Izzy war den Hausmeister holen gegangen, aber Chloe stand in ihrer Tür und versuchte, mit einem zusammengerollten Handtuch zu verhindern, dass das Wasser in ihre Zelle lief.

»Du Verräterin!«, schrie Fay und stieß Chloe mit beiden Händen in den Raum.

Chloe schrie auf, als Fay sie in den Oberschenkel trat, sodass sie rückwärts auf ihr Bett stürzte. Instinktiv wollte Ning sie verteidigen, aber ihre Mission war, Fay näherzukommen, daher musste sie versuchen, den Kampf zu beenden, ohne Fays Freundschaft aufs Spiel zu setzen.

»Das ist dafür, dass du mich verpetzt hast!«, rief Fay und holte zum Schlag aus.

Chloe machte sich auf einen Schlag ins Gesicht gefasst, doch Ning hielt Fays Arm fest.

»Die kriegen dich wegen tätlichen Angriffs dran«, rief sie. »Das ist die Kuh doch nicht wert!«

Fay grollte, schien Ning aber zu glauben.

»Glück gehabt!«, zischte sie Chloe zu und spuckte ihr ins Gesicht, bevor sie zurückwich.

»Gehen wir in unsere Zelle zurück«, schlug Ning vor.

Gerade als sie wieder auf den Gang traten, stürmten vier riesige schwarz gekleidete Gestalten an dem Ende, wo die Wäscherei lag, herein. Izzy versuchte, einem der Männer etwas zu sagen, wurde aber an die Wand gedrückt und bekam einen heftigen Stoß ab.

»Einschließen! Alle in die Zellen!«, schrien die Männer.

Mehrere Mädchen schrien auf, als die behelmten Männer sie in ihre Zellen zurückdrängten. Ein Mädchen stürzte und bekam einen riesigen Stiefel in den Bauch, bevor sie hochgehoben und weitergestoßen wurde.

»Was habe ich dir gesagt?«, schrie ihr der Mann ins Gesicht.

Fay und Ning schafften es vor dem Ansturm in ihre Zelle zurück. Ning machte sich Sorgen, was mit den anderen Mädchen geschah, aber Fay legte sich nur aufs Bett und betrachtete ihre blutverschmierte Faust.

»So ist eben das Leben«, brüllte sie und begann dann lautstark zu lachen.

13

Ryan konnte riechen, wie James in der Küche Schinken briet, doch von dem Geruch wurde ihm übel, und er wünschte sich, er müsste nicht den dritten Tag aufstehen und an die St. Thomas-Schule gehen.

»Ich mache dir Frühstück«, verkündete James, als er ein paar Minuten später hereinplatzte. »Du könntest wenigstens den Anstand aufbringen, aufzustehen und es zu essen.«

Ryan tauchte unter der Bettdecke hervor. Er war zwar nicht den Tränen nahe, aber James erkannte, dass er aufgewühlt war.

»Was ist los?«

James schien ein guter Kerl zu sein, aber Ryan war sich nicht sicher, ob er jemand war, mit dem man wirklich reden konnte, daher sagte er nur: »Gar nichts.«

»Ganz offensichtlich doch«, meinte James und setzte sich auf Ryans Bettkante. »Wenn du nicht mit mir sprechen willst, kann ich einen Anruf bei einem der Berater auf dem Campus arrangieren.«

»Nein!«, stieß Ryan hervor, weil er fürchtete, dass ein Anruf auf dem Campus einen Eintrag in seinem Einsatzbericht zur Folge haben würde. »Es ist nur ...«

»Verdammt, Ryan, ich beiße doch nicht«, sagte James lächelnd, als Ryan verstummte.

»Es ist nur ... Ich bin so schlecht darin, mich mit jemandem anzufreunden.«

James runzelte die Stirn.

»Du hast ein schwarzes T-Shirt, also musst du doch irgendetwas richtig gemacht haben.«

»Ich habe mein schwarzes T-Shirt auf einer einzigen großen Mission bekommen«, gestand Ryan. »Und zu Beginn sollte ich mich mit diesem Ethan anfreunden. Das habe ich so vermasselt, dass der arme Junge fast umgebracht worden wäre. Und jetzt auf dieser Mission hier bin ich wieder einfach nutzlos.«

James dachte einen Augenblick lang nach.

»Wir versuchen eine wichtige Quelle hochgradig reinen Kokains zu finden. Keiner erwartet von dir sofortige Resultate.«

»Du verstehst das nicht«, stöhnte Ryan. »Agenten wie Ning kommen einfach an und finden sofort überall Freunde, aber bei mir geht es immer schief.«

»Ich war immer ziemlich gut darin«, gab James zu. »Es geht darum, entspannt zu bleiben, es nicht zu sehr zu versuchen, und man braucht auch ein wenig Glück.«

Ryan legte die Hände auf den Kopf.

»Aber ich bin soo schlecht! Ich habe versucht, mit diesem Abdi zu sprechen, der in meiner Klasse ist, aber der ignoriert mich glatt. Dann habe ich es bei ein paar anderen Kids auf unserer Liste versucht, aber keiner von ihnen will etwas mit mir zu tun haben.«

»Wahrscheinlich merkt man, dass du dich zu sehr bemühst«, meinte James. »Aber vielleicht kann ich etwas arrangieren, was dir hilft.«

»Was denn zum Beispiel?«

»Gibt es einen Ort, wo die Kids, auf die du es abgesehen hast, zusammen sind?«

»Im Hangout«, antwortete Ryan.

James schüttelte den Kopf.

»Ich meine, bei der Schule. In der Pause oder nach dem Unterricht.«

Ryan nickte. »Da ist ein kleiner Park, in dem einige der Zielpersonen in der Pause gerne abhängen.«

»Okay«, meinte James und strich sich nachdenklich über den Bart. »Ich überlege mir etwas. Lass dein Handy heute Vormittag eingeschaltet, weil ich wahrscheinlich mit dir sprechen muss.«

*

Fay bekam weitere drei Tage Einzelhaft dafür, dass sie Chloe verprügelt hatte, doch sie kam strahlend wieder heraus, da ihre Strafe nicht die ganze Woche bis zu ihrer Entlassung dauern würde.

»Ningy!«, rief sie übermütig, als sie in ihre Zelle zurückkehrte. »Ningy, Ning, Ningo, bingo!«

»Lass den Scheiß«, verlangte Ning lächelnd und zog eine Augenbraue hoch.

Die beiden Mädchen umarmten sich wie alte Freundinnen und quiekten vor Aufregung.

»Wir haben unsere Entlassungspapiere für Sonntag bekommen«, sagte Ning. »Ich habe dir deine aufs Fensterbrett gelegt.«

Lächelnd griff Fay nach dem Umschlag, doch ihr Gesichtsausdruck veränderte sich radikal, als sie ein paar Sätze gelesen hatte.

»Sie schicken mich zu Pflegeeltern nach Elstree«, rief sie. »Wo zum Teufel ist *Elstree*?«

»Ziemlich weit im Norden«, vermutete Ning. »So hinter Barnet oder so.«

»Mit welchem Recht schicken sie mich nach Elstree? Sollten sie mich nicht dahin zurückschicken, wo ich hergekommen bin?«

Wütend dampfte Fay zu Wendys Büro und platzte ohne anzuklopfen hinein.

»Elstree?«, schrie sie. »Ich komme nicht mal aus der Nähe von Elstree. Ich dachte, ich würde in die Obhut irgendeiner Behörde in der Gegend, aus der ich komme, gegeben.«

Wendy machte sich hinter ihrem Schreibtisch auf weiteres Geschrei gefasst.

»Du wurdest in Camden verhaftet«, begann sie. »Aber Camden hat ein Netzwerk von Pflegeeltern in anderen Bezirken. Und da deine Tante von einer Gang aus Camden ermordet wurde, hat man entschieden, dass du besser ein paar Meilen außerhalb der Gefahrenzone wohnst.«

»Wenn Hagar mich hätte umbringen wollen, wäre ich schon längst tot«, meinte Fay kopfschüttelnd. »Aber ich bin ja nur ein Kind. Er betrachtet mich nicht als Bedrohung.«

»Elstree ist ein sehr hübscher Ort«, beharrte Wendy. »Und es ist ja nicht so, als hättest du Verwandte oder Freunde in Camden.«

»Mich hat man nicht mal gefragt – wie üblich!«, sagte Fay beleidigt.

»Hättest du nicht wieder in der Einzelzelle gesessen, hättest du vielleicht Zeit gehabt, das zu ändern«, erklärte Wendy steif.

»Also ist es wie immer meine Schuld«, behauptete Fay und marschierte in ihre Zelle zurück.

»Du kannst mich jederzeit besuchen kommen«, meinte Ning tröstend.

»Wo bist du denn?«, erkundigte sich Fay.

»Im Norden von Islington«, antwortete Ning. »Nennt sich Nebraska House.«

*

Nach dem Vormittagsunterricht war Ryan immer noch niedergeschlagen, weil er von Raum zu Raum gewandert war, ohne zu irgendjemandem Kontakt aufzunehmen. In der Mittagspause holte er sich Würstchen und

Pommes frites an einem Imbiss in der Nähe der Schule und ging dann eilig in den Park.

Die Kids mit Verbindungen zu Hagars Operation waren ein fest zusammengeschweißter Haufen von Neunt- und Zehntklässlern. Sie hingen im hinteren Teil des Parks an einer Skateboardrampe zusammen, während sich die Siebtklässler mit den Schaukeln und Karussellen amüsierten.

Ryan bekam eine Nachricht von James.

ALLES KLAR?

Als er seine Antwort tippte, verteilte er ein wenig Ketchup auf dem Bildschirm.

JEP.

Ein paar Minuten später kamen sechs Jungen in den schwarzen Blazern der Dartmouth Park School, die ganz in der Nähe war. Keiner dieser sechs war je zuvor im Dartmouth Park gewesen. Es waren alles CHERUB-Agenten, einschließlich Ryans Freunden Max und Alfie sowie eines Jungen namens Jimmy, der aussah, als könnte er mit seinem Kopf Felsen zerschlagen.

»St. Thomas!«, rief Jimmy, als er auf die Jungen an der Skateboardrampe zuging. »Was macht ihr in diesem Park? Der ist näher an unserer Schule als an eurer!«

Eine von Ryans Zielpersonen, ein Junge namens Ali, nahm die Herausforderung an.

»Ihr habt doch den großen Park gleich neben der Schule.«

»Stimmt, das ist unserer«, lachte Jimmy. »Aber jetzt sehen wir uns diesen hier an.«

Ryan aß seine letzten Fritten, als acht seiner Zielpersonen auf die sechs CHERUB-Agenten zugingen.

»Na, dann seid ihr bei uns richtig«, rief ein Junge namens Andre aus Ryans Schule und ging ans Ende der Skateboardrampe. »Ihr Wichser könnt von Glück sagen, wenn ihr den Park auf zwei Beinen verlasst!«

Als Andre vortrat, begrüßte ihn der CHERUB-Agent Alfie DuBoisson mit einem Faustschlag ins Gesicht.

»Unser Park!«, schrie er.

Die Kids von St. Thomas stürmten gegen die CHERUB-Agenten. Die Fäuste flogen, aber da die nahkampfgewohnten CHERUB-Agenten drei Jungen gleich auf den Hintern fliegen ließen, war das Ergebnis vorhersehbar. Einer der Jungen von St. Thomas griff mit einem Holzprügel an, wurde von Max jedoch schnell entwaffnet und bekam den Ast in den Blazer gesteckt.

Als die Schlacht zwischen den vierzehn- und fünfzehnjährigen Jungen entbrannte, verzogen sich die meisten jüngeren Kinder aus dem Park. Ryan knüllte seine Frittentüte zusammen und näherte sich der Szene.

»Ihr haltet euch wohl für besonders stark?«, tönte er und griff mit vorgereckter Brust und geballten Fäusten an.

Als Erstes stand er seinem Freund Alfie gegenüber. Sie hatten im Dojo einige Male gegeneinander gekämpft, und jedesmal hatte Ryan den Hintern versohlt bekommen, aber dieses Mal griff Ryan mit einem gedrehten Roundhouse-Kick an, woraufhin Alfie theatralisch zurückstolperte und sich an die Rippen griff.

Jimmy hatte einen Somali namens Youssef im Schwitzkasten, bis Ryan kam und ihm einen Karateschlag auf den Hals verpasste, sodass er loslassen musste. Daraufhin stieß ihm Ryan mit zwei Fingern in die Augen, die er jedoch nicht wirklich traf.

Jimmy taumelte zurück und hielt sich die Augen, während ein weiterer CHERUB-Agent Ryan angriff und auf dem Bauch landete, weil der ihm die Beine wegzog.

»Will sich noch jemand mit mir anlegen?«, schrie Ryan.

Die Kids von St. Thomas, die zuerst zu Boden gegangen waren, krochen zum größten Teil immer noch auf allen vieren, während die vier CHERUB-Agenten wieder aufstanden. Ryan stand in der Mitte.

»Vier von euch habe ich schon erledigt«, schrie Ryan zuversichtlich. »Wo ist denn jetzt euer Übermut?«

Alfie war der erste der CHERUB-Agenten, der wieder aufstand, doch als Ryan auf ihn zukam, drehte er sich um und rannte weg. Gleich darauf waren auch die anderen CHERUB-Agenten verschwunden.

»Dartmouth Park!«, schrie Ryan ihnen höhnisch nach. »Wohl eher Dartmouth-Scheiße!«

Mittlerweile standen die St.-Thomas-Kids wieder. Abdi, der Ryan im Biologieunterricht mehrmals ignoriert hatte, kam auf ihn zu und schlug ihm kameradschaftlich auf den Rücken.

»Habt ihr den Stich in die Augen von dem Großen gesehen?«, rief Abdi. »Das wird er noch lange spüren!«

»Wo hast du kämpfen gelernt?«, wollte Andre wissen.

»Ich war schon auf 'ner Menge Schulen«, grinste Ryan. »Und da gibt es immer jemanden, der nur darauf wartet, einem eine zu verpassen.«

»Cool«, fand ein anderer und hielt ihm die Faust zum Dagegenstoßen hin. »Aber ich schätze, wir wären auch so mit ihnen fertig geworden. Die haben uns nur überrumpelt.«

»Überrumpelt«, bestätigte Abdi.

»Woher kommst du?«, fragte Andre.

Ryan ließ einen Finger kreisen.

»Von überall her. Meine Eltern sind gestorben. Daher wohne ich bei meinem Bruder James. Er arbeitet jetzt als Mechaniker, also hoffe ich, dass wir eine Weile hierbleiben.«

»Ich glaube, ich habe dich in ein Haus am Pemberton Estate gehen sehen«, meinte Abdi.

»Stimmt«, nickte Ryan.

»Dann solltest du mal ins Hangout kommen«, schlug

Abdi vor. »Das musst du doch eigentlich von eurem Haus aus sehen können.«

»Ja, das habe ich gesehen«, antwortete Ryan. »Ich war mir nicht sicher, ob das cool ist, und außerdem kenne ich hier niemanden.«

»Komm heute Abend«, schlug Abdi vor. »Es gibt Billard, Tischtennis und Mädchen.«

»Nicht dass sie dir je zu nahe kommen würden, Abdi«, spottete jemand.

Ryan versuchte, gelassen zu klingen, obwohl er unglaublich aufgeregt war.

»Ja, ich schaue mal vorbei«, sagte er beiläufig.

14

Kurz vor fünf kam Ryan aus der Schule nach Hause.

»Und?«, fragte James.

Grinsend warf Ryan seine Schultasche in den Flur.

»Ja, Ihr Plan hat funktioniert«, sagte er. »Nach der Mittagspause hatte ich eine Doppelstunde Mathe, in der ich mit Abdi, Youssef und einem Kerl namens Warren zusammengesessen habe. Wir haben so viel Quatsch gemacht, dass wir nachsitzen mussten.«

»Also, bin ich ein Genie oder was?«, fragte James.

»Es geht wirklich nichts über eine schöne Prügelei auf der Straße, um neue Freunde zu finden«, stimmte Ryan zu. »Jetzt soll ich die Jungs in einer Stunde im Hangout treffen, also werde ich mich umziehen und duschen. Gibt es etwas, das ich in der Mikrowelle warm machen kann?«

»Anderes Essen kaufe ich erst gar nicht«, behauptete James.

Nach der Dusche suchte sich Ryan sorgfältig die Sachen aus, die er anziehen wollte. Er wollte nicht zu abgerissen wirken, aber wenn er sich zu sehr stylte, würde man ihn auch auslachen. Schließlich entschied er sich für ein blauweiß gestreiftes T-Shirt, Cargo-Shorts und Vans.

Von außen sah das Hangout wie ein mit Graffiti verschmierter Metallschuppen aus, ein Jugendclub, wie er überall anders auch hätte stehen können. Wegen der Hitze war die Eingangstür offen und Ryan betrat einen großen Saal mit Billard- und Tischtennistischen, einer Reihe Getränkeautomaten und einer Menge mutwillig zerstörter Schaumstoffsessel.

Es waren etwa fünfundzwanzig Jugendliche da, und als Ryan eintrat, hatte er das Gefühl, dass sich alle Blicke auf ihn richteten. Er hatte erst vier Schritte über den klebrigen Boden gemacht, als Youssef nach ihm rief.

»He, Ryan, komm her!«

Youssef stand mit etwa zehn Jungen zusammen, die fast alle auf Ryans Liste mit Zielpersonen standen. Bei der Hitze konnte sich niemand aufraffen, Pingpong zu spielen, doch die Billardtische waren alle besetzt, und ein paar andere Jungen spielten Poker. Man hatte zwar mit der Anwesenheit von Mädchen gelockt, doch es waren weit und breit keine zu sehen. Und am rätselhaftesten war, dass vor einem Büro drei übel aussehende Schläger saßen.

»Spielst du Billard?«, fragte Youssef und stieß seine Faust gegen Ryans. »Leute, das ist Ryan. Er hat uns heute vor den Scheißkerlen von Dartmouth Park gerettet.«

Die Beschreibung passte Abdi nicht. »Er hat uns nicht gerettet, er hat uns nur geholfen.«

»Wie auch immer«, meinte Youssef achselzuckend.

»Die Arschlöcher hatten Glück, dass ich nicht dabei war«, meldete sich ein kräftiger Somali namens Sadad. »Ich hätte sie zu Brei geschlagen.«

»Ich würde gerne nach Dartmouth Park gehen und es diesen Kerlen zeigen«, meinte Abdi. »Die haben uns nur geschafft, weil sie uns überrascht haben.«

Ryan hatte das zwar anders in Erinnerung, aber er nickte trotzdem ebenso zustimmend wie die anderen in der Gruppe. Solange sie seine Freunde blieben, konnten sie die Schlägerei in Erinnerung behalten, wie sie wollten.

»Also, wie komme ich jetzt an ein Billard-Spiel?«, fragte er.

»Ich bin als Nächstes dran, und du kannst dann gegen den Gewinner spielen«, schlug Sadad vor.

In diesem Augenblick kam ein bärtiger Mann in einer Weste aus dem Büro und hielt Ryan die Hand hin.

»Hi«, sagte er, als Ryan sie ergriff. »Ich bin Barry vom Hangout. Willkommen im Jugendclub.«

»Hi«, erwiderte Ryan, ein wenig eingeschüchtert von dem pompösen Tonfall.

»Du bist hier hundertprozentig willkommen«, erklärte Barry. »Aber du musst dich eintragen und eine Gebühr von zwei Pfund entrichten. Wenn du bitte kurz in mein Büro kommen würdest?«

Ein wenig unsicher sah Ryan seine neuen Freunde an.

»Geh nicht«, riet ihm Sadad. »Wenn du da drinnen bist, versucht er, dich zu knutschen.«

Die anderen lachten laut, doch Barry schien daran gewöhnt zu sein, dass sie sich über ihn lustig machten. Er führte Ryan an den drei wüst aussehenden Schlägern in ein gut ausgestattetes Büro, in dem es einen Kopierer, zwei Computer und zwei surrende Klimaanlagen gab.

»Schön kühl hier«, fand Ryan.

Barry setzte sich an den Schreibtisch und reichte Ryan ein kleines blaues Formular. »Trag nur deinen Namen, deine Adresse und die Telefonnummer ein. Die Aufnahmegebühr beträgt zwei Pfund, aber es ist nicht schlimm, wenn du sie jetzt nicht dabeihast.«

»Ich habe sie«, antwortete Ryan und suchte in seinen Hosentaschen danach.

»Sieh mal hoch!«

Barry drehte eine Webcam herum und machte ein Foto von Ryan für eine Mitgliedskarte.

»Das Laminiergerät muss ein paar Minuten vorwärmen, bevor ich deine Karte einschweißen kann«, erklärte Barry, griff hinter sich und reichte Ryan eine Broschüre.

Auf dem in Farbe gedruckten Flyer stand: *The Hangout – für dich da.*

»Lies dir das gut durch«, empfahl ihm Barry. »Das Hangout ist eine gemeinnützige Einrichtung, die sich nur durch Spenden finanziert. Wir arbeiten in sechs Londoner Bezirken und stellen Jugendclubs wie diesen zur Verfügung, arrangieren Ausflüge oder Sportveranstaltungen und leisten Hilfsdienste.

Als Mitglied kannst du an all unseren Aktivitäten teilnehmen und auch unsere vertraulichen Beratungsstellen und Hilfsdienste in Anspruch nehmen. Behalt die Broschüre und lies sie dir zu Hause durch.«

»Mach ich«, sagte Ryan.

Während das Laminiergerät warm wurde, blätterte Ryan ein paar Minuten lang in der Broschüre. Als die Karte fertig war, reichte Barry sie ihm noch lauwarm und begleitete Ryan wieder in den Saal.

»Hoffentlich hast du die Pfoten von ihm gelassen, Barry!«, rief Sadad.

Barry ignorierte die Bemerkung, doch einer der drei Schläger stand auf.

»Sadad! Hierher!«, befahl er und zeigte dann auf Ryan. »Und du hör zu!«

Sadad kam ein wenig nervös näher und alle im Raum sahen ihnen zu.

»Du wirst Barry den gehörigen Respekt erweisen«, erklärte der Schläger Sadad. »Nimm Eimer und Mopp und wisch den Boden im ganzen Raum!« Dann sah er Ryan an. »Hast du Barry respektvoll behandelt?«

»Ja«, erwiderte Ryan und nickte ängstlich.

»Okay, geh zu deinen Freunden zurück.«

Ohne Einwände zu erheben, lief Sadad eilig zu einem Schrank mit Putzsachen, während Ryan zu seinen neuen

Freunden zurückging. Er wartete ein paar Sekunden, bis er sicher war, dass die Schläger ihn nicht mehr ansahen, dann wandte er sich Abdi zu und flüsterte: »Wer sind die drei Idioten?«

»Die arbeiten für Hagar.«

»Wer zum Teufel ist Hagar?«, fragte Ryan unschuldig.

Die Frage rief allgemeines Gelächter hervor.

»Was ist denn daran so lustig?«, wollte Ryan wissen.

»Wie kannst du nicht wissen, wer Hagar ist?«, spottete Youssef.

»Ich bin vor knapp einer Woche hierhergezogen«, erinnerte ihn Ryan. »Ich kenne hier nicht jeden.«

»Hagar ist der mächtigste Drogendealer in diesem Teil der Stadt«, lächelte Abdi.

»Aha«, machte Ryan und sah sich nach den dreien um. »Und welcher davon ist Hagar?«

Damit erntete er noch mehr Gelächter.

»Hagar ist der Obermacker«, erklärte Abdi prustend vor Lachen. »Der sitzt nicht den ganzen Tag in einem schäbigen Jugendclub. Das sind seine Handlanger. Sie kümmern sich um die ganzen Straßendealer, und wenn wir Kids Glück haben, fallen für uns auch ein paar Krümel ab.«

»Was für Krümel?«, wollte Ryan wissen.

»Wenn sie einen mögen, verteilen sie ein paar Jobs«, erklärte Abdi. »Vielleicht zwanzig Pfund dafür, dass man irgendetwas irgendwohin bringt oder von Starbucks einen Kaffee holt. Und wenn sie einem richtig vertrauen, kriegt man vielleicht ein Päckchen. Dann kann man selbst Drogen verkaufen.«

»Scheiße!«, rief Ryan aufgeregt. »Kann man damit viel Kohle machen?«

Abdi nickte.

»Es gibt Jungen in unserem Alter, die siebenhundert die Woche machen, nur indem sie nach der Schule ein paar Stunden lang Stoff verkaufen. Aber man muss echt aufpassen, denn wenn man es versaut, kriegt man es mit Hagars Männern zu tun.«

»Vielleicht bringen sie einen sogar um«, ergänzte Youssef, als am nächsten Billardtisch die schwarze Kugel in die Tasche rollte.

Der Verlierer reichte Ryan den abgekauten Queue, während der Sieger die Kugeln für ein neues Spiel zusammenschob.

»Also los!«, sagte Ryan und stellte sich in Positur. »Spielen wir Billard.«

15

Fay und Ning verließen die Haftanstalt Idris kurz nach Freitagmittag. Ein Minibus des Gefängnisses fuhr eineinhalb Stunden nach Süden und setzte Fay bei einem Doppelhaus in der Vorstadt Elstree ab. Ihre neuen Pflegeeltern waren ein Paar Ende vierzig, die bereits zwei kleinere Pflegekinder und ein Haus voller Porzellanpuppen und Rüschengardinen hatten.

Ning erreichte Nebraska House kurz vor fünf, doch aufgrund eines Fehlers in den Papieren war es schon fast sieben Uhr abends, bevor sie endlich eines der schäbigen Einzelzimmer zugewiesen bekam. Das Essen war ungenießbar, und Ning schickte Fay ein Foto von dem Curry mit Reis und der Bemerkung: IGITT!

Ein paar Minuten später schrieb Fay zurück: *Ich habe ein großes Doppelbett und meine Pflegemutter macht göttlichen Biskuitkuchen.*

Nachdem sich Ning eingerichtet hatte, rief sie ihren Einsatzleiter James an, um ihm zu bestätigen, dass alles in Ordnung war.

»Wenn du kannst, sieh doch mal in Zimmer sechzehn nach, ob da noch *James Choke* an der Wand steht«, bat James.

»Wer zum Teufel ist James Choke?«

»Das war mein Name vor CHERUB«, erklärte James. »Nach dem Tod meiner Mutter war ich eine Zeitlang im Nebraska House.«

»Die Zimmer hier sehen aus, als seien sie vor Kurzem gestrichen worden«, sagte Ning. »Und wie macht sich Ryan?«

*

Am Freitagabend kamen mehr als fünfzig Jugendliche ins Hangout, darunter sogar ein paar Mädchen. Offiziell war Disco-Abend, aber obwohl Barry die Tischtennistische zur Seite geräumt hatte, um Platz zu schaffen, schien sich niemand sonderlich fürs Tanzen zu interessieren.

Ryan saß hinten im Raum bei Abdi, der eine Mineralwasserflasche voller Wodka hereingeschmuggelt hatte.

»Wo ist denn der Rest der Mannschaft?«, erkundigte sich Ryan.

Abdi deutete diskret auf den Schläger vor dem Büro.

»Freitags und samstags brummt das Geschäft«, erklärte er. »Youssef macht Lieferungen für einen Dealer. Und Sadad hat einen Job als Wachposten, der ihm dreißig Pfund einbringt.«

Ryan lächelte. »Glaubst du, ich kann mir auch was verdienen?«

Abdi nickte. »Vielleicht nicht jetzt gleich, aber wenn sie sich an dein Gesicht gewöhnt haben, finden sie bestimmt etwas für dich.«

»Und wenn ich einfach hingehe und frage?«

»Im besten Fall lachen sie dich aus; wenn du Pech hast, hauen sie dir eine rein. Auf keinen Fall bringt es was, zu drängeln.«

»Und warum arbeitest du nicht?«, wollte Ryan wissen.

Abdi sah ein wenig betreten zu Boden.

»Vor ein paar Monaten habe ich einen kleinen Job gehabt. Ich sollte in einer Gasse neben dem Friseurladen meiner Mutter Kokain und Heroin verkaufen. Zwei Typen haben mich angegriffen und mir Stoff für zweihundert Pfund geklaut. Jetzt muss ich das mit zehn

Pfund die Woche über sechsunddreißig Wochen zurückzahlen.«

»Das sind dreihundertsechzig Pfund.«

»Zinsen«, erklärte Abdi. »Der einzige Grund, warum sie mich nicht verprügelt haben, ist, dass meine Mutter einer Menge von den Freundinnen von Hagars Jungs die Haare macht.«

»Aber wenn du von zwei Kerlen angegriffen wirst, kannst du doch nichts dafür!«, sagte Ryan.

»Regeln sind Regeln, Ryan. Wenn du Manns genug bist, Stoff zu nehmen und zu verkaufen, musst du auch Manns genug sein, darauf aufzupassen.«

»Willst du Billard spielen?«, fragte Ryan.

»Aber da warten doch schon mindestens zwanzig Leute«, wandte Abdi ein und nahm einen Schluck aus seiner alkoholschwangeren Evianflasche. »Oder willst du sie alle zusammenschlagen, so wie gestern?«

Ryan deutete auf ein hübsches blondes Mädchen ein paar Meter weiter.

»Was glaubst du, wie sind meine Chancen bei der da?«

»Etwa zwei Prozent«, meinte Abdi und bot Ryan die Flasche an. »Hier, um dir Mut zu machen.«

»Eine Fahne wird mir kaum helfen«, meinte Ryan und stand auf. »Wünsch mir Glück.«

Doch bevor er sich dem Mädchen auch nur genähert hatte, kam ein großer Somali zu ihnen.

Eifrig sah Abdi auf.

»Was kann ich für dich tun, Boss?«

»Wo sind die anderen alle?«, fragte der Kerl.

»Irgendwo unterwegs«, antwortete Abdi. »Aber ich bin verfügbar.«

»Du existierst erst wieder, wenn du deine Schulden bezahlt hast«, erwiderte der Kerl und deutete dann auf Ryan. »Du, komm mit.«

Als Ryan dem Mann durch die Haupttür dorthin folgte, wo es etwas ruhiger war, begann drinnen ein Song von Flo Rida.

»Willst du dir einen schnellen Zehner verdienen?«

»Klar«, antwortete Ryan.

»Kennst du Dirtyburger?«

Ryan nickte. »Ich habe da zwar noch nie gegessen, aber ich bin auf dem Weg zur Schule daran vorbeigekommen.«

»Okay. Im Pardew Estate sind ein paar Leute, die ich füttern muss, klar?«

»Verstehe«, erwiderte Ryan.

»Hol fünf Burger, fünf mal Fritten und fünf Cokes und bring sie in die Wohnung sechsundfünfzig. Frag Clive, wie es läuft, und dann kommst du zurück und erzählst mir, was er gesagt hat. Verstanden?«

»Verstanden«, sagte Ryan und sah zu, wie der Mann ein paar Zwanziger aus einem Bündel nahm.

»Versau es nicht. Wenn ja, brauchst du dich hier nicht mehr blicken zu lassen.«

*

Fay ging früh ins Bett und stellte sich den Wecker auf 5 Uhr morgens. Ihr Zimmer war gemütlich und in neutralen Farben eingerichtet, die für jedes kurzfristig bleibende Pflegekind passen würden, von einem dreijährigen Mädchen bis zu einem sechzehnjährigen Jungen.

Nachdem sie aufgestanden und auf dem Klo gewesen war, schlich sie sich nach unten und sah in den Schrank bei der Haustür. Dort fand sie nur Schuhe und Mäntel, daher ging sie weiter und suchte in den Küchenschränken nach etwas Wertvollem und schüttelte auf der Suche nach verborgenem Bargeld alle Behälter.

Aber das Erdgeschoss erwies sich als Enttäuschung, daher ging sie nach oben zurück. Leise öffnete sie die

Tür zum Zimmer ihrer Pflegeeltern und wartete eine halbe Minute, um zu sehen, ob sie sich rührten.

An einer Wand stand ein Heizkörper in einem Gehäuse und darauf sah Fay die Brieftasche ihres Pflegevaters und seine Schlüssel liegen. Beim Eintreten knarrte ein Dielenbrett. Fay achtete auf die Atemgeräusche ihrer Pflegeeltern, als sie die Brieftasche, die Schlüssel und ein Busticket nahm, und schlich sich wieder zur Tür.

Zurück in ihrem Zimmer seufzte sie erleichtert auf und stellte erfreut fest, dass sie eine Jahreskarte erwischt hatte, mit der sie in ganz London herumfahren konnte. Die Kreditkarten in der Brieftasche waren ohne die Pin-Nummer wertlos, daher ließ sie sie darin und nahm nur die einigermaßen enttäuschende Beute von fünfundvierzig Pfund an sich.

Ihre Flucht hatte sie schon in der Nacht zuvor vorbereitet. Sie hatte einen leichten Rucksack mit ein paar Sätzen Unterwäsche und einigen Toilettenartikeln vorbereitet und sich eine Google-Maps-Karte mit dem Weg vom Haus zum Bahnhof in Elstree ausgedruckt.

Fay trank etwas Orangensaft und konnte nicht widerstehen, sich ein Stück Biskuitkuchen in den Mund zu stopfen, bevor sie aus der Hintertür und durch den zwanzig Meter langen Garten ging. Mit dem Schlüssel ihres Pflegevaters schloss sie den Schuppen auf und sah hinein, wobei ihr der Geruch nach Spinnweben und Holzschutzmittel in die Nase stieg.

An der hinteren Wand hing ein Regal mit Werkzeug, aus dem sie sich eine Schaufel, Schraubenzieher sowie ein paar kleine Geräte mitnahm, die ihr nützlich vorkamen.

Der erste Zug nach Süden ging um 5:53 Uhr, und Fay wollte so weit wie möglich von Elstree fort sein, wenn ihre Pflegeeltern aufwachten. Sie rief Ning auf ihrem

Handy an und lief rasch zum Bahnhof, den Rucksack und die Schaufel über die Schulter gelegt.

»Hallo?«, meldete sich Ning schlaftrunken.

»Du klingst so müde.«

»Es ist fünf nach halb sechs«, gähnte Ning. »Was hast du denn erwartet?«

»Ich habe bei Google nachgesehen«, sagte Fay. »Die nächste U-Bahn-Station beim Nebraska House ist Tufnell Park. Du musst nach Norden fahren, Totteridge & Whetstone. Wir treffen uns um ungefähr halb acht am Eingang.«

»Was ist denn bei Totteridge?«, fragte Ning.

»Sei einfach da«, verlangte Fay bestimmt. »Wir werden uns ein wenig amüsieren.«

16

Totteridge ist eine einigermaßen wohlhabende Vorstadt etwa dreizehn Kilometer außerhalb des Londoner Stadtzentrums. Ning erreichte den Bahnhof ein paar Minuten vor halb acht, kaufte sich am Kiosk eine Flasche Wasser und sah dann lange genug auf eine Reihe von Doppelhaushälften, um sich zu fragen, ob Fay überhaupt kam. Sie wollte ihr schon eine »Wozumteufelsteckstdu«-SMS schicken, als sie endlich aufkreuzte.

»Schicke Schaufel«, bemerkte Ning. »Macht dich gut erkennbar auf den Bildern der Überwachungskameras.«

»Stimmt«, gab Fay zu. »Pflegepapas Jahreskarte habe ich an King's Cross weggeworfen, weil man mich damit aufspüren könnte. Ist schon eine Weile her, seit ich hier unterwegs gewesen bin, aber ich glaube, wir müssen den Bus 251 nehmen. Die Haltestelle ist oben am Hügel.«

Sie warteten zwölf Minuten auf einen Bus und fuhren damit zwanzig Minuten an Golfplätzen und Landhäusern vorbei, bis sie den geschützten Grüngürtel von London erreichten.

»Das hier ist definitiv das Ende der Welt«, behauptete Ning, als sie aus dem Bus auf eine Straße stiegen, die keine Markierung aufwies und die zu beiden Seiten von mannshohen Hecken gesäumt war. »Wo sind wir denn hier?«

»Sag ich nicht«, grinste Fay und überquerte die Straße.

»Möglicherweise willst du mir eins mit der Schaufel überziehen und mich umbringen.«

Fay zog eine Augenbraue hoch. »Mist, du hast mich durchschaut.«

Ein paar Hundert Meter weiter erreichten die beiden ein Holztor, auf dem in krakeliger Schrift »Greenacre-Kleingartenkolonie – Tor bitte schließen« gemalt war.

Der ungepflasterte Weg dahinter trug tiefe Reifenspuren. Die Mädchen kamen an einem wackeligen Laden vorbei, in dem zwei übel riechende Haufen Dung zu drei Pfund der Sack angeboten wurden. Dahinter erstreckte sich in alle Richtungen ein Netz von Pfaden zu den einzelnen Parzellen.

Einige Schrebergärten waren schön gepflegt, hatten sauber gestrichene Schuppen, ordentliche Beetreihen mit Gemüse und Gewächshäuser voller Blumen. Ein paar andere waren verwildert und überwuchert, der Großteil jedoch lag irgendwo dazwischen. Obwohl es noch so früh war, standen bereits Autos vor den Gärten, und Leute pflückten Obst oder wässerten ihre Pflanzen.

»Manchmal muss ich über die Briten lachen«, meinte Ning, während sie sich umsah. »In China tun die Leute alles dafür, das Land zu verlassen und in der Stadt zu leben. Hier arbeiten sie die ganze Woche und kommen dann hierher, um in der Erde zu graben, als ob das Spaß machen würde.«

»Mach dich nicht darüber lustig«, warnte Fay. »Meine Mutter hat die besten Tomaten angepflanzt. Und ihre Zucchini und Erdbeeren waren erstklassig.«

Nach ein paar Abbiegungen in dem Labyrinth gelangten sie zur Parzelle vierundsechzig. Die gut dreihundert Quadratmeter wurden von einem in wildem Muster gepflasterten Weg halbiert, an dessen Ende zwei große Schuppen standen.

Ning ließ den Blick über Reihen von Bohnen und Himbeersträuchern schweifen.

»Sieht nett aus«, fand sie. »Wer hat sich denn darum gekümmert?«

»Man darf nur eine Parzelle haben, aber viele Leute hätten gerne zwei«, erklärte Fay. »Die Frau in Nummer zweiundsechzig war mehr als froh, sich darum zu kümmern, als meine Tante ins Gefängnis musste.«

Fay hob ein Vogelnetz an und pflückte ein paar Himbeeren von einem Strauch. Eine steckte sie sich selbst in den Mund, die andere bot sie Ning an.

»Lecker«, bestätigte Ning nach der Geschmacksexplosion in ihrem Mund. »Erinnert mich an das Dorf, in dem ich als Kind wohnte. Nur dass da auch noch Hühner und Enten herumliefen.«

Fay führte Ning über das Pflaster bis zu einem gewölbten rötlichen Stein, der aussah, als hätte er mal zu einem Stück Schornstein gehört. Er war ziemlich tief in die Erde eingegraben, und Fay musste mit beiden Händen daran zerren, um ihn hochheben zu können.

Darunter wuselten einige Kellerasseln herum; wichtiger war jedoch eine runde Metalldose. Fay bekam den verrosteten Schraubverschluss nicht auf.

»Gib her«, verlangte Ning.

Doch auch sie konnte die Dose nicht öffnen, weshalb Fay sich auf ein Knie niederließ und ihn mit einem Schraubenzieher öffnete. Als der Deckel endlich aufging, zeigte sich der Inhalt: ein Schlüsselbund, zum Schutz vor der Feuchtigkeit gut in Plastik eingewickelt.

Einer der Schlüssel öffnete das Schloss an dem kleineren Schuppen. Obwohl er von außen so verfallen wirkte, war das Innere, in das Fay Ning führte, doch sehr gemütlich. Es gab ein Feldbett, einen kleinen Campingkocher mit Gasbrenner und ein metallenes Waschbecken mit einem einzelnen Wasserhahn für kaltes Wasser.

Fay machte einen Schrank auf und fand ein paar Teebeutel.

»Vierzehn Monate über dem Verfallsdatum! Ich glaube, ich muss zu Walmart und einkaufen gehen.«

»Du willst also hierbleiben?«, fragte Ning.

Fay nickte. »Es gibt keine Heizung und kein warmes Wasser, aber zu dieser Jahreszeit ist das in Ordnung.«

»Und was machst du, wenn der Herbst kommt?«

Bevor sie antwortete, drehte Fay den Wasserhahn auf. Es gurgelte heftig, dann spritzte braunes Wasser hervor, sodass sie zurücksprang. Doch nach ein paar Sekunden beruhigte sich der Strahl und es kam klares Wasser aus der Leitung.

»Im Herbst…«, sinnierte Fay, »da bin ich wahrscheinlich entweder tot, oder ich habe Hagar umgebracht und genug Drogendealer ausgeraubt, um mir etwas Besseres leisten zu können.«

»Immer schön vorausschauend planen«, kicherte Ning, doch insgeheim war sie ein wenig traurig, denn sie hatte begonnen, Fay zu mögen, und fand die Vorstellung, dass sie sterben könnte, ganz und gar nicht in Ordnung.

»Also muss ich wohl in den Supermarkt und ein paar Lebensmittel kaufen, Kleidung und etwas, womit ich hier gründlich sauber machen kann. Im Laden hier in der Kolonie haben sie bestimmt Gaskartuschen für den Kocher.«

»Du bist mit einer Schaufel gekommen«, erinnerte sie Ning. »Ich nehme an, du wolltest hier irgendetwas ausgraben?«

Fay merkte, dass sie das vergessen hatte, und nickte aufgeregt.

»Richtig! Nebenan!«

Der zweite Schuppen war größer, aber nicht so schön eingerichtet. Da er kein Fenster hatte, fiel das einzige Licht durch die Tür, und der Inhalt bestand aus einem

Haufen von Gartengeräten, Blumentöpfen, Netzen sowie Tüten mit Dünger und Kompost.

»Schaufeln!«, lachte Ning und rappelte an ein paar Gartengeräten. »So viel dazu, eine von Elstree mit hierherzubringen!«

»Na, ich wusste doch nicht, was ich hier vorfinden würde«, gab Fay ein wenig beleidigt zurück. »Und ohne den Schraubenzieher wäre ich nie an die Schlüssel zu den Schuppen gekommen.«

»Ich mache doch nur Spaß«, meinte Ning lässig. »Reg dich nicht gleich auf.«

Fay holte tief Luft und hob die Hände.

»Ich weiß, ich bin leicht aufbrausend. Aber ich setze großes Vertrauen in dich, Ning.«

»Wie das?«

»Du könntest schließlich nach Hause zurückgehen und mich verpetzen«, erklärte Fay. »Kann ich dir wirklich vertrauen? Ich meine, wie lange kennen wir uns? Eine Woche?«

»Nicht mal«, erwiderte Ning. »Aber du bist diejenige, die mich um fünf Uhr morgens angerufen und gefragt hat, ob ich mich ein bisschen amüsieren will.«

»Stimmt auch wieder«, gab Fay zu. »Du musst mir helfen, den ganzen Kram rauszubringen und den Boden anzuheben.«

Zehn Minuten brauchten die Mädchen, um Geräte und Säcke aus dem Schuppen zu schleppen. Als er leer war, sagte Fay zu Ning, sie solle sich an die hintere Wand stellen.

»Ich hebe den Boden mit der Schaufel an, und du packst ihn und ziehst ihn hoch!«

Erst beim dritten Versuch gelang es ihr, die Schaufel unter die Bodenbretter zu schieben und einen großen Teil des Holzbodens anzuheben. Ning hatte Mühe, ihn hochzuziehen, daher warf Fay die Schaufel weg, und mit einigem Ächzen und Keuchen schafften sie es schließlich, ihn an die Seitenwand zu lehnen.

»Schnapp dir eine Schaufel«, befahl Fay und begann schon zu graben, während Ning noch draußen das beste Gerät aussuchte.

Schon nach ein paar Schaufelladungen stieß Fay auf den Deckel einer Metallkiste. Ning kam hinzu und gemeinsam gruben die beiden Mädchen eine alte Armee-Munitionskiste von eineinhalb Metern Länge und einem halben Meter Breite aus. An einem schmalen Ende grub Fay ein kleines Loch, damit sie an einen der Griffe kam, und zerrte und zog, um die Kiste aus der Erde zu holen.

»Hilf mir mal!«

Ning packte den Griff auf der anderen Seite und zusammen brachten sie die Kiste hoch.

»Mein Gott, ist die schwer!«, stöhnte Ning, als sie die Kiste absetzten. »Was ist denn da drin?«

»Weiß ich nicht genau«, erklärte Fay und machte den Deckel auf.

Ning war halb erschrocken und halb beeindruckt. In der Kiste befand sich ein Arsenal von Messern, doch am stärksten wurde ihr Blick von den kleinen Bündeln mit Zwanzig-Pfund-Scheinen angezogen, die zum Schutz vor der Feuchtigkeit fest in Frischhaltefolie gewickelt waren.

»Das sind ja eine ganze Menge davon«, meinte sie. »Wahrscheinlich ein paar Tausend Pfund.«

»Genug, um mich ein paar Wochen über Wasser zu halten«, erwiderte Fay, die den Inhalt am anderen Ende der Kiste betrachtete und einen Satz Schutzkleidung und eine Nylontasche mit bösartig aussehenden Messern hervorzog.

»Keramikklingen, rostfrei«, erklärte sie.

Nachdem sie die Schutzkleidung herausgenommen hatte, kamen ein paar vakuumverschweißte Pappkartons zum Vorschein. Mit einem der Messer öffnete Fay einen Karton, und Ning fuhr unwillkürlich zurück, als sie den Inhalt sah.

»Ist die echt?«, fragte sie.

Fay nickte und nahm eine Waffe heraus.

»Das hatte ich zu finden gehofft. Zwei Polizeipistolen Glock 17 und zweihundert Schuss Munition.« Damit richtete sie die in Plastik verpackte Pistole auf Ning und rief: »Peng! Peng!«

17

Ryan war ziemlich zufrieden mit sich selbst, als er aufwachte. Er hatte sich mit den richtigen Leuten angefreundet und war sogar von einem der Schläger aus dem Hangout auf einen Botengang geschickt worden. In der Küche sah er James sitzen, den Fuß auf dem Esstisch, und sich die Zehennägel schneiden.

»Na, das ist ja ein schöner Anblick«, fand er. »Und was ist mit dem schönen Frühstück, das ich sonst immer gekriegt habe?«

»Frühstück gibt es an Schultagen«, grinste James. »Am Wochenende ist Selbstbedienung angesagt.«

In diesem Moment schoss ein großes Stück Fußnagel in Ryans Richtung.

»Damit schießen Sie noch jemandem ein Auge aus«, meinte der, als er zum Kühlschrank ging und eine Packung Speck herausholte. »Schinkensandwich?«

»Bin dabei«, meldete sich James und setzte den Fuß ab, um sich die Socke anzuziehen.

Ryan stellte eine Pfanne auf den Herd und goss Öl hinein.

»Erzähl mir von deinem Botengang«, forderte James ihn auf.

»Da gibt es nicht viel zu erzählen«, sagte Ryan. »Der Somali hat mir Geld gegeben ...«

»Name?«, unterbrach ihn James.

»Er hat mir keinen Namen genannt, aber Abdi oder

einer der anderen Kids weiß ihn bestimmt. Auf jeden Fall hat er mir fünfzig Pfund gegeben und mich losgeschickt, um Burger zu kaufen.«

Ryan hielt inne, um den Speck in die Pfanne zu legen, und wusch sich rasch die Hände, bevor er zum Schrank ging und weißes Toastbrot herausholte.

»Und was ging in dieser Wohnung vor sich, in die du die Burger bringen solltest?«

»Ein Pokerspiel«, antwortete Ryan. »Ich bin nur bis zum Eingang gekommen, aber ich habe es an den Geräuschen gehört.«

»Klingt logisch«, fand James. »Einen ungetesteten Jungen werden sie kaum an einen Ort schicken, wo sie Geld zählen oder so. Aber es ist ein gutes Zeichen.«

»Wieso?«

»Sie sind an dir interessiert«, meinte James. »Soweit wir wissen, sind etwa fünfzig Kids scharf darauf, für Hagar zu arbeiten, sodass du auch wochenlang warten könntest, bis du einen Einblick bekommst. Hat er sich deine Telefonnummer aufgeschrieben?«

Ryan nickte. »Als ich wieder im Hangout war, habe ich ihn nach seiner Nummer gefragt, aber da hat er nur gelacht.«

»Und was war mit den Mädchen?«, erkundigte sich James.

Ryan sah ihn verständnislos an, während er vier Scheiben Brot auf den Tresen legte. »Was für Mädchen?«

»Es war doch eine Disco, oder?« James lachte. »Daher gehe ich davon aus, dass da auch Mädchen waren.«

»Ach ja«, sagte Ryan. »Ja, da waren ein paar recht hübsche Mädchen, aber ich hatte gar keine Gelegenheit, mit einer von ihnen zu reden.«

»Halt Ausschau nach der Ex-Freundin von jemandem. Vielleicht weiß sie etwas«, meinte James. »Trauerst du immer noch dieser Natalka aus Kirgistan nach?«

Einen Augenblick lang wunderte sich Ryan, wie James davon wissen konnte, doch als Einsatzleiter hatte er wahrscheinlich alles über seine vergangenen Missionen gelesen.

»Es ist jetzt über ein Jahr her, seit sich unsere Wege getrennt haben«, antwortete er. »Aber ich denke immer noch an sie.«

»Ich habe mich auch ein paarmal auf einer Mission verliebt«, nickte James.

»In Kerry Chang?«, fragte Ryan.

»Nein«, lachte James, »Kerry habe ich normalerweise betrogen.«

»Ist sie immer noch Ihre Freundin?«

James nickte. »Aber sie ist in Kalifornien an der Uni, daher sehen wir uns nicht häufig.«

»Blöde«, fand Ryan.

Als er die brutzelnden Speckscheiben wendete, spürte er, wie das Telefon in seiner Hosentasche vibrierte. Er trat von der laut zischenden Pfanne zurück, damit er die tiefe Stimme an seinem Ohr verstehen konnte.

»Hier ist Ali«, sagte der Mann.

»Ali wer?«

»Du bist gestern für mich zum Dirtyburger gegangen.«

»Oh ja, sorry«, entschuldigte sich Ryan. »Aber ich wusste Ihren Namen nicht.«

Er deutete auf die Pfanne, damit James das Kochen übernahm.

»Hast du heute etwas vor, Junge?«

»Nein«, erwiderte Ryan. »Wir sind gerade erst hergezogen. Hab keinen Plan, was ich anfangen soll.«

»Nun, willst du dir fünfundzwanzig Mäuse für ein paar Stunden Arbeit verdienen?«

»Klar«, meinte Ryan.

»Ich schicke dir eine Adresse, wo du dich mit Youssef triffst.«

Fay und Ning fuhren im Bus nach Totteridge zurück und dann eine halbe Stunde mit der U-Bahn nach Kentish Town. Es war ein strahlend schöner Tag. Abgesehen von einer Frau mit einem Kinderwagen am anderen Ende war der Waggon leer, doch Fays breites Grinsen beunruhigte Ning.

»Warum bist du denn so happy?«, fragte sie. »Hast du keine Angst?«

»Seit dem Tod meiner Tante habe ich davon geträumt, mich an Hagar zu rächen«, meinte Fay achselzuckend.

»Aber deine Mutter und deine Tante waren ziemlich clever und trotzdem hat Hagar sie erwischt.«

»Der Therapeut bei Idris hat gesagt, ich sei ein pathologischer Adrenalinjunkie«, erklärte Fay. »Süchtig nach Gefahr.«

»Wo sollen wir denn anfangen?«, fragte Ning. »Ich glaube kaum, dass wir uns einfach nach Hagars Haus durchfragen und ihn erschießen können.«

Fay lachte.

»Zum einen ist es unwahrscheinlich, dass jemand wie Hagar in einer so schäbigen Gegend wie Kentish Town wohnt. Außerdem will ich ihn nicht einfach töten. Ich will ihn erst stellen und so richtig wütend machen.«

Fay und Ning fuhren mit der Rolltreppe aus der U-Bahn-Station Kentish Town, ließen das Viertel mit den Läden und den Restaurants hinter sich und begaben sich zum Pemberton Estate.

»Das da ist der Hangout-Club«, erklärte Fay. »Hagars Leute haben von dort aus eine Menge kleinerer Geschäfte betrieben.«

»Was denn zum Beispiel?«

»Vor allem Straßendealen«, erklärte Fay. »Sie werben die Kids aus der Gegend an, damit sie die Jobs machen, die sonst keiner will.«

»Gehen wir rein?«

»Hat keinen Sinn«, meinte Fay.

Stattdessen brachte sie Ning durch eine schäbige Tiefgaragenanlage und durch einen Park, der selbst an einem so schönen Sommertag trist wirkte, zu einem Betriebsgelände, wo ein Mann schlafend auf dem Rücken lag.

»Der da tut es auch«, stellte Fay fest.

Der Mann war schmutzig, trug eine Jeansjacke, Fußballshorts und dreckige Turnschuhe. Seine Beine waren so dürr, dass man alle Knochen und Sehnen erkennen konnte, und er hatte am ganzen Körper schorfige Stellen.

»Ist das ein Drogenabhängiger?«, fragte Ning schockiert.

»Natürlich«, erwiderte Fay. »Wenn man wissen will, was sich auf dem Drogenmarkt tut, muss man einen Junkie fragen.«

Sie bückte sich zu der zusammengekrümmten Gestalt und zwickte ihn in die Wange.

»Rupert!«

Langsam öffnete der Mann ein gerötetes Auge und begann sich dann wild an den Armen zu kratzen, als hätte er Flöhe.

»Verpisst euch und lasst mich in Frieden«, verlangte Rupert. »Verdammte Betschwestern!«

»Ich bin keine Betschwester«, erklärte Fay streng. »Wo sind deine Freunde Bob und Tony?«

Beeindruckt von ihrem Wissen blinzelte der Mann in die Sonne und setzte sich ein wenig auf.

»Bob wurde erstochen und Tony ist im Knast.«

»Das tut mir leid«, meinte Fay. »Ihr drei wart ein gutes Team.«

»Ich will ja nicht unhöflich sein, aber wer zum Teufel bist du?«

»Du warst mit meiner Tante Kirsten befreundet.«

»Kirsten war nett. Sie hat mir immer ausgeholfen.«

Fay zog einen Zwanzig-Pfund-Schein hervor, nach dem Rupert gierig griff.

»Nein, nein«, sagte Fay kopfschüttelnd und zog ihn außer Reichweite.

»Du bist das kleine Mädchen, das Kirsten manchmal dabeihatte? Wie geht es deiner Tante?«

»Sie ist tot«, antwortete Fay.

»Dealer zu berauben, das bringt jeden ins Grab«, stellte Rupert fest.

»Ich habe hier zwanzig Pfund«, sagte Fay. »Dafür bringe ich dich zu dem Imbiss oben bei den Eisenbahnbögen und kaufe dir etwas zu essen, und du erzählst mir dafür, wo man am besten Heroin und Kokain kaufen kann. Abgemacht, Rupert?«

Beim Lächeln zeigte Rupert ein paar fehlende Schneidezähne.

»Vergiss das mit dem Essen«, erwiderte er. »Gib mir einfach dreißig für meine nächsten beiden Schüsse, dann erzähle ich dir alles, was du über Hagar und Eli wissen musst.«

»Eli?«, fragte Fay. »Wer zum Teufel ist Eli?«

18

»Youssef, was ist los?«, fragte Ryan.

Youssef war kräftig und dunkelhäutig und hatte ein spärliches Bärtchen.

»Du bist zu spät«, sagte er frostig, stand von einer Holzbank auf und ging auf den Eingang des Bahnhofs Kentish Town zu.

»Nur fünf Minuten«, erwiderte Ryan. »Ich bin neu in der Gegend und habe mich verlaufen.«

Youssef akzeptierte die Erklärung mit einem Schulterzucken.

»Wenn man für Ali und seine Leute Besorgungen macht, kann man Geld verdienen, aber man muss pünktlich und schnell sein.«

Ryan folgte Youssef, zog sein Ticket durch die Schranke am U-Bahn-Eingang und betrat die Rolltreppe zum Bahnsteig hinunter.

»Wir steigen Tottenham Court Road aus«, erklärte Youssef und reichte ihm unauffällig ein Bündel Geldscheine. »Das sind dreihundert Pfund. Wenn wir aussteigen, gehen wir zur Oxford Street. Die ist ungefähr drei Kilometer lang und es gibt etwa dreißig Telefonläden. Wir sollen in jeden Laden gehen und eines der billigsten Telefone kaufen.«

»Warum kaufen wir sie nicht alle in einem Laden?«, erkundigte sich Ryan, als sie von der Rolltreppe stiegen und zum Bahnsteig für die Züge Richtung Süden gingen.

»Drei Minuten«, stellte Youssef mit einem Blick auf die Anzeigentafel fest. Ryans Frage beantwortete er erst, als sie einen ruhigeren Bereich am Ende des Bahnsteigs erreicht hatten.

»Handys sind zwar praktisch, aber auch der größte Albtraum eines Dealers. Die Cops können nicht nur jedes Gespräch aufzeichnen, sondern auch die genaue Position ermitteln. Die einzige Möglichkeit, die Bullen zu überlisten, ist, kein Telefon mehr als drei oder vier Tage lang zu benutzen.«

Das wusste Ryan zwar alles, er wollte jedoch herausfinden, wie grundlegend Youssefs Wissen darüber war.

»Und warum wechselt man nicht einfach die Sim-Karte?«

Youssef schüttelte den Kopf.

»Jedes Telefon enthält eine integrierte Nummer, die IMEI-Nummer. Selbst wenn du die Sim-Karte austauschst, können die Cops das Telefon immer noch orten oder sperren, falls es gestohlen wird.«

»Und wie oft wechseln die Hagars dieser Welt ihre Telefonnummern?«

»Ich habe gehört, dass Hagar nie ein Handy benutzt«, behauptete Youssef. »Wenn er will, dass etwas erledigt wird, sagt er es einem seiner Gehilfen. Und der muss sein Telefon wahrscheinlich alle zwei oder drei Tage wechseln.«

»Und deshalb müssen wir die billigsten kaufen, die wir kriegen können«, ergänzte Ryan.

»Du lernst«, stellte Youssef fest. »Und wenn du einen Kerl in ein Auto für sechzigtausend steigen siehst, mit einem 12-Pfund-Handy in der Hand, dann ist da garantiert etwas faul.«

*

Sie mussten Rupert erst ein wenig überreden, den billigen Imbiss hinter dem Pemberton Estate zu besuchen. Er bestellte sich ein volles englisches Frühstück und einen großen Tee, Ning wollte Bohnen auf Toast und Fay ein Sandwich mit Schinken und Ei.

»Erzähl mir etwas über Eli«, forderte Fay ihn auf.

Rupert zuckte mit den Achseln.

»So viel weiß ich auch nicht«, erklärte er. »Aber da gibt es Rivalitäten. Dieser Teil der Stadt war bislang Hagars unbestrittenes Territorium. Aber seit ein paar Monaten mischt Eli hier mit.«

»Es herrscht also Krieg?«, fragte Fay.

»Wenn ja, dann ist es ein sehr ruhiger Krieg«, fand Rupert. »Aber zumindest ein Gutes hat die gesunde Konkurrenz: Die Qualität von dem Stoff auf der Straße ist besser geworden. Jetzt kriegt man einen besseren Kick von einem Schuss für zwanzig Pfund als zu Beginn des Jahres.«

Während eine Bedienung drei Tassen Tee und die Teller mit dem fettigen Essen vor sie hinstellte, verstummte die Unterhaltung. Rupert spießte ein Würstchen auf die Gabel und aß mit Genuss, doch Ning verging angesichts eines nicht ganz sauber gespülten Tellers und des Gestanks ihres ungewaschenen Essgefährten der Appetit.

»Und wo kaufst du dieser Tage dein Heroin?«, erkundigte sich Fay.

»Eli verkauft guten Stoff. Normalerweise bekommt man ihn im Park am Trinkwassersee oder hinter dem Archway-Turm.«

»Und Hagar?«, fragte Fay.

»Er hat ein Dutzend Stellen, aber ich gehe normalerweise zum Pemberton Estate rauf.«

»Auch für Kokain?«, fragte Ning zu Fays Erstaunen.

»Meist bekommt man beides«, erwiderte Rupert und bekam einen heftigen Hustenanfall.

Fay nickte und biss gierig in ihr Eiersandwich.

»Pemberton Estate«, sagte sie zu Ning. »Da gehen wir als Nächstes hin.«

*

Es war ein heißer Samstagnachmittag, und im Wohngebiet wimmelte es von Kindern, die auf Fahrrädern herumfuhren, Fußball spielten oder sich gegenseitig mit Wasserpistolen nass spritzten. Dazwischen sah Fay eine Gasse hinter der Müllentsorgungsanlage, wo eine Gruppe von drei Leuten Drogen verhökerte.

»Drei Kerle«, sagte Ning. »Wie würdest du sie ausrauben?«

Fay schüttelte den Kopf.

»Es lohnt sich nie, Straßenverkäufer zu berauben. Die sind immer auf der Hut vor Cops, und selbst wenn man es schafft, erbeutet man mit viel Glück vielleicht zweihundert Mäuse in bar oder Stoff. Damit sich das Risiko lohnt, sollte man es lieber gleich auf große Mengen abgesehen haben.«

»Und warum sehen wir uns die hier jetzt an?«

»Rupert hat uns gesagt, wo wir sie finden können. Jetzt brauchen wir einen, der für uns arbeitet.«

»Einen Informanten auf der Gegenseite?«, fragte Ning.

»Genau«, nickte Fay. »Das ist der schwierigste Teil einer Operation, aber meine Tante hat mir da ein paar Tricks beigebracht.«

»So tun, als ob man sie toll findet?«, vermutete Ning.

»Nur als letztes Mittel«, entgegnete Fay mit leichtem Schaudern.

Nachdem sie sich in der Umgebung gründlich umgesehen hatten, setzten sich die beiden Mädchen auf eine Bank, von der sie einen guten Blick über das Hangout hatten. Der Jugendclub war noch nicht offiziell geöffnet, doch am Eingang hing eine Gruppe Jugendlicher herum, von denen ab und zu einer im Inneren verschwand.

»Nach was suchen wir?«, fragte Ning.

Fay zuckte mit den Achseln. »Das weiß ich, wenn ich es sehe.«

»Meinst du, all diese Jungen arbeiten für Hagar?«

»Wachposten, Botenjungen und die, die es werden wollen«, antwortete Fay.

Nach einer halben Stunde auf der Bank war Ning langweilig, doch Fay beobachtete die Szene interessiert. Nings Interesse wurde schlagartig angefacht, als sie Ryan und Youssef mit schwer beladenen Rucksäcken auftauchen sah.

»Könnten Drogen sein«, meinte sie.

Fay lachte. »Was, am helllichten Tag mitten in der Siedlung? Du musst aber noch eine Menge lernen.«

»Was sind das dann für welche?«

»Na ja, wenn sie mit leeren Rucksäcken wieder rauskommen, wissen wir, dass sie etwas geliefert haben.«

»Und was?«

»Alles Mögliche, was ein Drogendealer so braucht«, meinte Fay. »Milchpulver zum Verschneiden von Drogen, Plastiktüten, Handys.«

Tatsächlich kamen Ryan und Youssef ein paar Minuten später ohne ihre Rucksäcke wieder heraus und sahen sehr zufrieden aus. Ryan stand noch kurz bei der kleinen Gang vor dem Hangout herum, dann lief er die zweihundert Meter bis nach Hause.

Ein paar Minuten danach erschien ein weiterer Junge. Er sah nicht besonders aus, aber Fay starrte ihn fasziniert an.

»Sieh dir mal den Strubbelkopf an«, verlangte sie.

»Was ist mit ihm?«, wunderte sich Ning.

»Die Körpersprache«, erklärte Fay. »Alle anderen Kids

wollen ihn begrüßen. Und er ist ein wenig besser gekleidet, als hätte er mehr Geld als die anderen.«

Bei CHERUB hatte Ning gelernt, auf derartige Dinge zu achten, und kam sich dumm vor, dass sie es übersehen hatte.

»Vielleicht hat er nur reiche Eltern.«

»Dann würde er wahrscheinlich nicht hier abhängen.«

»Und was machen wir jetzt?«

»Wir folgen ihm«, erklärte Fay. »Ich will wissen, wo er wohnt.«

19

Fay und Ning folgten ihrer Zielperson über den Pemberton Estate und eine kurze Busfahrt bis zu einem schäbigen Wohnviertel in der Nähe von Hampstead Heath. Kurz vor sieben Uhr verließ er die Wohnung mit dem Fahrrad, und die beiden hatten keine Möglichkeit, ihm zu folgen.

Als es kurz vor zehn dunkel wurde, schlich sich Fay näher an das Haus heran und sah durch die Fenster im Erdgeschoss.

»Sieht aus, als wäre nur seine Mutter zu Hause«, stellte sie fest. »Keine Spur von einem Vater oder Geschwistern, soweit ich sehen kann.«

»Ich bin müde«, beschwerte sich Ning. »Wenn wir hier noch länger rumhängen, wird uns noch jemand bemerken.«

»Wenn du willst, kannst du ja gehen«, sagte Fay gereizt.

»Du kannst doch nicht die ganze Nacht hierbleiben«, wandte Ning ein. »Irgendwann musst du doch schlafen.«

Es war schon Viertel vor zwölf, als ihre Zielperson zurückkam und sein Fahrrad in einen Gang schob. Dann schaltete er das Licht in einem Zimmer im ersten Stock an und machte das Fenster auf, um frische Luft hereinzulassen.

»Ich schätze, für heute ist er fertig«, meinte Fay mit einem Blick auf die Uhr.

»Der letzte Zug nach Totteridge ist bestimmt schon weg«, stellte Ning fest. »Aber ich kann dich wahrscheinlich ins Nebraska House einschmuggeln.«

Ning bekam einen leichten Rüffel vom Nachtwächter, weil sie nach der Sperrstunde noch draußen war, und schmuggelte Fay durch die Hintertür an der Küche herein. Das schmale Bett war nicht groß genug für beide, daher schlief Fay auf dem Boden und benutzte ein paar Kleidungsstücke als Kopfkissen. Die beiden Mädchen schliefen gut, und niemand interessierte sich dafür, dass Fay duschte und mit den anderen Bewohnern des Nebraska House zusammen frühstückte.

»Und wie sehen die Pläne für heute aus?«, erkundigte sich Ning.

»Zurück zur Wohnung unserer Zielperson«, verkündete Fay.

»Wie lange?«

»So lange wie nötig«, erklärte Fay. »Das ist meine Schlacht. Wenn es dich nicht interessiert, kann ich sie auch alleine schlagen.«

Als CHERUB-Agentin musste Ning bei Fay bleiben, doch als Mensch fand sie die Aussicht auf einen weiteren heißen, langweiligen Tag, an dem sie irgendjemandem nachschleichen sollte, nicht gerade verlockend. Nachdem sie sich davongestohlen hatte, um James anzurufen und ihm einen kurzen Bericht zu erstatten, folgte sie Fay wieder zur Wohnung ihrer Zielperson.

Um halb elf kam dessen Mutter aus dem Haus, in einem hellgelben Kleid mit passendem Hut, als ginge sie zur Kirche.

»Glück gehabt«, sagte Fay. »Legen wir los!«

»Hast du einen Plan?«, fragte Ning.

Fay warf ihr einen Schal zu. »Bind dir das vors Gesicht und komm mit.«

Die beiden Mädchen banden sich die Schals vor die

untere Gesichtshälfte, während sie die Stufen zur Wohnung hinaufgingen. Fay drückte auf die Klingel und zog die Glock-Pistole aus ihrer Jeans.

Sie warteten lange genug, dass Ning vermutete: »Vielleicht ist er ja schon wieder weg.«

Doch nach einer vollen Minute und einem weiteren Druck auf die Klingel erschien hinter der Milchglasscheibe der Haustür eine verschwommene Gestalt. Als die Tür aufging, sahen sie einen Teenager von etwa fünfzehn Jahren, mit zerschlissenen Nike-Sporthosen und einer muskulösen, schweißglänzenden Brust.

Seine erste Reaktion auf die beiden maskierten Mädchen war Erheiterung.

»Kann ich euch irgendwie helfen?«

Fay stieß die Tür mit der Schulter auf und hielt dem Jungen die Pistole direkt unter die Nase.

»Zurück und Hände hoch!«, befahl sie.

Der Junge gehorchte und wich in den Flur mit Blümchentapete zurück.

»Wer ist sonst noch zu Hause?«

»Niemand.«

Fay sah Ning an. »Überprüf das.«

Ning war nicht bewaffnet und hatte keine große Lust, alle Zimmer zu überprüfen. Sie sah zuerst in der Küche und im Wohnzimmer nach, rannte dann nach oben und sah sich in den Zimmern und im Bad dort um. Mittlerweile hatte Fay den Jungen nach oben in sein Zimmer bugsiert.

»Wie heißt du?«, schrie sie ihn an.

»Warren.«

Fay und Ning trafen sich in Warrens winzigem Zimmer.

»Mann, stinkt das hier«, stellte Fay fest, als sie den mit Kleidungsstücken und Unterwäsche übersäten Raum betrat.

Ning erkannte den Rucksack, den Warren am Abend zuvor dabeigehabt hatte. Sie öffnete ihn und fand etwa dreißig Plastiktütchen mit Kokain darin.

»Für wie viel verkaufst du die?«, wollte sie wissen. »Zwanzig?«

Warren nickte.

»Setz dich aufs Bett und leg die Hände auf den Kopf«, befahl Fay.

Ning schüttete den Inhalt des Rucksacks auf den Boden.

»Was passiert, wenn wir dir das hier wegnehmen?«

Warren behielt argwöhnisch Fays Waffe im Auge.

»Sie treten mir in den Arsch und ich muss es abarbeiten.«

Fay nickte.

»Und wenn es sich herumspricht, dass du von zwei Mädchen ausgenommen worden bist?«

Warren schüttelte nur den Kopf.

»Wenn du meinen Stoff klauen willst, dann nimm ihn doch einfach, du Schlampe.«

»Nenn mich nicht Schlampe!«, fuhr Fay wütend auf und stürmte mit der Waffe in der Hand auf Warren zu. »Stoff für sechshundert ist doch ein Dreck. Wir wollen nicht ...«

Bevor sie zu Ende sprechen konnte, schoss Warren hoch und packte das Ende der Waffe. Fay stolperte und versuchte, sie festzuhalten. Nings erster Reflex war, in Deckung zu gehen, um nicht von einem Schuss getroffen zu werden, der sich beim Kampf möglicherweise löste, doch sobald sie sicher war, dass die Waffe nicht in ihre Richtung zielte, sprang sie vor und traf Warren mit einem Tritt seitlich am Kopf.

Der kräftige Treffer machte Warren benommen, sodass Fay es schaffte, die Waffe wieder an sich zu reißen und zurückzutaumeln. Ning sorgte dafür, dass die Botschaft bei Warren ankam, indem sie ihm in den Rücken trat, und Fay schlug ihm die Pistole so heftig an den Kopf, dass seine Stirn aufplatzte.

»Das passiert, wenn man sich mit uns anlegt!«, schrie Fay, als Warren seitlich auf das Bett fiel und leise stöhnte. »Und jetzt setz dich gerade hin, bevor ich dich an den Haaren hochziehe!«

»Und leg die Hände auf den Kopf!«, ergänzte Ning.

Hustend richtete Warren sich auf. Fay hob eines der kleinen Päckchen mit Kokain vom Boden auf und warf es ihm verächtlich an die Brust.

»Dein mickriger Sechshundert-Pfund-Vorrat ist mir doch egal. Ich brauche Informationen«, begann sie. »Wenn du für Hagars Leute dealst, musst du jede Menge Informationen haben.«

»Ich bin kein Verräter«, sagte Warren.

Fay lachte.

»Stell dir mal vor, deine Mama kommt aus der Kirche nach Hause und findet dein Gehirn über den ganzen hübschen Ikeaschrank verteilt. Wenn du mir sagst, was ich wissen will, muss das nicht passieren. Ich werde dir nicht mal deine Drogen stehlen.«

Warren sah in seinen Schoß.

»Was willst du denn wissen?«

»Die ganze Sache mit Hagar und Eli.«

»Was ist damit?«

»Wie hat das angefangen?«

»Ich kenne keine Einzelheiten«, sagte Warren. »Aber es gab eine inoffizielle Abmachung. Eli verkaufte Gras, Hagar Koks und Heroin. Aber vor sechs Monaten hat Hagar angefangen, Marihuana zu verkaufen. Darüber hat sich Eli geärgert und mit Kokain angefangen.«

»Und jetzt gibt es Krieg?«, fragte Fay.

»Eli und Hagar können einander nicht riechen. Es gab ein paar Schlägereien und ein paar Streitigkeiten um

Verkaufsgebiet, aber die meiste Zeit schleichen sie nur auf Zehenspitzen umeinander herum.«

»Sind sie gleich stark?«, erkundigte sich Fay.

Warren nickte. »Unbestätigten Gerüchten zufolge bereitet Hagar einen großen Schlag gegen Elis Leute vor, aber bislang konnte ich noch keine Anzeichen dafür erkennen.«

»Lieferst du an Hagar?«

Warren begann zu lachen. »Hagar habe ich erst etwa zweimal gesehen. Ich bekomme meinen Stoff von einem Kerl namens Steve.«

»Steve«, wiederholte Fay nachdenklich. »Ist der dicht an Hagar dran?«

»So dicht wie jeder andere, würde ich sagen.«

Fay lächelte. »Wie viel verdienst du mit dem Verkauf von Drogen?«

Warren zuckte mit den Achseln. »Nicht allzu viel. Hundert, in einer wirklich guten Woche vielleicht zweihundert.«

»Wie würde es dir gefallen, einen Extra-Hunderter pro Woche zu verdienen?«

»Wofür?«

»Indem du mir alles erzählst, was du über Hagar und Eli hörst, und alles über Drogen.«

Der Gedanke an Geld schien Warren zu gefallen, aber er zögerte noch.

»Arbeitest du für Elis Leute?«

»Wir arbeiten für uns«, antwortete Fay ein wenig freundlicher und senkte die Pistole.

Dann nahm sie einen Bleistift und schrieb eine Handynummer auf eines von Warrens Schulbüchern.

»Du kannst mich jederzeit anrufen«, sagte sie. »Es wird sich für dich lohnen.«

20

Ryan hatte an seinem Telefon-Shopping-Nachmittag zwanzig Mäuse verdient. Und was noch wichtiger war, er war Craig Willow aufgefallen, einem Kerl, der Youssef zufolge Hagars wichtigster Vollstrecker war.

An den nächsten drei Abenden trieb er sich beim Hangout herum, doch niemand kam auf ihn zu, um ihm einen Job anzubieten. Er war schon fast so verzweifelt, dass er einen von Hagars Leuten direkt angesprochen hätte, als Craig eintraf und direkt auf ihn zukam.

»Kusch!«, sagte er und scheuchte Abdi und Youssef fort. »Ryan, bist du dabei?«

Ryan nickte.

»Man hat mir gesagt, dass du dich im Prügeln gut machst.«

Ryan zuckte mit den Achseln, als sei weiter nichts dabei.

»Ich lasse mir nichts gefallen.«

»Das ist ein gutes Motto«, fand Craig.

Ryan bemerkte das Tattoo mit dem Hahnen-Logo der Spurs auf seinem Unterarm.

»Bist du bereit für einen Gang in feindliches Gebiet?«

»Wie viel?«, fragte Ryan.

»Fünfundzwanzig Flöhe.«

Ryan nickte misstrauisch. »Was soll ich tun?«

»Zwischen unseren Jungs und denen von Eli auf dem Elthorne Estate gibt es gewisse Spannungen, daher brauche ich ein unbekanntes Gesicht für die Nachschublieferung.«

»Drogen?«

»Was denkst du denn?«, grinste Craig. »Geh und warte vor Nummer zweiundsiebzig. Jemand gibt dir ein Paket. Das bringst du direkt nach Elthorne, Block sieben, Wohnung F3.«

Es war ein warmer Abend, als Ryan bei Sonnenuntergang aus dem Hangout kam. Er musste zwanzig Minuten warten, bis ein Kerl, den er noch nie gesehen hatte, ihm einen Rucksack übergab und ihm ein unheilschwangeres »Viel Glück!« zurief.

Der Rucksack war voll, aber nicht besonders schwer. Ryan schätzte, dass mehrere Hundert Drogenpäckchen darin sein mussten, je mit einem Gramm Kokain zu 25 Pfund. Das bedeutete, dass er mit Drogen im Wert von mindestens fünftausend Pfund losmarschierte.

Der Elthorne Estate lag in Highgate, zwanzig Minuten zu Fuß entfernt. Als Ryan an einen mit Graffiti übersäten Plan der Anlage aus heruntergekommenen Wohnblocks kam, hatte sich der Himmel bereits dunkellila verfärbt. Der erste Teil von Ryans Weg führte über eine Rasenfläche zwischen den Häusern hindurch, dann musste er in eine Gasse, die eng zwischen zwei Häusern hindurchführte.

Hinter einem Stapel Kisten schoss eine Katze hervor und erschreckte Ryan, bevor er das letzte Mal abbog, am Aufzug vorbeiging und die Treppe zum dritten Stockwerk hinaufstieg. Auf dem ersten Treppenabsatz kam er an zwei kräftigen Kerlen vorbei, von denen einer eine Zigarette rauchte. Als er den zweiten Stock erreichte, hörte er, wie sie rasch hinter ihm die Treppe hinaufkamen.

Ryan lief schneller, doch vor dem Treppenabsatz zum dritten Stock versperrte ihm jemand den Weg.

»Entschuldige, Kumpel«, bat Ryan.

Der Mann bewegte sich nicht. Er war ein Monster mit tiefliegenden schwarzen Augen und Armen wie Eisenbahnschranken. Die anderen beiden kamen hinter ihm her, sodass Ryan nur eine Möglichkeit hatte, nämlich den Außengang vor den Wohnungen im zweiten Stock entlangzulaufen.

Dort lief er etwa siebzig Meter vorbei an verstärkten Wohnungstüren und vergitterten Fenstern. Am Ende stand er vor einer blauen Tür mit einem Notausgangschild. Er drückte den Metallhebel herunter und musste entsetzt feststellen, dass die Tür klemmte.

Da die drei Männer keine zwanzig Meter mehr entfernt waren, beugte Ryan sich über das Geländer. Es war zu hoch, um hinunterzuspringen, aber er schätzte, dass er sich daraufstellen und in das Stockwerk darüber hinaufziehen konnte.

Seine Beine schwangen frei in der Luft, als er sich hochzog und über die Brüstung auf den Außengang im dritten Stock rollte. Da er davon ausging, dass seine Gegner nur eine halbe Minute brauchen würden, um zur Treppe zurückzulaufen und ins dritte Stockwerk zu kommen, sah er sich schnell nach der Wohnung F3 um.

Die extrem verstärkte Tür war nur ein paar Meter entfernt. Das Fenster war mit Brettern vernagelt und eine Überwachungskamera war auf den Gang gerichtet.

»Hallo!«, rief Ryan, drückte auf die Klingel und hämmerte an die Tür. Eindringlicher rief er: »Könnt ihr mal aufmachen?«

Doch in der Wohnung rührte sich nichts. Der Mann mit den dicken Armen tauchte auf, und die anderen beiden waren irgendwie durch die Feuertür gelangt, die Ryan nicht hatte öffnen können, und näherten sich ihm von der anderen Seite.

»Gib uns die Tasche«, verlangte der Riese.

»Komm sie dir doch holen«, antwortete Ryan, der zuversichtlich war, dass er schnell genug war, den Schlägen dieses Fettwanstes ausweichen zu können. Doch hinter ihm ertönte ein Klicken, und Ryan zuckte zusammen, als er aus dem Augenwinkel eine Pistole sah.

»Gib uns die Tasche, Junge.«

Angesichts der Waffe bekam Ryan einen Schock und zog sich zur Wohnungstür zurück. Einer der Kerle legte die Hand auf den Rucksack, und Ryan leistete keinen Widerstand, als er ihm den Riemen vom Arm zog. Sobald sein Gegner den Rucksack hatte, versetzte ihm der Riese einen Faustschlag in den Magen.

Ryan klappte zusammen und der andere versetzte ihm zwei weitere Schläge. Angesichts der auf ihn gerichteten Waffe wagte Ryan nicht, sich zu verteidigen. Als Nächstes bekam er einen Hieb auf den Mund und einen Tritt von hinten in die Beine, sodass er benommen zu Boden fiel.

Ryan versuchte sich zu schützen, weil er weitere Schläge befürchtete, doch es griff nur eine Hand in seine Shortstasche und holte sein Handy heraus. Ein Tritt gegen den Kopf ließ ihn bewusstlos werden.

*

Fay hatte sich in das Haus ihrer Pflegeeltern in Elstree zurückgeschlichen, um noch einige ihrer Sachen zu holen. Doch sie hätte dort zur Schule gehen müssen, daher fuhr sie nach London zurück und verbrachte die meiste Zeit in der Gegend von Kentish Town und versuchte, so viel wie möglich über Hagars Operation herauszufinden.

»Willst du heute Abend wieder mit zu mir ins Nebraska House?«, bot Ning ihr an, während sie neben Fay auf einer Parkbank saß und den blutroten Sonnenuntergang beobachtete.

Fay nickte.

»Bis jetzt hat mich niemand bemerkt, und die Luftmatratze, die du besorgt hast, ist echt bequem.«

Doch als Ning aufstand, spürte Fay, wie ihr Handy in der Tasche vibrierte. Die Stimme am anderen Ende kam ihr bekannt vor, doch sie brauchte einen Moment, um sie zu erkennen.

»Warren?«

»Du weißt noch, was du von wegen Informationen gesagt hast?«, fragte Warren. »Was springt für mich dabei heraus?«

»Ich kann dir fünfzig Pfund für jede vernünftige Information bieten.«

Warren lachte.

»Ich verkaufe doch nicht meine Gang für fünfzig Pfund. Ich will einen Anteil. Prozente.«

Fay hielt einen Augenblick lang inne. »Einen Anteil an was?«

Leise, als fürchte er, dass ihn jemand hören könnte, sagte Warren: »Hagar hat ein Haus an der Tufnell Park Road. Das ist so etwas wie ein Geheimversteck. Selbst wenn man Hagar seine gesamten Vorräte stehlen würde, könnte er mit dem, was sich in diesem Haus befindet, im Geschäft bleiben.«

Fay sah interessiert aus. »Woher weißt du von diesem Haus?«

»Mein Cousin ist Schreiner und macht alle möglichen Jobs für Hagar. Er hat drei Tage in diesem Haus gearbeitet und Überwachungskameras eingebaut. Ich weiß es nur, weil meine Großmutter dort in der Nähe wohnt und er immer kam und Sandwiches und Tee geschnorrt hat, als er dort arbeitete.«

»Es gibt also starke Sicherheitsvorkehrungen?«, erkundigte sich Fay.

»Davon kannst du ausgehen. Aber es gibt keine Wachen, nur Hagars Bruder Clay.«

Fay horchte auf, als sie die Gelegenheit witterte, an jemanden heranzukommen, der Hagar nahestand.

»Und wo ist das?«, fragte sie.

Warren lachte.

»Ich will ein Drittel des Geldes, das möglicherweise in der Sache steckt.«

Fay schnalzte mit der Zunge.

»Und welches Risiko übernimmst du dafür? Finderlohn sind nie mehr als zehn Prozent.«

»Fünfundzwanzig«, verlangte Warren.

»Zwanzig.«

Warren überlegte einen Augenblick.

»Na gut, ich schicke dir die Adresse per SMS.«

Sobald Warren aufgelegt hatte, erzählte Fay Ning von der Abmachung.

»Und wenn es Warren nicht gefallen hat, dass wir bei ihm eingedrungen sind, und er es uns auf diese Weise heimzahlen will?«

»Das ist schon gut möglich«, meinte Fay.

»Und alles Wertvolle wird doch sicher in einem Safe aufbewahrt?«

»Wahrscheinlich«, stimmte Fay zu. »Jobs wie dieser müssen immer sorgfältig geplant werden, aber damit werde ich schon fertig.«

21

»Geht es dir gut, mein Junge?«

Ryan machte ein Auge auf und sah eine verschwommene weibliche Gestalt, die sich über ihn beugte. Sein Mund war voller Blut, und in seinem Bauch explodierte der Schmerz, als er versuchte aufzustehen. Sein erster Instinkt sagte ihm, James anzurufen, doch da, wo sein Telefon stecken sollte, war nur eine leere Tasche.

Die Frau in mittlerem Alter reichte Ryan den Arm. Er nahm ihn und zog sich daran und am Balkongeländer hoch. Sein Mund war unangenehm gefüllt mit Blut, sodass ihm nicht viel anderes übrig blieb, als es auszuspucken. Er tastete mit der Zunge im Mund herum, weil er fürchtete, einen Zahn verloren zu haben, doch er hatte lediglich einen bösen Riss in der Unterlippe.

»Ich habe die Polizei gerufen«, sagte die Frau.

Ryan hatte keine Lust, den Cops zu erzählen, was passiert war, und sagte: »Ich muss gehen.«

Doch sobald er versuchte, einen Schritt zu machen, gaben seine Knie nach, und als der Ehemann der Frau mit einem Plastikstuhl kam, ließ er sich dankbar darauf nieder.

Ryan befürchtete, dass der Verlust der Drogen das Ende seiner Verbindung zu Hagars Leuten bedeutete, und fragte sich, was er der Polizei sagen sollte. Doch während er auf dem Balkonstuhl saß, war seine größte Sorge das Blut, das sich in seinem Mund sammelte.

Ein paar Minuten später kamen zwei Polizisten.

»Zwei Kerle haben mich angegriffen, mir meinen Rucksack und mein Telefon geklaut und sind abgehauen.«

»Kannst du sie beschreiben?«

Ryan erfand zwei ziemlich oberflächliche Beschreibungen.

»Unten ist eine Überwachungskamera«, meinte der eine Polizist. »Wir werden versuchen, das Band zu bekommen.«

Ryan bezweifelte, dass die Polizei sich wegen eines überfallenen Jungen viel Mühe machen würde. Sie fragten, wo er wohnte, doch da Ryan nicht sprechen konnte, ohne dass ihm Blut aus dem Mund lief, brachten sie ihn in ein Krankenhaus.

Der größere der beiden legte sich Ryans Arm um die Taille, als sie zum Aufzug gingen.

*

James saß in der Küche, als Ning an die Milchglasscheibe der Tür klopfte.

»Komm rein, komm rein«, forderte James sie auf.

Ning setzte sich an den Küchentisch und seufzte.

»Es ist anstrengend, mit Fay zu arbeiten. Sie ist rund um die Uhr an Hagar dran.«

»Tee?«, fragte James. »Oder lieber etwas Kaltes?«

»Eine Dose Cola oder so wäre schön«, antwortete Ning.

»Und was hat sie herausgefunden?«, wollte James wissen.

»Jede Menge über Hagars Leute. Wo sie arbeiten, was sie verkaufen, wer wichtig ist.«

»Ist sie diskret?«

Ning schüttelte den Kopf.

»Fay ist clever, aber sie läuft herum und stellt jede

Menge Fragen über Hagars Bande. Früher oder später wird es der Falsche bemerken.«

James nickte, stellte zwei Dosen Cola light auf den Tisch und setzte sich Ning gegenüber.

»Man sollte meinen, nach den Morden an ihrer Mutter und Tante sollte sie extra vorsichtig sein.«

»Sie ist ein Adrenalin-Junkie«, erklärte Ning und zog die Dose auf.

»Da haben wir also einen rachsüchtigen Adrenalin-Junkie mit einer geladenen Glock in der Tasche«, meinte James nachdenklich. »Wir werden sehr vorsichtig sein müssen.«

»Wie meinen Sie das?«

»Sagen wir mal, meine neue Karriere als Einsatzleiter wird sehr kurz sein, wenn du und Fay in eine blutige Schießerei geratet.«

»Ich werde mich bemühen, dafür zu sorgen, dass dieses Szenario nicht eintritt«, erklärte Ning lächelnd, doch auch ihr war klar, dass die Aussicht gar nicht so unrealistisch war. »Ich muss allerdings etwas mitbringen, um in Fays Nähe bleiben zu können.«

»Was zum Beispiel?«, fragte James.

»Fay hat, während ich in der Schule war, eine Menge allein unternommen. Außerdem bekommt sie Informationen von Warren. Und das Einzige, was ich ihr im Moment bieten kann, ist, bei mir im Nebraska House auf dem Fußboden zu übernachten.«

James schüttelte den Kopf.

»Ich glaube, das stimmt nicht. Ich dachte, ihr seid Freundinnen.«

»Wir kommen gut miteinander aus, aber Fay ist konzentriert wie ein Laserstrahl. Wenn ich in ihrer Nähe bleiben soll, damit ich an die Informationen komme, die sie über Hagars Leute herausfindet, muss ich auch etwas einbringen.«

»An was denkst du da?«, fragte James.

»Fay glaubt, dass sie größere Chancen hat, an Hagar heranzukommen, wenn sie sich mit Elis Truppe verbündet. Allerdings hat sie schon ein paar Straßendealer angesprochen und kommt jetzt einfach nicht weiter.«

James nickte. »Wenn ich dir also einen Namen und eine Position von einem von Elis Adjutanten liefern kann, wärst du als Freundin für Fay viel wertvoller.«

»Genau«, antwortete Ning.

»Ich rede mal mit der hiesigen Drogenfahndung«, versprach James. »Was willst du ihr sagen, wo du die Information herhast?«

»Ich sage, ich hätte sie von einem Mitschüler oder so.«

James griff nach seiner Cola, setzte sie jedoch wieder ab, als das Telefon in seiner Tasche vibrierte. Die Nummer erkannte er nicht.

»Ich bin es«, meldete sich Ryan leicht verschwommen. »Ich bin in der Notaufnahme.«

*

Ryan lag mit nacktem Oberkörper auf einem Krankenhausbett, den Kopf zurückgelehnt, damit die Blutung aufhörte.

»Es tut mir wirklich leid«, sagte er, als er James sah.

»Was tut dir denn leid?«

»Ich habe die Mission versaut«, meinte Ryan. »Ich kriege nie wieder eine Chance bei Craig.«

»Das kann man nie wissen«, widersprach James.

»Wahrscheinlich schlagen sie mich zusammen, wenn ich mich beim Hangout blicken lasse.«

»Aber sie müssen das Risiko doch gekannt haben.«

In diesem Moment betrat eine junge Ärztin das Zimmer.

»Wird er es überleben, Doc?«, fragte James fröhlich.

»Er wird es überleben, aber er hat kräftig Prügel eingesteckt. Er wird zwei oder drei Tage im Bett bleiben müssen, damit die Schwellungen abheilen.«

»Nichts gebrochen?«

Die Ärztin schüttelte den Kopf, neigte sich dann vor und klopfte Ryan auf die Wange.

»Ist sie noch taub?«

»Ja«, antwortete Ryan.

Die Ärztin legte ein steriles Päckchen auf den Tisch neben dem Bett. Sie befahl Ryan, sich gerade hinzusetzen, riss dann das Päckchen auf und nahm eine Nadel mit einem sterilen Faden heraus.

»Deine Lippe muss leider mit fünf oder sechs Stichen genäht werden.«

Ryan zuckte zusammen, und ihm wurde fast schlecht, als sich die Ärztin mit der Nadel näherte.

»Je mehr du zappelst, desto länger dauert es«, warnte sie.

Und wenn sein Gesicht auch taub war, so hatte Ryan doch das Gefühl, er müsse sich übergeben, als die Nadel durch seine blutige Lippe stach.

22

Zwei Tage später

Eine der schwersten Herausforderungen für einen CHERUB-Agenten ist es, sich in eine neue Schule einzufügen. Ning hatte sich noch mit niemandem angefreundet und fühlte sich einsam, als sie sich dem Strom der Schüler auf dem Weg zum Schultor anschloss.

»Ning!«

Ning erkannte Fays Stimme und entdeckte sie auf der gegenüberliegenden Straßenseite.

»War's schön im Büro?«, neckte sie Fay.

»Warum lassen die mich drei Wochen vor den Ferien in einer neuen Schule anfangen?«, beschwerte sich Ning.

»Schwänz doch«, schlug Fay vor. »Mach ich doch auch.«

»Vielleicht tue ich das«, sagte Ning. »Aber wenn sie das im Nebraska House mitbekommen, kriege ich Hausarrest.«

»Gut. Dann frag mich, was ich gemacht habe.«

»Was denn?«, wollte Ning wissen.

»Ich habe diesen Shawn aufgespürt, der für Eli arbeitet. Der, von dem du mir erzählt hast.«

»Wozu?«

»Ich wollte wissen, ob Eli billigen Stoff kaufen will.«

»Und?«

»Er ist ganz scharf drauf.«

»Und woher kommt der billige Stoff?«, fragte Ning.

»Ich habe Hagars geheimes Lager beobachtet. Warren hat recht, das ist reif, ausgenommen zu werden.«

»Wieso bist du dir da so sicher?«

»Da wohnt nur ein Typ«, erzählte Fay. »Ab und zu kommt seine Freundin vorbei. Ein- oder zweimal die Woche kommt er mit einer großen Tasche heraus. Und da sonst niemand da ist, muss er Zugang zum Safe haben oder zu dem Ort, wo die Drogen sonst versteckt sind.«

»Und was ist dein Plan?«

»Nichts Besonderes«, sagte Fay, »Masken und Skimützen. Wir warten bis elf Uhr abends, klopfen an die Vordertür und halten dem Kerl die Pistole unter die Nase.«

»Und was ist mit den Sicherheitseinrichtungen?«

»Wir wissen, dass es Kameras gibt, aber ich habe durch das Fenster gesehen, als keiner da war, und es gibt kein Anzeichen für irgendwelche sonstige Abwehr.«

»Und wann legen wir los?«

Fay begann zu grinsen.

»Worauf warten? Wenn du bereit bist, gehen wir hin, sobald es dunkel wird.«

*

Ryan hatte eine Beule an der Stirn, eine genähte Unterlippe und einen dunkelblauen Bluterguss unter dem rechten Auge. Seit der Schlägerei war er nicht wieder in der Schule gewesen, daher saß er in Cargo-Shorts und einem Polohemd am Esstisch.

»Bist du sicher, dass das in Ordnung ist?«, fragte James, der am Küchentresen an einem Funkgerät herumschaltete, mit dem er Kontakt zu dem Minisender bekam, den er mit einer Pinzette in Ryans Ohr gepflanzt hatte.

Ryan klang ein wenig gereizt. »Das geht schon gut.«

»Ich halte mich nur an die Regeln«, erwiderte James. »Du bist verprügelt worden. Jeder CHERUB-Agent hat das Recht, sich jederzeit von einer Mission zurückzuziehen.«

»Bla, bla«, machte Ryan grinsend.

»Na gut«, sagte James und drückte auf einen Schalter an dem kleinen Empfänger auf der Arbeitsplatte. »Audiotest: eins, zwei, drei.«

Ryan hörte James' Stimme gedoppelt in seinem Ohr und tippte sich zweimal aufs Ohrläppchen, um die Kommunikationseinheit zu aktivieren. Dann hörte er seinen eigenen Satz aus dem Tischgerät.

»Ich werde draußen auf der Bank sein. Wenn es Schwierigkeiten gibt, sagst du Bulldogge, dann komme ich rein und rette dich«, erklärte James.

Ryan schob den Stuhl mit einem Knirschen zurück. Das helle Sonnenlicht draußen ließ ihn blinzeln, als er über den Rasen zwischen seiner Wohnung und dem Hangout ging. Während er Hundehaufen und Glasscherben auswich, folgte ihm James, setzte sich auf eine Holzbank, von der aus er den Jugendclub sehen konnte, und schlug ein Motorradmagazin auf.

Im Hangout trieb sich ein Dutzend Kids herum. Niemand achtete auf Ryan, da es am Billardtisch einen Streit gab und ein südländisch aussehender Junge von einem übergewichtigen Hitzkopf, der fast doppelt so groß war wie er, in den Schwitzkasten genommen wurde.

»Lass ihn los!«, verlangte Youssef im Chor mit einigen anderen. »Du hast das Spiel verloren, ganz einfach!«

Das Gesicht des Jungen wurde immer röter.

Youssef trat auf Ryan zu. Er lächelte zwar, wirkte aber besorgt.

»Du hast ja Mumm, hier aufzukreuzen!«

Verstohlen blickte er sich um.

»Hast du meine SMS bekommen? Über das, was passiert ist«, fragte Ryan.

Youssef sah ihn schuldbewusst an.

»Nichts für ungut, aber im Moment ist es keine gute Idee, mit dir gesehen zu werden. Ich bin vielleicht eine Ausnahme, weil ich dich mag, aber du solltest lieber verschwinden, bevor einer von Hagars Leuten dich sieht.«

Am Billardtisch hatte der aggressive Typ sein Opfer schließlich losgelassen. Keuchend brach es über dem Tisch zusammen.

»Er hat die schwarze Kugel bewegt«, knurrte der Dicke wütend.

Missbilligende Blicke trafen ihn von allen Seiten, als er seine Schultasche und seinen Blazer vom Boden aufhob.

Youssefs Gesichtsausdruck war mittlerweile todernst geworden.

»Craig ist hier, Ryan. Er bricht einem die Knochen mit einem Baseballschläger.«

Ryan hatte mit seinem Erscheinen gewartet, bis er sicher war, dass Craig im Gebäude war, doch er tat überrascht.

»Ich wohne nur zweihundert Meter entfernt«, sagte Ryan. »Sie wissen, wo sie mich finden, wenn sie mich kriegen wollen. Ich weiß, dass ich gerade nicht weit oben auf der Beliebtheitsskala stehe, aber sie könnten zumindest respektieren, dass ich den Mut habe, herzukommen und mich zu entschuldigen.«

Youssef schien da anderer Meinung zu sein.

»Warte noch eine Woche und sprich mit einem der Jüngeren. Herzukommen, wenn Craig da ist, ist wirklich unvernünftig.«

Ryan versuchte möglichst zuversichtlich zu klingen.

»Ich bin kein Feigling. Ich wage mich in die Höhle des Löwen. Wünschst du mir Glück?«

»Ich kenne diese Leute länger als du«, warnte Youssef.

Doch Ryan war wild entschlossen. Hinten gab es zwei Büros. Das eine gehörte dem Manager Barry, das andere wurde hauptsächlich von Hagars Leuten genutzt. Ryan sah die Umrisse zweier männlicher Gestalten hinter der Milchglasscheibe, als er an die Tür klopfte.

Die Stimmen verstummten. Craig streckte den Kopf aus der Tür und zeigte mit dem Finger auf Ryan.

»Warte!«, befahl er und deutete auf einen Plastikstuhl. Dann ging er wieder hinein und schloss die Tür.

Das Gespräch zwischen Craig und einem dürren Asiaten dauerte lange genug, dass Ryans Eingeweide Saltos schlugen. Dann lief der Asiate los, um irgendetwas zu erledigen, und ließ die Tür offen.

»Dann lass mal hören«, beorderte Craig Ryan herein.

Das Büro war klein. Die überschaubare Schreibtischfläche war voller Mandarinenschalen. Trotz des offenen Fensters und eines Ventilators wurde die Luft von Craigs Aftershave dominiert.

»Dass du dich hierhertraust«, begann Craig.

»Ihr habt eine Erklärung verdient.«

»Und warum wartest du damit drei Tage?«

»Ich bin erst gestern aus dem Krankenhaus gekommen.«

»Du hättest anrufen können.«

»Ich habe deine Nummer nicht.«

»Jemand wie du kriegt meine Nummer nicht«, schnaubte Craig. »Aber du hättest einen deiner Kumpel anrufen können. Abdi, Youssef oder so.«

»Die haben mir das Telefon geklaut«, erklärte Ryan. »Da waren alle Nummern drauf.«

»Also, wie lautet deine Lügengeschichte?«

Ryan schüttelte den Kopf, als Craig drohend auf ihn zutrat.

»Ich lüge nicht, ich schwöre es! Jemand muss ihnen einen Tipp gegeben haben. Sie waren im Treppenhaus, als hätten sie auf mich gewartet.«

»Das ist ja komisch«, fand Craig.

»Was?«

»Seit zehn Jahren schicke ich Jungen dorthin, um zu liefern. Manche von ihnen sind schon hundertmal da gewesen, aber noch nie hat jemand dabei irgendetwas verloren.«

»Ich weiß nicht, was ich sagen soll«, stieß Ryan hervor. »Sie haben auf der Treppe gewartet und in Wohnung F3 war niemand.«

»Meine Organisation hält dicht«, behauptete Craig, schlug sich auf die Brust und stellte sich so dicht vor Ryan, dass er ihn fast berührte. »Wenn sie auf dich gewartet haben, dann, weil du irgendjemandem gegenüber das Maul aufgerissen hast.«

»Auf keinen Fall«, widersprach Ryan. »Ich habe mit niemandem gesprochen. Weder persönlich noch am Telefon.«

»Hast du mein Geld? Ich schätze mal, dreitausendsechshundert dürften reichen.«

»Wie soll ich denn das haben?«, fragte Ryan.

»Du wohnst bei deinem Bruder?«

Ryan nickte misstrauisch.

»Er wurde auf einem Motorrad gesehen«, sagte Craig. »Wenn er das verkauft, könnt ihr es uns auszahlen.«

»Das hier hat nichts mit meinem Bruder zu tun!«

Craig begann langsam zu lächeln. »Für mich hat alles mit jedem zu tun, der nicht will, dass dir die Beine gebrochen werden!«

»Aber«, wandte Ryan ein und setzte seinen flehendsten Gesichtsausdruck auf. »Ich bin schlau. Ich kann gut kämpfen, und ich schwöre, dass ich nichts verraten habe. Ihr müsst doch irgendwelche Jobs haben, die ich machen kann, um meine Schuld abzuarbeiten. Alles, was ihr wollt. Ich kann Sachen transportieren, Dinge erledigen. Wenn es das ist, was ihr wollt, kann ich sogar die Klos schrubben.«

Nachdenklich sah Craig ihn an.

»Kannst du Autos waschen?«

Ryan lächelte.

»Sicher. Ich meine... ich habe das noch nie gemacht, aber ich lerne schnell.«

»Am King's-Cross-Bahnhof gibt es ein Gewerbegebiet. Du kannst es nicht verfehlen, wenn du dem gelben Schild zur Kalifornia-Autowäsche folgst. Wenn du hart arbeitest, dann werde ich dir irgendwann vielleicht sogar verzeihen.«

»Wie lange?«, erkundigte sich Ryan, doch als er den verwunderten Ausdruck in Craigs Gesicht sah, hakte er nach: »Ich meine, wie viele Stunden muss ich meine Schuld abarbeiten?«

Craig verzog die Lippen zu einem spöttischen Lächeln. »Du arbeitest so lange, wie ich es sage!«

23

Fay hatte nichts von dem vergessen, was ihre Mutter und ihre Tante ihr beigebracht hatten. Sie ließ Ning ihre langen Haare unter einer Baseballmütze verstecken und ein enges T-Shirt, das ihre Brüste flachdrückte, sowie einen weiten Kapuzenpulli tragen. Billige Sneaker, die ein paar Nummern zu groß waren, vervollständigten einen Look, bei dem sie jeder, der nicht zu genau hinsah, für zwei Jungen halten würde.

»Sprich nur, wenn es sein muss, und versuch, mit möglichst tiefer Stimme zu reden«, mahnte Fay. »Wenn Hagar hört, dass er von zwei Frauen ausgeraubt wurde, bin ich wahrscheinlich die Erste, an die er denkt.«

Da es Juli war, mussten sie bis um zehn Uhr warten, bevor es dunkel genug war, um das Nebraska House zu verlassen. Für Ning war es bereits Sperrstunde, und so nahmen sie den Feuerwehr-Bobbycar eines kleinen Kindes als Trittstufe, um über den Gartenzaun zu klettern.

»Das ist, als hätte man Clownsschuhe an«, fand Ning, als sie losgingen. »Wenn es nicht so warm wäre, hätte ich ein zusätzliches Paar Socken angezogen.«

Die beiden Mädchen schwitzten, als sie ankamen. Der Mond schien heller, als ihnen lieb war. Ning warf einen kritischen Blick auf das schäbige Reihenendhaus. Der einzige Hinweis darauf, dass sich etwas Wertvolles darin befand, waren die Gitter vor den Fenstern im Kellergeschoss.

»Die Fenster im ersten Stock sind offen«, stellte Fay fest. »Flackerndes Licht.«

»Fernseher?«, vermutete Ning.

Fay nickte. »Wenn seine Freundin nicht da ist, geht er anscheinend immer früh ins Bett. Ich musste beim Beobachten vorsichtig sein, weil er immer ans Fenster geht, wenn er raucht.«

»Und wie kommen wir hinein?«, fragte Ning.

»Das lass mal meine Sorge sein«, sagte Fay. »Wie geht es deinen Nerven?«

In ein Haus einzubrechen, in dem sich nur ein einzelner Mann aufhielt, war im Vergleich zu vielen Situationen, in denen Ning sich sowohl vor als auch nach ihrer Aufnahme bei CHERUB befunden hatte, wenig brenzlig. Aber da Fay das nicht wusste, täuschte Ning angemessene Furchtsamkeit vor.

»Ich schätze, du weißt, was du tust.«

»Aber sicher«, antwortete Fay und legte Ning beruhigend die Hand auf die Schulter, bevor sie zum Haus ging.

Das Gartentor quietschte, also stieg Fay über die niedrige Mauer. Ning folgte ihr im Abstand von einigen Schritten ein paar unebene Stufen hinunter. Beide Mädchen zogen sich natogrüne Skimasken über den Kopf, und Fay nahm eine Picking-Pistole aus der Hosentasche, als sie sich der Kellertür näherten.

Mit einer Picking-Pistole kann man ein Schloss leichter knacken als mit einem Dietrich, doch sie erfordert auch Übung. Ning war beeindruckt, wie schnell Fay ein kompliziertes Sperrschloss aufbekam. Dann nahm sie ein größeres Werkzeug und öffnete mühelos auch das Hauptschloss.

Die Tür war schon eine Weile nicht mehr geöffnet worden, daher regnete es Staub und Spinnweben, als Fay sie mit der Schulter aufdrückte. Doch nach zwanzig

Zentimetern blieb sie mit einem Ruck an einer fest gespannten Kette hängen.

»Verdammt«, fluchte Fay.

Ning war der Meinung, dass Fay schon Glück gehabt hatte, dass die Tür überhaupt aufging und nicht auf der Innenseite mit Riegeln gesichert war.

»Mach meinen Rucksack auf«, sagte Fay.

Ning öffnete die Schnalle an Fays Rucksack und nahm einen Satz kleiner Bolzenschneider heraus. Da Ning die Stärkere war, übernahm sie es, die Kette zu zerschneiden, und ging voran in einen modrigen Keller mit schimmeligem Teppich und blasigem Putz.

Hier unten hatte schon lange niemand mehr gewohnt, doch im Mondlicht bot sich ihnen der Blick auf ein Wohnzimmer mit hochlehnigen Stühlen und Familienfotos aus den 70ern und 80ern. Das Erdgeschoss war etwas moderner eingerichtet, aber der Bewohner war schlampig. Schmutzige Männerkleidung lag in großen Haufen herum, aus einem Mülleimer ragten Pizzaschachteln und aus dem Spülbecken dreckige Teller.

»Dreckschwein«, fand Fay.

Wegen der Hitze standen alle Türen offen, und Ning hörte den Fernseher aus dem Schlafzimmer im ersten Stock, als Fay die Glock aus ihrem Gürtel nahm und auf die flackernden Farben zuschlich, die von dem Gerät ausgingen.

Die letzte Stufe knarrte, als Fay den Fuß hob, doch im Schlafzimmer rührte sich nichts. Mit erhobener Waffe spähte sie in den Raum und stellte erschrocken fest, dass dort niemand war. Schnell sah sie unter dem Bett nach, riss zwei Schränke auf und warf einen Blick aus dem Fenster, nur um festzustellen, dass es zu hoch war, als dass Clay hätte hinausspringen können.

»Scheiße!«, fluchte Fay. Ning war auf dem Treppenabsatz stehen geblieben und sah zwei geschlossene

Türen und dann eine Klappe zum Dachboden direkt über ihr.

Fay zuckte zusammen, als sie ein zirpendes Geräusch hörte, doch es war eine SMS, die auf einem Telefon auf dem Bett einging. Auf dem Bildschirm stand *Imelda*.

»Ist wohl rausgerannt, ohne es mitzunehmen«, vermutete Ning, als Fay aus dem Schlafzimmer kam.

Clay hatte zwar sein Telefon nicht mitgenommen, aber Ning hatte Angst, weil er möglicherweise eine Waffe holen gegangen war, und sie war mausetot, wenn er durch eine der geschlossenen Türen schoss. Sie zog sich an die Wand zurück und griff nervös nach einer Türklinke. Die Tür führte zu einem weiteren Schlafzimmer, in dem mehr als zehn Paar nagelneuer Nikes an der Wand aufgereiht waren.

Fay ging zur anderen Tür, doch noch bevor sie sie erreichte, flog sie auf. Ein muskulöser Arm schoss hervor und zerrte Fay in ein winziges Badezimmer. Sie versuchte, mit der Waffe zu zielen, verlor aber durch den Ruck das Gleichgewicht und stieß mit dem Rücken schmerzhaft gegen einen Handtuchhalter im Bad. Sie hatte keine Kontrolle mehr über die Waffe.

Bei CHERUB hatte Ning gelernt, dass man am besten so viel Abstand wie möglich zwischen sich und eine geladene Waffe brachte. Doch sie mochte Fay und handelte instinktiv. Also warf sie sich in das kleine Bad, wo Clay versuchte, Fay die Pistole zu entwenden.

Die Waffe landete auf einer zitronengelben Badematte, während Clay und Fay am Rand der Badewanne miteinander rangen und sich in einem klebrigen Duschvorhang verhedderten. Clay stieß mit dem Knie zu, sodass Fay gegen das Waschbecken stürzte, und wollte dann die Pistole aufheben. Doch Ning kam ihm zuvor, hakte den übergroßen Schuh dahinter und kickte sie zwischen ihren Beinen hindurch bis auf den Teppich im Gang.

Fay warf sich auf Clay, doch der stieß sie von sich und schubste sie durch den verknoteten Duschvorhang in die Badewanne. Dann stand er auf, um Ning anzugreifen, doch die schlug ihm den Pistolenknauf über den Schädel.

Der Hieb ließ Clay vor dem Waschbecken zu Boden gehen. Blut schoss aus einer Kopfwunde, als sich Fay in der Wanne aufsetzte. Ning machte einen halben Schritt vor und hielt Clay die Waffe unter die Nase, bevor er eine weitere Bewegung machen konnte.

»Du bist zu jung zum Sterben«, sagte sie grimmig. »Leg die Hände auf den Kopf!«

Clays Gesicht blieb zwar wütend, aber Ning sah ihn so finster an, dass er schließlich die Hände flach auf seinen rasierten Schädel legte.

Ning versuchte, ihre Stimme männlich klingen zu lassen, indem sie tiefer sprach, aber sie war sich nicht sicher, ob sie nicht einfach nur idiotisch klang.

»Siehst du ein Telefon? Hat er jemanden angerufen?«

Die beiden Mädchen sahen sich nach einem Telefon um, entdeckten jedoch keines. Dafür bemerkte Ning eine Dose Pfefferspray zwischen dem Bleichmittel und der Klobürste.

»Wolltest du das hier?«, fragte sie, untersuchte die Dose und zog den Deckel ab. Clay zuckte zusammen, als sie mit der Düse auf sein Gesicht zielte, doch sie lachte nur und reichte sie weiter an Fay, die ein wenig benommen aus der Badewanne stieg und sich die Rippen hielt, die sie sich empfindlich an einem Griff gestoßen hatte.

»Ich hätte gedacht, dass Hagar seinem kleinen Bruder eine Waffe verschafft hätte«, meinte Fay verächtlich.

»Hier gibt es nichts für euch zu holen, Mädchen«, sagte Clay.

Ning seufzte innerlich: so viel dazu, sich als Jungen auszugeben.

Fay hatte ihre Fassung wiedergewonnen, hielt das Pfefferspray drohend in der Hand und stellte sich dicht neben Clay.

»Ich habe das Haus hier eine ganze Weile beobachtet«, erzählte sie. »Hier herrscht viel Betrieb. Und du wirst uns jetzt den Safe zeigen.«

»Hier ist kein Safe«, behauptete Clay.

»Ich glaube, doch«, erwiderte Fay eine Spur sarkastisch. »Es sei denn, die Besucher sind alle nur zum Teetrinken gekommen.«

»Seht ihr einen Safe?«, fragte Clay.

Ning und Fay waren sicher, dass es einen Safe im Haus gab, denn Warren hatte gesagt, dass sein Cousin bei dessen Einbau geholfen hatte. Dummerweise wusste Warren nicht, wo er war, und Fay hatte bei ihrer Beobachtung von draußen nichts darüber herausfinden können.

»Du wirst uns sagen, wo der Safe ist«, stellte Fay fest. »Und dann wirst du ihn für uns öffnen.«

Clay sog die Luft zwischen den Zähnen ein und schüttelte den Kopf.

»Gibt keinen Safe. Ihr seid auf dem Holzweg.«

Obwohl sich Ning während des Kampfes ausgezeichnet behauptet hatte, betrachtete Fay sie immer noch als eine Untergebene und bestand darauf, die Waffe wieder an sich zu nehmen. Sie richtete sie auf Clays Rücken und dirigierte ihn nach unten.

Ning begann mit der Suche, während Clay sich aufs Sofa setzte und Fay ihn bewachte.

Die Tatsache, dass Warrens Cousin Schreiner war, war ein guter Hinweis. Ning begann, hinter die Bilder im Wohnzimmer zu sehen, und ging dann in die Küche, um alle Schränke zu öffnen. Gerade als sie in den Keller gehen wollte, fiel ihr ein schmaler Spalt an der Wand neben einem Heizkörper im Flur auf. Sie klopfte an die

Wand. Es klang hohl, und als sie ihr Taschenmesser in den Spalt steckte, wackelte der Heizkörper.

»Bingo!«, rief Ning und packte die Heizung, die offenbar nicht mit dem Zentralheizungssystem verbunden war.

Hinter dem schweren Paneel befand sich eine etwa einen halben Meter tiefe Nische, in der Ning eine Reihe grüner LED-Leuchten an dem in den Boden eingelassenen Safe sah.

»Es ist ein Nummernfeld«, rief Ning und ging ins Wohnzimmer zurück. »Wir suchen also eine Zahl, keinen Schlüssel.«

»Nun?«, sagte Fay und sah Clay finster an.

»Der hat ein Zeitschloss«, sagte Clay. »Selbst wenn ich ihn aufmachen wollte, bräuchte ich dazu erst den Master-Code von meinem Bruder.«

Noch während Clay sprach, hatte Ning Namen und Modellnummer des Safes in den Browser ihres Smartphones eingegeben.

»Er lügt«, stellte sie fest, als sie die Seite überflog. »Tacoma 416R, Safe mit vier- bis sechsstelligem Zahlencode. Von einem Zeitschließmechanismus steht hier nichts.«

Fay nickte zustimmend.

»Ich habe hier zu allen Tages- und Nachtzeiten Leute ein- und ausgehen sehen. Dieses Ding hat kein Zeitschloss.«

Selbst mit einer Pistole an der Schläfe war Clay noch aufmüpfig.

»Das wird mein Bruder euch büßen lassen«, warnte er. »Er verkauft euch an jeden, der euch haben will, und wenn ihr fix und fertig seid, dann schlitzt er euch die Kehle auf.«

Fay hatte mit ihrer Mutter und Tante genügend Überfälle durchgezogen, um zu wissen, dass viele Männer glauben, eine Frau habe nicht den Mumm, ihnen etwas anzutun, selbst wenn sie ihnen eine Waffe an den Kopf hielt. Sie hatte gelernt, dass man einen Mann am besten von dieser Ansicht kurierte, indem man etwas unerwartet Brutales tat.

Clay und die Glock im Auge behaltend, griff Fay nach ihrem Rucksack und zog ein billiges chirurgisches Skalpell hervor. Mit den Zähnen öffnete sie die sterile Packung und schnippte mit dem Daumen den Sicherungsschutz weg. Mit einer plötzlichen Bewegung zog sie es über Clays Wange und hinterließ einen tiefen Schnitt.

Als Clay vor Schmerz stöhnte, setzte Fay zu einer Rede an, die sie von ihrer Tante gelernt hatte.

»Der menschliche Körper enthält etwa sechs Liter Blut. Die Wunde, die ich dir gerade zugefügt habe, sollte gerinnen und heilen, bevor du verblutest. Aber wenn du mir nicht in einer Minute die Safe-Kombination gibst, werde ich dich wieder schneiden und nach einer weiteren Minute noch einmal, wenn du nicht redest. Und mit drei Schnitten liegen deine Chancen, zu verbluten, über fünfzig Prozent.«

»Ich kriege eine Narbe, du bekloppte Schlampe!«, rief Clay, hielt sich das Gesicht, schien aber immer noch nicht bereit, zu glauben, was Fay sagte.

»Es wäre schade, diesen schönen Teppich vollends zu ruinieren«, fand Fay und hielt die blutige Klinge an Clays andere Wange. »Und bitte hör auf, uns als Schlampen zu bezeichnen. Das ist sexistisch und genauso beleidigend, wie wenn ich dich einen Affen nennen würde.«

»Du bist doch verrückt!«, schrie Clay.

Fay drohte erneut mit dem Skalpell.

»Die Kombination!«, verlangte sie.

»Zwei, vier, eins, drei, null«, stieß Clay hervor.

Fay sah Ning an.

»Los, gib es ein.«

Ning lief in den Flur, duckte sich in die Nische des eingelassenen Safes und gab die fünf Zahlen ein. Die LED-Anzeige leuchtete auf, als ein Motor die Bolzen einzog und die Tür ein paar Zentimeter aufsprang.

»Wir sind drin!«, rief sie.

Als Ning die schwere Tür anhob, ging im Safe ein Licht an und beleuchtete neun vakuumverpackte Ein-Kilo-Riegel Kokain und drei Tüten mit Hunderten von Mini-Päckchen mit je einem Gramm. Außerdem lagen mehrere Behälter mit mysteriösem weißen Pulver im Safe. Ning vermutete, dass Hagars Leute damit das Kokain streckten, das sie auf der Straße verkauften.

»Zehn bis zwölf Kilo«, erklärte Ning aufgeregt, als sie wieder ins Wohnzimmer kam.

Clay lag mit blutverschmiertem Hemd auf dem Sofa und sah wirr um sich.

»Pack die Sachen in unsere Rucksäcke«, verlangte Fay. »Und dann komm wieder. Du musst aufpassen, dass er keine Dummheiten macht, wenn ich ihn fessele.«

24

Zwei Tage später

Kalifornia Kar Kleen lag auf dem Vorhof einer aufgegebenen Tankstelle hinter dem Bahnhof King's Cross. Für acht Pfund konnte man dort seinen Wagen von einem Haufen mürrischer Osteuropäer in schmutzigen blauen Overalls waschen lassen. Für fünfundzwanzig wurde das Auto innen und außen gereinigt und für fünfzig bekam man den vollen All-Inclusive-Service. Kar Kleen akzeptierte keine Kreditkarten oder Schecks, daher war es für seinen Besitzer Hagar ein perfekter Ort, um das Geld zu waschen, das er mit dem Drogenhandel verdiente.

Ryan war für sein Alter durchschnittlich groß, aber kleiner als die Erwachsenen, mit denen er arbeiten sollte, daher bekam er die unangenehme Aufgabe, die Autos von innen zu putzen. Staubsaugen war nicht so schlimm, aber Leute, die fünfzig Pfund bezahlten, erwarteten Perfektion, daher musste er mit Putzlappen, Sprays und Bürsten an seinem Gürtel in den Wagen herumkriechen.

Ryan hatte schon einen ganzen Schultag hinter sich und schuftete jetzt die dritte Stunde in der Autowäsche. Er begann Minis zu hassen, weil es Millionen davon gab und es für einen normal gebauten Sterblichen keine vernünftige Möglichkeit gab, die Rücksitze eines winzigen Zweitürers zu reinigen.

Der Mini, in dem Ryan gerade steckte, war besonders

schlimm, weil der Besitzer zwei Blagen hatte und die Rücksitze voller dunkler Saftflecken, Wachsmalkreide und Kotze waren. Er rieb einen fiesen Fleck auf dem Sitz mit Reinigungsschaum ein, wischte die Rückenlehnen und die Kopfstützen ab und bearbeitete dann den Fleck mit einem Plastikschaber und einer Nagelbürste.

Ryans Nacken und Schulter schmerzten von der Arbeit, doch der Fleck wurde nur etwas verschwommener. Er rechnete mit einem weiteren Anpfiff von Milosh, dem Chef, einem Mann, dessen Unvermögen, zu glauben, dass es Flecken gab, die nicht entfernt werden konnten, nur von seiner Weigerung, selbst ins Auto zu steigen und Hand anzulegen, übertroffen wurde.

Nachdem er die Arbeit an dem Fleck aufgegeben hatte, widmete Ryan sich dem Schmutz und den Krümeln unter dem Vordersitz. Er zog eine Socke mit Thomas, der kleinen Lokomotive, hervor und einen schimmeligen Keks, als ihn ein Klopfen an der Heckscheibe zusammenzucken ließ.

Ryan stieß sich leicht den Kopf an der gepolsterten Tür, als er sich umdrehte. Craig starrte ihn finster an und gab ihm mit einer aggressiven Geste zu verstehen, er solle aussteigen.

In den Flaschen an Ryans Gürtel schwappte die Flüssigkeit, als Craig ihn über den seifenverschmierten Hof in ein großes Büro führte. Früher war es einmal der Laden der Tankstelle gewesen. Der Kassentresen stand noch und an einem Gestell an der Tür steckten Zeitungen und Zeitschriften.

»Der Boss findet, du bist okay«, sagte Craig widerwillig. »Du hast die Probezeit bestanden.«

Ryan war so überrascht, dass er unwillkürlich lächelte, denn von Milosh hatte er nur Beschimpfungen gehört.

»Von morgen an kannst du deine Schulden für zehn Pfund die Stunde abarbeiten«, verkündete Craig. »Arbeite gefälligst hart. Ich will dich hier jeden Tag nach der Schule sehen und samstags von acht bis sieben. Wenn du dich krank meldest, dann solltest du dem Tode schon nahe sein. Wenn du mir irgendwelchen Ärger machst, sorge ich dafür, dass du es bereust. Verstanden?«

Ryans Gefühle waren gespalten. Einerseits sah er jetzt einen Weg, bei Craig wieder auf einen grünen Zweig zu kommen, andererseits ließ ihn die Aussicht darauf, nach der Schule und den ganzen Samstag hier zu schuften, nicht gerade vor Freude strahlen.

»Und wann soll ich meine Hausaufgaben machen?«, fragte er.

»Das ist nicht mein Problem«, erklärte Craig. »Ist mir scheißegal. Ich will nur das Geld, das du mir schuldest.«

»Okay«, sagte Ryan.

Doch seine Zustimmung kam ein wenig mürrischer hervor als beabsichtigt und ließ Craig ausrasten.

»Wenn du mir noch mal so kommst, prügle ich dir die Pisse aus dem Leib! Und jetzt mach dich wieder an die Arbeit!«

Als Ryan das Büro verließ, fuhr gerade ein Mercedes der E-Klasse auf dem Hof vor. Er sah neu aus, aber schlicht, abgesehen von den dunkel getönten Scheiben, die ihm etwas Bedrohliches verliehen. Ein großer Mann undefinierbarer Herkunft stieg aus, woraufhin Milosh angeschossen kam und eine Art panikartiger japanischer Verbeugung vollführte.

»Ich lasse ihn sofort waschen, Sir«, beeilte er sich zu sagen. »Es wird gar nicht lange dauern.«

Ryan hatte das Foto des Fahrers auf etlichen geheimen Unterlagen gesehen, als er sich auf die Mission vorbereitet hatte, aber Craigs Unmut hatte ihn durcheinandergebracht, daher brauchte er ein paar Sekunden, bis er merkte, dass es Hagar war, der an ihm vorbei ins Büro ging, um Craig zu sprechen.

»Du und du!«, schrie Milosh und deutete auf zwei Jungen, denen er befahl, Hagars Wagen im Höchsttempo zu waschen.

Ryan hätte gerne einen Blick in das Innere von Hagars Auto geworfen und fragte: »Soll ich helfen, Boss?«

Milosh schnallte sich einen Gürtel mit Putzmitteln um und sah Ryan entsetzt an.

»Mach du den Mini fertig«, befahl er. »Mr Hagars Auto muss von Experten gewaschen werden.«

*

Elis Stellvertreter Shawn traf Fay im Restaurant der Wood Green Shopping City. Er hatte einen Goatee, ein gelbes Basketballshirt von den Lakers und glänzende grüne Sporthosen an so langen Beinen, dass es aussah, als liefe er auf Stelzen. Er saß an einem Plastiktisch und sprach mit weit kultivierterer Stimme, als man es bei seinem Gangsta-Look hätte erwarten können.

»Hocherfreut, zwei Figuren mit so hübschen Hintern zu treffen.«

Fay und Ning tranken Cokes, aßen Fritten von Burger King und hatten ihre Rucksäcke mit Hagars Kokain zwischen den Füßen stehen. Da Fay nicht wusste, ob sie Shawn trauen konnte, hatte sie dafür gesorgt, dass sie sich in der Öffentlichkeit trafen. Allerdings schloss das Einkaufszentrum bald und es waren nur noch wenige Leute da. Shawn hatte Verstärkung in Gestalt zweier Kerle mitgebracht, die an einem geschlossenen Donut-Stand herumhingen.

»Du bist Shawn?«, fragte Fay ungewöhnlich nervös.

»Wer denn sonst?«, fragte der zurück. Er selbst wirkte auffällig gelassen, sodass Ning vermutete, dass er Gras geraucht hatte.

»Ich wusste nicht, dass du Gesellschaft mitbringst«, meinte Fay und zog ihren Mantel so weit zurück, dass er die Glock in ihrem Halfter sehen konnte. Sie nickte in Richtung der beiden Kerle. »Ich will keine Dummheiten sehen!«

Shawn lächelte, als bedeute die Waffe rein gar nichts, und wippte den Stuhl auf den Hinterbeinen zurück.

»Keine Panik«, meinte er langsam. »Die Sache läuft so: Ich entnehme ein paar Proben von euren Paketen und gebe sie meinem Apotheker da drüben. Der geht mit seinem Chemieset aufs Klo, prüft das Zeug und vergewissert sich, dass ihr zwei uns nicht reinlegen wollt. Sobald er die Sache abnickt, gebe ich euch das Geld, und wir sind bereit für Rock 'n' Roll.«

Fay nickte und deutete dann auf Ning.

»Wenn dein Mann das Koks prüft, prüft mein Mädchen die Kohle.«

»Ist nur fair«, fand Shawn und zog eine T-förmige Sonde aus der Hosentasche.

Diese Geräte wurden von Landwirten und Geologen benutzt, um Bodenproben zu nehmen, aber im Kokainhandel prüfte man damit Drogenpakete, um sicherzugehen, dass die Qualität der Ware sich nicht nur auf die äußerste Schicht bezog.

Fay trat ihren Rucksack unter dem Tisch zu ihm hinüber. Shawn sah sich um, ob ihn auch niemand beobachtete, und nahm dann willkürliche Stichproben von drei der neun Ziegel mit Kokain. Jede Probe steckte er in ein Plastikröhrchen, dann widmete er sich Nings Rucksack und nahm weitere Proben. Zum Schluss nahm er ein paar der Ein-Gramm-Tütchen.

»Ich habe schon gesagt, dass die Ziegel zu fünfundachtzig Prozent rein sind«, erklärte Fay angespannt. »Und die Ein-Gramm-Tütchen zwischen zwanzig und fünfundzwanzig Prozent.«

Shawn zuckte mit den Achseln.

»Ich behaupte nicht, dass du lügst, aber ich kenne

euch zwei nicht, und es ist mein Arsch, der dran ist, wenn ich für das falsche Zeug Geld ausgebe.«

Der tätowierte Apotheker kam zwischen den Tischen hindurch, nahm Shawn die Proberöhrchen ab und schloss sich auf einer Behindertentoilette hinter der Rolltreppe ein. Shawn stieß mit dem Fuß eine Tasche zu Ning, die sie öffnete und Geldbündel zu je fünftausend Pfund darin sah, mit Gummibändern zusammengehaltene Stapel aus Fünfziger- oder Zwanziger-Scheinen. Soweit sie sehen konnte, war alles echt.

Die danach entstehende angespannte Stille brach Shawn mit den Worten: »Das war ziemlich mutig, in Hagars Vorratslager einzubrechen. Ich habe gehört, dass er euch beide überall sucht.«

Fay zuckte mit den Achseln.

»Das war erst der Anfang. Ich kriege noch mehr von seinem Stoff in die Finger, falls du interessiert bist.«

»Immer«, lachte Shawn. »Aber wenn ich in deinen schweißigen Nikes stecken würde, würde ich den Gewinn aus diesem Geschäft einstreichen und mich aus dem Staub machen. Hagar hat jede Menge Leute und ihr müsst nur einen einzigen Fehler machen.«

»Ich werde aufpassen«, lächelte Fay.

Shawn antwortete nicht, weil er gerade eine Meldung von seinem Apotheker bekommen hatte.

»Vierundachtzig Komma sechs Prozent bei den Würfeln, dreiunddreißig in den Tütchen«, verkündete er.

»Sag ich doch«, erwiderte Fay.

»Ich gebe euch sechstausend pro Kilo für die Ziegel und drei für die Tütchen.«

»Wir hatten uns auf sieben und vier geeinigt«, widersprach Fay grollend. »Fünfundsiebzigtausend insgesamt. Nimm es oder lass es bleiben.«

Shawn lachte.

»Du hast da einen Haufen Stoff und einer der größten Gangster von Nordlondon klebt dir an den Hacken. Willst du wirklich riskieren, mit dem Zeug hausieren zu gehen, damit du einen besseren Deal machst?«

Fay mochte es nicht, übertölpelt zu werden, versuchte aber, cool zu bleiben.

»Ich habe Verbindungen zu Orten, an denen man von Hagar noch nie etwas gehört hat«, verkündete sie eisig. »Manchester, Glasgow, Belfast. Bei fünfundachtzig Prozent pro Kilo reißen sie mir das Zeug aus den Händen.«

»Wenn du unbedingt willst«, erwiderte Shawn, zeigte seinen Leuten den Daumen nach unten und schob den Stuhl zurück, als wolle er gehen.

Ning sah besorgt drein, doch Fay lächelte.

»Du redest doch Mist.«

»Wieso?«, fragte Shawn und zog eine Augenbraue hoch.

Fay lächelte immer noch, während er sich über den Tisch beugte.

»Zum einen sind sieben Riesen für ein Kilo Kokain dieser Qualität spottbillig«, begann Fay. »Eli bekommt sein Geld schon allein durch den Verkauf der Tütchen auf der Straße zurück. Du versuchst nur, den Preis zu drücken, weil Eli dir einen Anteil an der Summe versprochen hat, die du weniger zahlst.« Sie holte tief Luft und fuhr fort: »Ich habe mit einigen Leuten auf der Straße gesprochen und weiß zufällig, dass Eli und Hagar einander hassen wie die Pest. Ich würde meine letzten zwanzig Pfund darauf verwetten, dass Eli, wenn er dieses Zeug in die Finger bekommt, als Erstes ein Foto davon macht und es an Hagar schickt, nur um ihn zu ärgern.«

Shawn schüttelte langsam den Kopf.

»Dich kann man nicht so leicht reinlegen, was?«, meinte Shawn kopfschüttelnd, verzog den Mund zu einem boshaften Grinsen und deutete auf die Tasche mit dem Geld. »Nimm es, der Deal gilt.«

Ning nickte, um zu sagen, dass sie mit der Summe in der Tasche einverstanden war.

»Ich melde mich, wenn ich mehr habe«, versprach Fay.

Shawn schnaubte, nahm die beiden Rucksäcke mit dem Kokain und stand auf.

»Seid bloß vorsichtig, Mädels«, warnte er. »Ihr wirkt ziemlich clever, aber das macht euch nicht unbesiegbar.«

25

Am nächsten Morgen kam Warren in Diesel-Jeans, einem Lacoste-Polohemd und ein wenig zu viel Aftershave an die Tür.

»Oh, was riechen wir aber fein«, neckte ihn Ning, die mit vom Regen durchweichter Kapuze vor der Tür stand.

»Du siehst aus, als hättest du einen Geist gesehen«, stellte Fay fest. »Willst du uns hier draußen im Regen stehen lassen oder was?«

Warren trat von der Tür zurück und sah sich schuldbewusst um, bevor er sie hinter den Mädchen schloss.

»Ist deine Mum zu Hause?«, erkundigte sich Fay, als Warren sie in die Küche führte.

»Samstags putzt sie Büros. Sie kommt erst mittags zurück.«

Fay und Ning warfen ihre nassen Regenschirme auf den Linoleumboden, während Warren nervös den Kühlschrank öffnete.

»Wollt ihr einen Drink?«, fragte er. »Cola? Saft? Oder soll ich einen Tee machen?«

»Wir brauchen nichts«, erwiderte Fay. »Setz dich an den Tisch. Was soll das Herumgelaufe?«

Warren stellte sich an einen kleinen Esstisch und krallte sich an einer Stuhllehne fest, während die Mädchen sich setzten.

»Warum ich nervös bin?« Er klang, als hätte man ihm die dümmste Frage der Welt gestellt. »Weil ihr zwei nicht hierherkommen solltet. Eli hat Hagar ein Foto geschickt – ›Danke für die Drogen‹ – und Hagar ist in die Luft gegangen. Die Nachricht hat sich wie Aussatz auf der Straße verbreitet, und es kursieren die wildesten Gerüchte darüber, was Hagar macht, wenn er euch oder diejenigen, die euch einen Tipp gegeben haben, erwischt.«

Fay blieb ruhig.

»Du bist doch nicht dumm. Du musst doch gewusst haben, dass es Hagar nicht gefallen wird, wenn du uns einen Tipp gibst.«

Warren schüttelte den Kopf.

»Ich hätte nicht gedacht, dass ihr so blöd seid und den Stoff ausgerechnet an Hagars größten Konkurrenten verkauft«, erwiderte er kopfschüttelnd.

»Ich weiß schon, was ich tue«, meinte Fay.

»Er hat deinen Namen rausbekommen und alles«, erzählte Warren. »Du und deine Tante, ihr habt ihn früher schon beraubt. Du willst Rache, aber damit will ich nichts zu tun haben.«

»Doch, das willst du«, erklärte Fay und nahm ein Geldbündel aus der durchweichten Tasche, das sie auf den Tisch legte.

»Das nutzt mir gar nichts, wenn Hagar mir die Kehle aufschlitzt«, wandte Warren ein.

Fay streckte die Hand nach dem Geld aus.

»Wir haben fünfzigtausend für das Kokain bekommen«, log sie. »Dein Anteil beträgt zehn, aber wenn du es nicht willst …«

Zögernd griff Warren nach dem Geld und zeigte sich schließlich doch beeindruckt, als er das Bündel auffächerte.

»Sei vorsichtig, wie du es ausgibst«, warnte ihn Ning. »Die Leute werden Fragen stellen, wenn du anfängst, mit Geld um dich zu werfen.«

»Ich spare es für die Uni, falls ich so lange lebe«, erklärte Warren.

»Also, was ist mit diesem anderen Haus, an dem dein Cousin gearbeitet hat?«, fragte Fay. »Das Gewächshaus?«

Warren schüttelte den Kopf.

»Fick dich. Hagar ist auf dem Kriegspfad, und ich werde den Kopf so tief unten halten, dass selbst die Ameisen auf mich heruntersehen können.«

»Warum hast du denn auf einmal Angst?«, fragte Fay. »Wenn wir noch einen Job durchziehen, kann Hagar auch nicht mehr anstellen als das, was er jetzt schon vorhat.«

»Warum seid ihr zwei hierhergekommen?«, stieß Warren hervor. »Ihr hättet anrufen können! Wir hätten uns irgendwo in der Stadt treffen können, wo euch niemand gesehen hätte.«

Ning hatte ebenfalls das Gefühl, als sei Fay übermütig, aber sie spielte die Rolle der naiven Mitläuferin, daher hatte sie nichts sagen dürfen.

»Dann rufe ich nächstes Mal eben an«, meinte Fay und tat so, als sei das alles ein großer Scherz. »Jetzt erzähl mir von dem Gewächshaus, dann mache ich dich zum gleichberechtigten Partner. Sogar mit einem Drittel als Anteil.«

Warren hatte sich endlich genügend beruhigt, um sich zu setzen. Fay starrte ihn an, doch Warren betrachtete den Geldstapel, als erwarte er eine Antwort von ihm.

»Ich brauche einen neuen Job«, sagte Fay. »Erzähl es mir.«

»Auf keinen Fall.«

»Hagar kann dir nicht zweimal die Eier abreißen.«

Warren schlug auf den Tisch.

»Hör auf, über meine Eier zu reden! Das ist kein Spiel!«

Fay wechselte die Tonart.

»Wenn du mich im Stich lässt, könnte einer von Hagars Leuten irgendwie von dem Schreiner mit der großen Klappe und dem kleinen Cousin erfahren.«

Warren stand auf und schrie: »Jetzt versuchst du mich zu erpressen?«

Auch Fay stand auf und rief aufgebracht: »Hagar hat meine Mutter und meine Tante umgebracht. Du scheinst mir ein netter Kerl zu sein, aber ich werde alles tun, um mich zu rächen!«

»Warum bringst du ihn dann nicht einfach um?«, fragte Warren. »Ihr habt doch Waffen.«

Fay schüttelte den Kopf.

»Ich will ihn nicht einfach umbringen. Wenn er stirbt, dann soll er wissen, dass er mit dem Mord an meiner Mutter und Tante Kirsten nicht davongekommen ist.«

Fay rollte eine Träne über die Wange. Ning konnte nicht sagen, ob sie nur spielte oder nicht, aber wenn, dann legte sie eine ziemlich gute Show hin.

Warren ging um den Tisch herum und legte Fay verlegen eine Hand auf den Rücken.

»Ich weiß, dass er dich tief verletzt hat und dass du ihn wirklich hassen musst. Aber würden deine Mutter und deine Tante das wirklich wollen?«

Fay schluchzte und knirschte mit den Zähnen.

»Ich kann kein normales Leben führen, bis Hagar für seine Verbrechen bezahlt hat.«

Warren fuhr sich mit der Hand durchs Haar und seufzte.

»Ich sage dir, was ich weiß, aber es sind nur Vermutungen. Nicht so wie die Informationen, die ich über das Safe-Haus hatte.«

»Danke«, sagte Fay und tupfte sich ein Auge mit einem Taschentuch. Dann wurde ihr Ton wieder so autoritär wie immer. »Bist du eigentlich schwul oder was?«

»Ich bin nicht schwul«, entgegnete Warren beleidigt. »Wie kommst du darauf?«

»Du bist immer gut angezogen und eingedieselt«, lächelte Fay. »Du könntest mich mal um ein Date bitten, wenn du magst.«

Ning wand sich, als sie die Qual in Warrens Gesicht sah. Er fand Fay heiß und hatte keine Freundin, aber Fay hatte eine ziemlich gestörte Persönlichkeit und war definitiv gefährlich.

»Vielleicht nächste Woche?«, fragte Warren unsicher.

»Du führst mich heute Abend aus«, korrigierte ihn Fay und begann dann zu lachen. »Du siehst total süß aus, wenn du Angst kriegst.«

*

Ryan lernte schlechtes Wetter zu schätzen, denn die Leute zahlten nicht viel Geld für eine Autowäsche, wenn der Glanz gleich wieder ruiniert wurde. Er hatte um halb acht angefangen und ein paar Spezialwäschen für einen VW-Händler in der Nähe erledigt. Dann hatten sie ihn zu McDonalds geschickt, um Frühstück zu holen, doch um zehn Uhr war er schon seit einer Stunde arbeitslos.

Der Wetterbericht hatte für den ganzen Tag Regen angekündigt, daher hatte Milosh ein paar der Jungen nach Hause geschickt. Die fünf, die noch geblieben waren, saßen zusammen unter dem verbogenen Dach der Tankstelle und lasen Zeitungen oder erzählten sich Geschichten.

»Ich muss aufs Klo«, erklärte Ryan, steckte sein Handy ein und stand auf.

»Geh für mich mit!«, scherzte einer der Jungen.

Die Toilette war eine stinkende Kabine hinter dem früheren Laden. Doch Ryan hatte gesehen, wie zehn Minuten zuvor ein paar Kerle aus dem Büro gekommen und weggefahren waren, daher war das sein eigentliches Ziel.

Seit Ryan bei Kar Kleen angefangen hatte, hatte er Hagar, Craig und einige von Hagars anderen engeren Mitarbeitern gesehen, die sich regelmäßig in diesem Büro trafen. James hatte entschieden, dass es gut wäre, wenn Ryan hineingehen und ein paar Minikameras dort anbringen könnte.

Wenn die Autowaschanlage am Abend zumachte, verschlossen Milosh oder der zuständige Manager das Büro mit einer dicken Kette und einem Vorhängeschloss. Aber tagsüber war es nur mit einem einfachen Schloss gesichert. Ryan wollte nicht riskieren, eine Picking-Pistole mit sich herumzutragen, daher hatte er sich Marke und Modell des Schlosses angesehen, und vom Campus hatte man ihm einen Generalschlüssel besorgt.

Die in der Sicherheitsabteilung des Campus wussten, was sie taten, aber Ryan war trotzdem erleichtert, als sich der Schlüssel im Schloss drehte und es aufsprang. Da das Büro große Fenster an zwei Seiten hatte, hielt er sich so geduckt wie möglich, als er hineinging.

Er machte den Reißverschluss seines Kar-Kleen-Overalls auf und nahm drei münzgroße Gummischeiben aus der Tasche. Zwei davon waren gleich groß und enthielten Videokameras. Er hatte sich bereits die beste Platzierung dafür überlegt und drückte die eine schnell an den oberen Rand eines gewölbten Sicherheitsspiegels und die andere auf einen ausgedienten Feuerlöscher. Die Kameras waren so eingestellt, dass sie ihre Linsen auf jedes Geräusch richteten, und falls sie jemand fand, sahen sie aus wie irgendetwas, das von irgendetwas abgebrochen war.

Das dritte Gerät war noch kleiner: ein Mikrofon mit beschränkter Frequenz, das die Geräusche von Computertastaturen einfing. Diese Neuerung bei der Spionageausrüstung von CHERUB wurde zusammen mit einer Software verwendet, die den Klang jeder Taste auf einer Tastatur unterscheiden konnte. Eine weitere Software ordnete die Taste einem Buchstaben des Alphabets zu, und so konnte man die Tastenbewegungen mehrerer Computer verfolgen, indem man nur dieses eine Mikro im Raum anbrachte.

Nachdem er das Mikrofon unter der Ecke des Schreibtischs angebracht hatte, ungefähr in der Mitte zwischen den beiden Laptops, lief Ryan wieder in den Nieselregen hinaus und sah Craig auf sich zukommen.

»Was zum Teufel machst du da?«, schrie Craig.

Wie alle guten CHERUB-Agenten hatte Ryan eine Entschuldigung parat.

»Ich habe Sie gesucht«, erklärte er ruhig. »Ich wollte wissen, wie viele Stunden ich noch meine Schulden abarbeiten muss.«

»Wie bist du ins Büro gekommen?«

»Ich dachte, Sie seien da drinnen. Es war nicht abgeschlossen oder so«, erwiderte Ryan unschuldig.

Craig sah die offene Tür und schien die Antwort zu akzeptieren.

»Wer war als Letzter drin?«

»Dieser Blonde«, erklärte Ryan, der nicht verraten wollte, dass er den Namen des Mannes von den Überwachungsfotos kannte. »Und der Mollige, der immer mit einem Pullover kommt.«

»Gut«, sagte Craig. »Die kriegen den Arsch versohlt, weil sie nicht abgeschlossen haben.«

»Ja«, erwiderte Ryan unsicher. »Also, ich habe mich gefragt, wie das mit meinen Stunden ist. Milosh sagt, er zählt nicht mit, und Sie sind nur ab und zu hier. Vielleicht sollte ich ein Stundenbuch darüber führen.«

Craig schien das egal zu sein.

»Gut, wenn du willst. Aber versuch nicht, mich zu bescheißen!«

»Das würde ich nicht riskieren«, erklärte Ryan.

Er ging auf die Toilette, um zu pinkeln, doch sein Magen schlug einen Purzelbaum, als er beim Verlassen der Kabine sah, dass Craig schon wieder auf ihn zukam. Er bedeutete Ryan, sich nicht vom Fleck zu rühren, und redete hektisch in das billige Nokia-Telefon an seinem Ohr.

»Gut...«, sagte Craig. »Nein... nein, nein. Sag ihm, er soll dableiben und ich lasse es abholen.«

Ryan fragte sich, ob er im Büro irgendwelche Spuren hinterlassen hatte, doch da die Geräte, die er dortgelassen hatte, völlig harmlos wirkten, konnte er sich das nicht vorstellen.

Craig verlor die Geduld mit seinem Gesprächspartner am anderen Ende.

»Ich habe Luke gesagt, wann und wo«, schrie er. »Das kann doch nicht so schwer sein, oder? Mir doch scheißegal, ob der Kerl krank ist. Wenn Luke krank ist, ruft er an und jemand springt ein. Aber so wie ich den faulen Sack kenne, war er die ganze Nacht auf der Piste und kriegt jetzt den Hintern nicht hoch!«

Nach ein paar weiteren Sätzen und kräftigen Flüchen beendete Craig den Anruf und sah Ryan an.

»Ich habe einen Job. Kennst du Kentish Town?«

»Nicht gut, aber ich habe ja eine Karte im Telefon.«

Craig nickte.

»Du musst in die Kentish Town Road gehen und einem Mann, der vor dem Iceland steht, ein Paket abnehmen. Das bringst du dann durch die Stadt.«

Ryan war begeistert, versuchte aber, misstrauisch zu klingen.

»Ich habe meine Schulden noch nicht abbezahlt und will lieber nicht riskieren, wieder ausgeraubt zu werden.«

Craigs Gesicht verdüsterte sich, und er fuhr Ryan an: »Das war keine Bitte, sondern ein Befehl! Ich habe noch keine Lieferadresse, aber die lasse ich dir aufs Handy schicken.«

Damit zog er ein Bündel Zwanzig-Dollar-Scheine hervor und gab Ryan drei davon.

»Das ist für ein Taxi, falls du eins brauchst.«

»Gut«, antwortete Ryan, machte den Overall auf und zog die Schuhe aus.

»Was hast du denn jetzt vor?«, fragte Craig zornig.

»Sie wollen bestimmt nicht, dass ich das Zeug durch London transportiere mit dem Schriftzug von hier auf dem Rücken.«

Craig nickte Ryan respektvoll zu und deutete ein Lächeln an.

»Guter Gedanke«, sagte er. »Köpfchen scheint in dieser Organisation zurzeit Mangelware zu sein. Vielleicht besteht ja noch Hoffnung für dich, Junge ...«

26

Widerwillig verriet Warren seine Informationen an Fay und Ning.

»Früher, bevor Craig mir mein Päckchen gab und ich anfing, richtig Geld zu machen, hatte ich einen Samstagsjob in der Schreinerei meines Cousins. Als ich eines Tages hinkam, herrschte das totale Chaos. Mein Cousin und zwei der Leute, die für ihn arbeiten, bauten Spaliere und Holzgestelle. Richtig viele. Außerdem war ein Elektriker da, der Lichtstrahler an Holzplatten anbrachte, die von der Decke hängen sollten.«

»Klingt nach einem Gewächshaus«, fand Fay. »Und wie lautet die Adresse?«

Warren lächelte verlegen.

»Das ist der schwierige Teil. Mein Cousin und ich wussten zwar, wozu das Zeug sein sollte, aber Hagars Leute rückten nicht mit der Adresse heraus. Ab und zu kam so ein alter Knabe in einem Lieferwagen und holte die Einzelteile ab, sobald sie fertig waren. Ich weiß nicht, wohin er das Zeug gebracht hat, aber es gibt ein paar gute Hinweise.«

Warren machte eine Kunstpause, was Fay sichtlich verärgerte.

»Zunächst mal war der Lieferwagen ungewöhnlich. Es war ein weißer Transit mit zwei blauen Streifen, die sich von einer Seite über das Dach bis auf die andere Seite zogen. Und ursprünglich gehörte er wohl einer Firma, denn man konnte erkennen, dass ein Name überlackiert worden war.«

Fay schüttelte den Kopf.

»Es ist also ein weißer Lieferwagen. Den haben Hagars Leute mit Sicherheit mittlerweile verkauft oder entsorgt.«

»Wahrscheinlich«, stimmte Warren zu. »Aber wenn du aufhörst, mich zu unterbrechen, komme ich zum interessanten Teil. Der Lieferwagen fuhr immer hin und her und holte Sachen ab, um sie zu dem Gewächshaus zu fahren. Aber ein paarmal hat er diese Runde in weniger als zehn Minuten geschafft.«

»Fünf Minuten hin und fünf zurück«, meinte Fay nachdenklich. »Bei fünfzig Stundenkilometern ist das immer noch ein Radius von fünf Kilometern von der Werkstatt deines Cousins.«

Ning schüttelte den Kopf.

»Nein, ist es nicht. Wo in London kann man denn länger als eine Minute mit 50 km/h fahren? Wenn man Kreuzungen und Ampeln mit einrechnet, kommt man in fünf Minuten kaum zwei Kilometer weit.«

»Dürfte stimmen«, nickte Fay.

»Und was noch wichtiger ist, der Lieferwagen war voll beladen«, ergänzte Warren. »Es dauerte mindestens zehn Minuten, um ihn vollzuladen. Das Entladen am anderen Ende ging wahrscheinlich schneller, aber selbst wenn sie gut durchgekommen sind und zwei Männer beim Abladen halfen, können sie höchstens zwei Minuten gefahren sein.«

Ning nahm ihr Telefon und machte den Rechner auf.

»Also«, meinte sie und tippte auf den Bildschirm. »Zwei Minuten Fahrzeit und eine geschätzte Geschwindigkeit von dreißig Stundenkilometern. Das ergibt einen Radius von einem Kilometer um die Werkstatt deines Cousins.«

Fay sah Warren an und verlangte: »Ruf Google Maps auf deinem Computer auf.«

Warren schien seine Angst, die Mädchen bei sich zu Hause zu haben, überwunden zu haben und führte die beiden von der Küche in sein Zimmer.

»Oh, wie hübsch!«, sagte Fay, während Ning sich umsah und ein mittlerweile ordentlich aufgeräumtes Zimmer mit einem großen Fernseher und gerahmten Fotos von riesigen hölzernen Achterbahnen an der Wand registrierte.

»Merkwürdige Bilder«, fand Ning.

Warren klang ein wenig verlegen.

»Ich bin eine Art Achterbahnfan. Früher war ich auf Webseiten, wo sich Leute über die größten und schnellsten Achterbahnen unterhalten, und gehörte zu diesem Club. Aber so etwas mache ich jetzt kaum noch.«

Fay hörte gar nicht zu und klappte Warrens Laptop auf.

»Wo ist die Werkstatt deines Cousins?«

Nachdem sie sie auf der Karte gefunden hatten, druckte Fay eine Seite aus, und Warren holte einen Zirkel aus der Schultasche, berechnete den Maßstab und zog einen Kreis von einem Kilometer darum herum.

»Das sind immer noch viele Straßen«, sagte Fay niedergeschlagen. »Es würde Tage dauern, sie alle abzusuchen, schließlich hängt da kein Schild *Hier Haschanbau.*«

Ning klang schon begeisterter.

»Wir wissen, dass es ein großes Gebäude sein muss«, meinte sie und wandte sich an Warren. »Was glaubst du, wie viel Platz braucht man für die ganzen Spaliere?«

»Mehr als man in einem normalen Haus hat«, sagte Warren. »Und sie hatten achtundvierzig Lichtleisten.«

Ning nickte.

»Dann müssen wir nach einem gewerblich genutzten

Gebäude suchen. Eine alte Fabrik, ein Lagerhaus oder so was.«

»Ich seh mir mal die Satellitenbilder von Google Earth an. Vielleicht finde ich etwas«, meinte Fay.

»Sie haben die Spaliere und Lichtleisten am helllichten Tag transportiert«, bemerkte Warren. »Ich schätze also, sie konnten den Lieferwagen in einer geschützten Einfahrt oder in einer Garage parken.«

Fay rief die Satellitenansicht auf und zoomte auf eine Straße oben links in Warrens Kreis. Die Ansicht zeigte lauter Dächer von Reihenhäusern. Sie zoomte die Karte heran, bis sie an eine T-Kreuzung kam.

»Ich markiere die Straßen auf dem Ausdruck«, sagte Ning, nahm das Blatt und einen Stift von Warrens Schreibtisch und zog die Kappe mit den Zähnen ab. Die nächsten Stunden hockten sie über den Bildschirm gebeugt. Wenn sie ein großes Gebäude fanden, wechselten sie von der Satellitenansicht zur Karte. Sie betrachteten Kirchen, Schulen, Läden und Polizeiwachen, doch neben allen unwahrscheinlichen Orten zum Anbau von Marihuana fanden sie sechzehn Gebäude, die groß genug schienen und eine abgeschirmte Einfahrt besaßen.

Samstagnacht war Hochbetrieb im Drogenhandel, daher musste Warren gehen und seine Päckchen verkaufen. Fay und Ning zogen eine gewundene Linie über die Karte und beschlossen, loszugehen und sich jeder acht der möglichen Orte anzusehen.

*

Der erste Auftrag führte Ryan nach Osten zum Canary Wharf, wo er fünfzig Gramm Kokain an eine heiße Russin in einem Penthouse im fünfunddreißigsten Stock abliefern musste. Er glaubte, dass er danach fertig wäre, doch im Laufe der nächsten fünf Stunden klingelte das ramschige Alcatel-Telefon, das Craig ihm gegeben hatte, noch mindestens zweimal die Stunde, und unbekannte Stimmen am anderen Ende sagten ihm, wo er als Nächstes hingehen sollte.

Er holte mehrere Päckchen von einer Frau in Chinatown ab und brachte sie ins Büro der Sicherheitsfirma eines Nachtclubs am Leicester Square. Weiteres Kokain lieferte er in Soho ab und brachte einen großen Würfel Hasch zu einem Lieferwagen in einer Tiefgarage. Als er zu viel Geld hatte, um es in der Tasche aufzubewahren, steckte er es in den Rucksack.

Kurz nach fünf bekam er den Befehl, weitere Anweisungen abzuwarten. Also saß er auf einer Bank und verdrückte ein Stück Peperonipizza, als er die Nachricht bekam, es sei alles in Ordnung und er solle das Geld zum Büro eines Taxiunternehmens hinter dem Busbahnhof Finsbury Park bringen.

Als er zu der eingeschossigen Taxizentrale hinter dem Busbahnhof ging, sah er plötzlich auf der anderen Straßenseite einen fetten Kerl stehen, der die Hände in die Hüften gestemmt hatte und bei einer Waschanlage auf jemanden einredete. Er war müde und glaubte zuerst, sich getäuscht zu haben, aber je länger er hinsah, desto sicherer war er, dass er einen der drei Männer vor sich sah, die ihn damals beraubt und zusammengeschlagen hatten.

Aufgeregt änderte Ryan die Richtung, entfernte sich vom Taxibüro und stellte sich in eine Busschlange. Zwischen den Fahrgästen verborgen, beobachtete er den Mann an der Autowäsche. Er schien die Angestellten herumzukommandieren, die ähnliche blaue Overalls trugen wie die Leute von Kar Kleen.

Ryan war sich nicht sicher, wie er auf die Situation reagieren sollte, daher griff er zum Telefon und rief James an.

»Hi«, hörte er James' Stimme. »Mein Telefon bekommt

wohl kein Netz, daher kann ich den Anruf nicht entgegennehmen. Um Verbindung mit der Einsatzleitstelle auf dem Campus zu bekommen, bitte die Fünf drücken.«

Genau das wollte Ryan gerade tun, als der fette Kerl zum Abschied die Hand hob und sich in die dem Bahnhof entgegengesetzte Richtung entfernte. Ryan steckte das Telefon ein und ging ihm nach.

Der Kerl trug ein zu enges Polohemd und Cargo-Shorts, die einen nahezu freien Blick auf seinen verpickelten Hintern boten. Durch eine Verkehrslücke lief ihm Ryan auf die andere Straßenseite nach, während seine Zielperson in eine Nebenstraße einbog und einen Autoschlüssel hervorzog.

Ryan verlor den Mann aus den Augen, als dieser um die Ecke bog, daher beeilte er sich. Als er in die Nebenstraße blicken konnte, erkannte er seinen Mann, der einen Peugeot-Minivan aufschloss. Die Kleidung schloss aus, dass er bewaffnet war, und da er keinen Rat von James einholen konnte, schätzte Ryan, dass er sich bei Craig ziemliche Pluspunkte verdienen könnte, wenn er den Mann festnagelte, der ihm sein Geld gestohlen hatte.

Der Kerl hatte seine Körpermasse fast ganz im Auto verstaut, als Ryan losrannte und ihm die Fahrertür auf das heraushängende Bein knallte. Dann sauste er um die Tür herum, riss sie auf und rammte ihm das Knie ins Gesicht.

»Versuch doch mal, mich jetzt auszurauben, Weichei!«, rief Ryan und verabreichte dem Mann zwei schnelle Schläge. Einer davon brach ihm die Nase, und das Knie hatte ihm bereits die Unterlippe aufgerissen.

Der Mann war benommen, als Ryan ihn aus dem Wagen zerrte. Hart schlug er auf dem Boden auf und Ryan riss ihm die Brieftasche aus der ausgebeulten Hosentasche. Von der Hauptstraße blickte eine alte Frau mit einem Einkaufswagen herüber, während ein kräftig aussehender Kerl in einer mörtelbespritzten Jeans und mit Stahlkappenschuhen ihn anschrie.

»Oi!«

Ryan wollte es nicht mit ihm aufnehmen und rannte los, sobald er sicher war, dass ein Ausweis in der Brieftasche steckte. Der Maurer war gut in Form und hatte schon ein paar Meter zu ihm aufgeschlossen, als Ryan nach links in die baumgesäumte Straße eines Wohngebietes einbog. Sein Fitnesstraining machte sich bezahlt, denn er musste kräftig bergauf laufen und bekam zwanzig Meter Vorsprung, und als er oben auf dem Hügel ankam, lag der Maurer mehrere Hundert Meter zurück und lehnte keuchend an einem Laternenpfahl.

In Finsbury Park kannte Ryan sich nicht aus. Er sah sich rundherum um und lief dann auf gut Glück einen Fußweg zwischen zwei flachen Wohnblöcken hindurch, der ihn wieder auf die Hauptstraße führte, etwa einen Kilometer von der Stelle entfernt, wo er gestartet war. Er wurde langsamer, überquerte die Straße und betrat einen Supermarkt.

Dort klappte er die gestohlene Brieftasche auf und betrachtete den Ausweis. Dann nahm er sein kleines Telefon, suchte nach den letzten Anrufen und wählte die Nummer des Mannes, der ihm gesagt hatte, er solle zu dem Taxistand gehen.

»Hi, hier ist Ryan«, meldete er sich immer noch ein wenig atemlos.

»Wer?«, fragte eine tiefe Stimme zurück.

»Sie haben mir gesagt, ich soll das Geld im Büro des Taxiunternehmens abgeben, aber es ist etwas passiert.«

»Und was?«, fragte der Mann misstrauisch.

»Vor ein paar Tagen bin ich überfallen worden. Ich habe einen der Kerle eben bei einer Autowäsche gegenüber von dem Taxibüro gesehen. Ich konnte ihn k.o. schlagen und habe ihm seinen Ausweis geklaut.«

Der Mann klang schockiert. »*Du* hast Fat Tony ausgeschaltet? Warum zum Teufel hast du das getan?«

Ryan war verwirrt.

»Ich habe keine Ahnung, wer Fat Tony ist, aber jedenfalls gehört er zu dem Trio, das mich neulich überfallen hat.«

»Fat Tony betreibt unsere Autowäsche. Er arbeitet für Hagar wie jeder andere. Beweg deinen Arsch, komm sofort her und erklär das!«

»Ich…«, stammelte Ryan. »Moment mal, ich rufe zurück.«

Er steckte das Telefon weg. Er hatte keine Ahnung, was los war, und überlegte fieberhaft. Wenn Fat Tony einer von Hagars Leuten war, dann musste er für die andere Seite gearbeitet haben. Ryan hatte mehr als zwanzigtausend Pfund von Hagar im Rucksack und würde keinesfalls zum Taxistand zurückgehen. Da stünde sein Wort gegen das von Fat Tony, und die Chancen, dass man einem Jungen glaubte, den man noch nie gesehen hatte, waren ziemlich gering.

Also steckte er das Telefon wieder weg, nahm sein normales CHERUB-Telefon aus der Tasche und rief James an.

»Du hättest mich fragen sollen, bevor du Fat Tony angegriffen hast«, beschwerte sich James, nachdem er Ryans hervorgerasselte Geschichte verstanden hatte.

»Der Kerl ist in ein Auto gestiegen. Sie hatten keinen Empfang und ich musste eine Entscheidung treffen.«

»Na gut«, meinte James. »Geh nach oben Richtung Crouch End, da hole ich dich mit dem Motorrad ab.«

»Danke«, sagte Ryan.

»Wir sehen uns in zehn Minuten«, erwiderte James. »Max fünfzehn.«

»Können Sie sich einen Reim darauf machen?«

James überlegte einen Augenblick.

»Doch«, meinte er. »Ich glaube, ich habe eine ziemlich klare Vorstellung davon, was da vor sich geht.«

27

Von den acht Kreuzen auf Nings Karte gefiel ihr eines am besten. Es war ein rechteckiger Schuppen, auf jeden Fall groß genug für die Spaliere und achtundvierzig Lichtleisten. Er hatte einen gut verborgenen Parkplatz, auf dem Löwenzahn aus den Rissen im Beton wuchs und ein abblätterndes Schild auf den Marston Bowling Club hinwies. Der beste der leeren Parkplätze war für den Vereinsvorsitzenden reserviert.

Ning hatte zusätzlich zu Fays Suche bei Google Maps noch ein paar Nachforschungen mithilfe der lokalen Zeitungsarchive und der Stadtplanungsseite des Bezirks Camden betrieben. Der Kegelclub hatte das Grundstück verkauft und seine Bahnen auf billigerem Gelände weiter nördlich gebaut, doch die Pläne eines Bauunternehmers für den Bau von Luxuswohnungen waren vom Planungsamt abgelehnt worden.

Was noch interessanter war: Sie hatte einen Online-Grundbucheintrag gefunden, der besagte, dass um die Zeit, als Warrens Cousin die Spaliere für ein Gewächshaus baute, die Eigentumsrechte an dem früheren Kegelclub vom Bauunternehmer an eine undurchsichtige Scheinfirma mit Sitz auf Jersey übergegangen waren.

Man konnte unmöglich feststellen, ob diese Gesellschaft Hagar gehörte, aber es war genau die Art von Konstrukt, die ein Drogenhändler nutzen würde, wenn er versuchte, sein Vermögen vor der Polizei und der Steuerfahndung zu verbergen.

Ning folgte ihrem Instinkt und ging zuerst zur Bowlingbahn. Es tat gut, allein zu arbeiten und ihre Mission, ein Drogenimperium zu Fall zu bringen, voranzutreiben, ohne dass sie dadurch behindert wurde, dass sie Fays Anhängsel spielen musste.

Vorsichtig näherte sie sich dem Gelände und hielt ihr Gesicht unter dem Rand einer Baseballkappe verborgen. Wenn das Hagars Gewächshaus war, dann gab es mit Sicherheit Überwachungskameras, und nach dem Überfall auf sein Drogenversteck war wahrscheinlich seine ganze Mannschaft auf der Suche nach jemandem, auf den Nings Beschreibung passte.

Mit gesenktem Kopf betrat sie den Parkplatz. In der Hand hatte sie eine Bierflasche, und sie schwankte leicht, so als wäre sie betrunken.

Die ersten Anzeichen waren nicht sehr vielversprechend. Der Parkplatz war leer, aus dem Gebäude war nichts zu hören, es gab keine offensichtlichen Überwachungskameras, und die fensterlosen Aluminiumwände des Baus gaben keinen Hinweis darauf, was dahinter vor sich ging, wenn dort überhaupt etwas war.

Der Eingang lag an einer kleinen Gasse und führte durch ein schmiedeeisernes Tor mit abgeplatzter Goldschrift, die besagte: *Marston Bowling Club, seit 1852.* Durch die gläserne Eingangstür fiel kein Licht, aber Ning bemerkte, dass die Tore nicht mit einem Vorhängeschloss gesichert waren und dass die Sicherheitsgitter und das elektronische Schloss an der Tür neu waren.

Ning war sich mittlerweile ziemlich sicher, dass sie den richtigen Riecher gehabt hatte, aber sie war der Meinung, dass sie noch mehr brauchte, um Fay zu überzeugen. Also spielte sie weiter die Betrunkene und torkelte am Tor vorbei.

Dahinter reichte das Unkraut Ning fast bis zum Knie und Müll und Glasscherben lagen am Boden. Interessanterweise befanden sich in der Metallwand Lüftungsschlitze, die mit Sperrholzplatten verschlossen waren. Glänzende Metallschrauben zeigten an, dass diese Platten erst kürzlich angebracht worden waren, wahrscheinlich um die Feuchtigkeit innen hoch zu halten und zu verhindern, dass das Licht von außen sichtbar war.

Je weiter Ning ging, desto deutlicher konnte sie das Summen elektrischer Geräte hören. Jetzt war sie sich ganz sicher, doch auch wenn sie keine Überwachungskameras erkennen konnte, hielt sie es doch für gut möglich, dass sie beobachtet wurde.

Um den Eindruck zu vervollständigen, dass sie sich nur in betrunkenem Zustand hierherverirrt hatte, warf Ning die leere Bierflasche weg, zog sich die Hose herunter und hockte sich hin. Es war ein unangenehmer Gedanke, dass ihr wahrscheinlich irgendein Kerl von drinnen beim Pinkeln zuschaute, aber es war das Einzige, was ihr einfiel, das ihr einen plausiblen Grund gab, von der Straße in dieses Grundstück einzubiegen.

Während ihr Urin in einen Gully lief, torkelte Ning über den Parkplatz und über die Zufahrt zurück auf eine Straße mit gepflegten Doppelhäusern. Sobald sie außer Sichtweite des Clubs war, nahm sie ihr Telefon, um Fay anzurufen. Doch da sie nicht wollte, dass Fay sie für zu klug hielt, ging sie lieber für ein paar Stunden zurück ins Nebraska House, um zu duschen, James auf den neuesten Stand zu bringen und Fay später anzurufen.

*

James' Motorrad rollte mit Ryan auf dem Beifahrersitz vor einem Waschsalon vor.

»Sieht leer aus«, meinte James. »Am besten gehen wir nicht in die Wohnung zurück, bevor das hier geklärt ist. Craig wird es nicht gefallen, dass du mit seinen Zwanzigtausend durch die Gegend läufst, und hat wahrscheinlich einen der Jungs vom Hangout abgestellt, unsere Wohnung zu beobachten.«

Ryan stieg vom Motorrad und nahm das Alcatel, während James den leeren Waschsalon betrat. Ryan zitterte noch ein wenig von James' aggressiver Fahrweise, doch vier verpasste Anrufe auf dem Handy lenkten ihn schnell davon ab.

»Na, die wollen mich auf jeden Fall erreichen«, stellte er fest.

»Ich glaube, Craig hat dich angeschmiert«, erklärte James.

»Wie meinen Sie das?«, fragte Ryan neugierig.

»Wie viele Jungs arbeiten für Hagars Crew?«

»Jede Menge«, meinte Ryan. »Jungs wie Warren, die ihr Päckchen kriegen, machen jede Woche mehrere Hundert Pfund. Manche der Jungen reden davon, *ihr Päckchen zu kriegen*, als wäre das ein Lotteriegewinn.«

James nickte.

»Hagars Organisation braucht eine Möglichkeit, die Jungen, die gut arbeiten und loyal sind, von denen, die nur vom Schein geblendet sind, zu unterscheiden. Und wie macht man das?«

»Mit einer Art Test?«

»Genau. Sie schicken dich also mitten in der Nacht in ein beschissenes Safe-Haus, mit einer Tasche, die offensichtlich Kokain enthält, wahrscheinlich aber nur Milchpulver oder so. Wenn du dort ankommst, lässt dich Craig von drei seiner Jungs aufmischen. Und die Reaktion auf die Schlägerei zeigt ihm deinen wahren Charakter. Manche Jungen – die meisten, schätze ich – werden unsicher und bekommen Panik. Ein paar – die guten – werden sich entschuldigen und einige Zeit Autos waschen oder so. Und die, die diesen Prozess überstehen, die, die sich anstrengen und sich entschlossen zeigen, zur Crew dazuzugehören, das sind die, die Craig wirklich rekrutieren will.«

»Das leuchtet mir ein«, stimmte Ryan zu. »Dann war es also reiner Zufall, dass ich diesen Kerl bei der Autowäscherei gesehen habe?«

»Eher Pfusch von Craig als Zufall«, meinte James. »Er schickt dich zur Geldübergabe ausgerechnet dorthin, wo einer der Kerle arbeitet, die dich überfallen haben.«

»Die Waschanlage gehört also auch Hagar?«

James nickte.

»Ich wette, diese Waschanlage und wahrscheinlich die Hälfte aller anderen in Nordlondon sind Scheinfirmen, in denen Hagar sein Drogengeld wäscht. Sie waschen vielleicht fünfzig Autos am Tag, aber wenn man sich die Bücher ansieht, wird man sehen, dass sie Geld für weitere hundert einnehmen. Taxiunternehmen sind eine andere klassische Möglichkeit der Geldwäsche, weil alle bar zahlen und die Hälfte der Fahrer illegale Immigranten sind.«

»Aber sie sind sicher nicht sehr glücklich darüber, dass ich Fat Tony verprügelt habe?«

»Fat Tony ist sicher nicht sehr glücklich darüber, dass du ihn überrascht hast. Aber in Craigs Augen wird dich das sicher noch mehr als jemanden qualifizieren, den man rekrutieren sollte. Das einzige Problem ist, dass sich Craig garantiert Sorgen macht, solange du zwanzigtausend Pfund von Hagar mit dir herumschleppst und seine Anrufe nicht beantwortest.«

»Ich habe aber immer noch keine Lust, in das Taxibüro zu gehen«, gestand Ryan.

»Da stimme ich dir zu«, meinte James. »Aber du musst sie anrufen. Sag ihnen, dass du sie nicht bestehlen willst, aber dass du Craig persönlich treffen willst, um ihm das Geld zu übergeben.«

Ryan war misstrauisch.

»Craig ist ein launischer Mistkerl. Neulich hat er Youssefs Bruder verprügelt, nur weil er Schokolade auf seinen Lieblingssessel im Hangout geschmiert hat.«

»Craig ist Hagars Nummer zwei«, sagte James nachdenklich. »Für diesen Job muss man seine fünf Sinne beisammen haben. Und man braucht den Ruf, jemand zu sein, mit dem man sich nicht anlegen sollte. Ich glaube nicht, dass Hagar dir eine Medaille verleihen wird, aber solange du nicht zu frech wirst, sollte alles gut gehen.«

»Und wenn Sie sich irren?«, fragte Ryan. »Ich meine, ich kann schon auf mich aufpassen, aber er ist ein gemeiner Hund, und wahrscheinlich hat er Verstärkung.«

»Ich habe dein Kommunikationsgerät mitgenommen, als ich zu Hause losgefahren bin. Wo auch immer Craig sich mit dir treffen will, ich werde draußen sein und mit gezogener Kanone angeflogen kommen, wenn es haarig wird. Okay?«

»Ich schätze, damit kann ich leben«, meinte Ryan und griff wieder zum Alcatel. »Je länger ich von der Bildfläche verschwunden bin, desto böser wird Craig werden, also rufe ich ihn lieber gleich an.«

28

Ryan spürte, wie sein Herz klopfte, als eine schwarze Audi-Limousine in der Pfütze am Gehsteig hielt. Craig hatte darauf bestanden, ihn im Auto abzuholen. Ryan hatte ein Ortungsgerät in der Unterhose, damit James ihm außer Sichtweite auf dem Bike folgen konnte, aber solange sie unterwegs waren, würde es länger dauern, bis James eingreifen konnte, falls es ungemütlich wurde.

Die hintere Tür des Audis ging elektronisch auf und gab den Blick auf eine große lederne Armstütze frei, auf deren anderer Seite Craig saß.

»Steig ein«, forderte er ihn auf.

Ryan stieg ein, legte seinen Rucksack auf die Armlehne und musterte das Muskelpaket auf dem Fahrersitz. Es war ein richtiger Schläger mit einer tätowierten Kette um den Hals. Ryan kannte ihn von den Überwachungsfotos, die er sich vor der Mission angesehen hatte, und war sich sicher, dass er Paul hieß.

»Fahr los«, befahl Craig und blickte über seine Schulter aus dem Rückfenster.

Die Reifen quietschten, und Ryan wurde in den Sitz gepresst, während seine Nasenflügel eine Geruchsmischung aus feuchtem Leder und Craigs Zigarettenqualm einfingen.

»Also«, begann Craig und sah Ryan mit steinernem Gesichtsausdruck an. »Du hast ja Nerven, zu verlangen, das Geld nur mir persönlich zu übergeben. Hast du dazu was zu sagen?«

Ryan schnallte sich an und versuchte, nicht so angespannt zu klingen, wie er sich fühlte.

»So wie ich das sehe, hat entweder Fat Tony Sie bestohlen, oder Sie haben mich neulich mit einem Sack Milchpulver in einen Hinterhalt geschickt.«

Der Fahrer drehte sich um und grinste, besann sich dann aber und lächelte erst wieder, als auch Craig ein Lächeln sehen ließ.

»Und was ist wahrscheinlicher?«, fragte er.

»Der Test«, antwortete Ryan. »Jeder Junge will ein Stück vom Kuchen haben, und Sie müssen irgendwie erkennen können, wer sich wirklich für den Job eignet.«

Craig sah ihn misstrauisch an und griff nach dem Rucksack.

»Das Geld ist vollständig«, sagte Ryan.

»Das bezweifle ich nicht«, entgegnete Craig und stellte die Tasche auf den Teppich zwischen seinen Füßen. »Du scheinst ganz schön schlau zu sein.«

Das Kompliment machte Ryan zuversichtlicher.

»Ich bin schlau und ich arbeite hart.«

»Und du hältst den Mund wegen des Tests«, ergänzte Craig.

Ryan nickte.

»Dann muss ich also nicht wieder in die Waschanlage?«

Craig ließ die Frage in der Luft hängen. Der Wagen bog um eine Ecke, als er sich vorneigte und Ryan so heftig in die Wange kniff, dass es fast wehtat.

»Ich bin ein großer Fan von gesundem Menschenverstand«, eröffnete ihm Craig reichlich aggressiv, indem er Ryan an der Wange über die Armlehne zog. »Mumm und Loyalität sind eine Menge wert. Aber im Laufe der

Jahre hatte ich mit Kerlen, die sich für schlau halten, mehr Ärger als mit allen anderen. Weißt du, warum?«

»Warum?«, fragte Ryan ein wenig verzerrt wegen seiner eingeklemmten Wange.

»Man muss zugeben, dass schlaue Kerlchen nützlich sein können«, begann Craig und ließ Ryan los. »Aber üblicherweise wissen sie alles besser und haben ihre Probleme mit der Hackordnung. Früher oder später sind es immer die Schlauberger, die versuchen, einen zu beklauen.«

»Ich will nur Geld verdienen für coole Sachen und vielleicht etwas für die Uni beiseitelegen«, erklärte Ryan.

»Das sagst du jetzt«, lachte Craig.

»Ich bin kein Genie«, wandte Ryan ein. »Es war reiner Zufall, dass Sie mich zu einem Taxistand geschickt haben, der neben Tonys Waschanlage steht.«

»Kleiner Patzer«, gab Craig zu. »Aber die meisten hätten immer noch nicht gemerkt, dass es ein Test war.«

»Dann bin ich also zu schlau, um für Sie zu arbeiten?«

»Verdreh mir nicht die Worte im Mund!«, warnte Craig. »Aber merk dir: Ich bin schon seit fast zwanzig Jahren im Geschäft. Ich habe jeden Trick und jeden Betrug schon mal gesehen und habe schon Kerle rausgeschmissen, die wesentlich härter und klüger waren als du.«

»Und was ist jetzt mit der Waschanlage?«, hakte Ryan nach.

»Da bist du raus«, bestätigte Craig. »Aber Fat Tony hatte einige Jobs für morgen anstehen, und da du darauf bestanden hast, ihn auszuschalten, bist du wohl die passende Vertretung.«

»Bei was?«, erkundigte sich Ryan.

»Bei Dingen, die getan werden müssen«, erwiderte Craig. »Ich setze dich an der U-Bahn-Station am Ende der Straße ab. Schmeiß das Telefon in einen Mülleimer; es war schon ein paar Tage alt, als du es bekommen hast. Heute Abend wird jemand ein neues unter deiner Tür durchschieben und morgen früh kannst du mit einem Anruf von meinem guten Freund Clark rechnen.«

*

Fay hatte in ihrer Schrebergartenhütte einiges an Überwachungsausrüstung, doch durch die jahrelange Lagerung in der feuchten Umgebung waren die Schaltkreise kaputtgegangen und ließen sich einfach nicht mehr zum Leben erwecken. Als am Sonntagmorgen die Läden aufmachten, nahmen Fay und Ning einen Bus zu einem Großhändler und kauften eine drahtlose Überwachungskamera und ein paar billige Ferngläser.

Ning war nicht begeistert gewesen, dass Fay sich ganz offen nach Hagars Organisation erkundigt hatte und wie leichtfertig sie den Überfall auf das Vorratslager durchgeführt hatte, daher wagte sie es, Einwände zu erheben, bevor sie sich dem Bowlingclub auch nur näherten.

»Ich habe zwar keine Kameras gesehen«, meinte sie, als sie an der Haltestelle auf den Bus in die Stadt zurück warteten, »aber wenn sie die offen aufhängen würden, wäre das auch verdächtig. Ich habe mich online über ein paar Überwachungsmöglichkeiten informiert. Wenn die Polizei mit einer Überwachung anfängt, dann gehen sie offensichtlich sehr geduldig vor. Einen Tag lang oder so beobachten sie einfach nur die Tür. Dann schicken sie jemanden, der sich das ein wenig näher ansieht. Und dann ziehen sie sich eventuell sogar ein paar Tage ganz zurück.«

Fay schüttelte abwehrend den Kopf.

»Kirsten und meine Mum haben sich mit so etwas nie aufgehalten.«

»Und wo sind sie damit gelandet?«, fragte Ning plump.

»Diss ja nicht meine Familie!«, regte sich Fay auf.

Doch Ning ließ sich nicht einschüchtern.

»Ich disse deine Familie nicht. Ich denke nur an das Vorratslager zurück: Was wäre gewesen, wenn die untere Tür einen Riegel und keine Kette gehabt hätte? Da wären wir total aufgeschmissen gewesen. Okay, wir sind reingekommen. Aber wir haben so lange gebraucht und so viel Krach gemacht, dass Clay uns kommen gehört hat. Hätte er eine Waffe gehabt, hätte er uns beide erschießen können.«

»Der Überfall ist gut gelaufen«, behauptete Fay. »Wir haben das Geld. In diesem Spiel gibt es keine risikofreie Variante.«

»Ich bin nur nicht sicher, ob wir genug tun, um das Risiko zu minimieren«, erklärte Ning.

»Was weißt du schon davon?«, fuhr Fay auf.

»Ich sage ja nur, wozu die Eile?«, meinte Ning. »Wir haben beim letzten Mal mehr Geld eingesackt, als wir ausgeben können. Warum gehen wir es dieses Mal nicht ein wenig langsamer an? Lass uns abwarten, bis Hagars Leute wieder ein bisschen unaufmerksamer sind.«

»Er hat meine Mutter umgebracht«, sagte Fay. »Wenn du zu feige bist, kannst du ja ins Nebraska House gehen und fernsehen. Ich brauche dich nicht.«

»Warren hatte recht, Fay. Deine Rachsucht beeinträchtigt dein Urteilsvermögen. Dann lass dich halt umbringen, wenn du willst, aber da mache ich nicht mit.«

Fay sagte kein Wort. Für Ning war es eine entscheidende Situation. Sie musste dicht an Fay bleiben, um mehr über Hagars Organisation zu erfahren und die Mission voranzutreiben. Aber so weiterzumachen, war zu riskant, daher beschloss sie, auf Fays Bluff einzugehen.

»Hier«, sagte sie, stellte die Tasche mit den neuen Ferngläsern ab und stand auf. »Nimm du die Sachen. Ich bin raus.«

»Jetzt stell dich doch nicht so an«, verlangte Fay. »Ich fasse es nicht!«

Ning deutete auf die Straße.

»Ich habe Hunger«, behauptete sie. »Der Sushi-Laden, an dem wir vorbeigekommen sind, sah doch gut aus. Ich gehe hin und hole mir etwas zu essen. Vielleicht gehe ich dann in die Stadt und sehe mir einen Film an oder ich gehe zurück ins Nebraska und hänge in meinem Zimmer ab. Wenn du willst, gehe ich zum Bowlingclub zurück, wenn es dunkel ist, und wir können unsere Überwachung damit beginnen, dass wir vom Ende der Straße aus beobachten, wer da kommt und geht. Aber am helllichten Tag zurückzugehen und durchs Fernglas zu starren, bevor wir wissen, wie viele Leute da drinnen sind und ob sie Überwachungskameras haben, ist einfach dämlich, und da mache ich nicht mit.«

»Also bist du jetzt plötzlich der Experte?«, fragte Fay.

»Man muss kein Experte sein, um zu erkennen, dass du zu schnell vorgehst.«

Damit marschierte Ning los. Nur zu gern hätte sie sich umgedreht und Fays Reaktion gesehen, daher war sie ungeheuer erleichtert, als Fay schließlich aufstand und rief: »Okay!«

Ning drehte sich um und stemmte die Hände in die Hüften.

»Okay was?«

»Vielleicht weiß ich ja nicht alles«, gab Fay zu. »Und ich bezweifle stark, ob Kirsten oder meine Mutter gewollt hätten, dass ich umgebracht werde.«

Ning kam ihr entgegen, als Fay auf sie zuging.

»Essen und Film?«, fragte sie.

Fay nickte, dann stellten sie die Einkäufe ab und umarmten sich.

»Du hast gesagt, du hättest dir etwas über Überwachung angesehen«, begann Fay.

Ning nickte.

»Ich habe ein paar Seiten gespeichert. Wir können sie uns ansehen, wenn wir zu mir ins Nebraska House zurückgehen.«

»Kann jedenfalls nichts schaden, sie sich mal anzusehen«, fand Fay. »Und ich war schon ewig nicht mehr im Kino.«

29

Clark war ein Spitzname, den sein Träger schwarzen Haaren und einer an Supermanns Alter Ego, Clark Kent, erinnernden Plastikbrille verdankte. Er war fast dreißig und hatte ein schräges Gesicht mit einer zerschlagenen Nase und einer dicken Unterlippe.

»Alles klar?«, fragte Clark mit einem Akzent irgendwo aus dem Norden.

Die helle Sonne ließ Ryan blinzeln, als er von einer niedrigen Mauer glitt und Clarks festen Händedruck erwiderte.

»Craig hat gesagt, du kannst gut auf dich aufpassen.«

Ryan tat bescheiden. »Ich glaube schon.«

»Du brauchst eine Schutzweste«, stellte Clark fest. »Ich habe ein paar in meiner Wohnung.«

Clark wohnte auf der anderen Seite von Ryans Wohnanlage. Seine Möbel waren alt, aber an jedem freien Zentimeter der Wände waren Haken angebracht, an denen Waffen hingen, von Schlagringen in Kinderhandgröße bis zu Kalaschnikow-Sturmgewehren.

»Sind die echt?«, fragte er und fuhr mit dem Finger über eine verstaubte Schrotflinte.

»Hundert Prozent«, sagte Clark, zog eine Schublade auf und kramte darin herum.

Es lagen genügend illegale Waffen herum, um ihn lebenslänglich hinter Gitter zu bringen, aber Clark schien das nicht zu stören. Nach einer Minute Wühlen zog er eine stichsichere Weste hervor und warf sie Ryan zu.

»Die sollte passen«, knurrte er und klopfte auf etwas Hartes unter seinem Sweatshirt. »Ich gehe nie ohne aus dem Haus.«

Da die Weste unter Ryans T-Shirt zu offensichtlich war, nahm er ein zusammengerolltes Kapuzenshirt aus seinem Rucksack.

»Da werde ich bei diesem Wetter zerfließen«, behauptete Ryan, als er die Weste schloss.

»Besser das, als dass du riskierst, ein Messer in die Rippen zu kriegen«, fand Clark, ging in die Küche und kam mit zwei Flaschen Mineralwasser zurück. »Kalt«, sagte er. »Du wirst es brauchen.«

Als Ryan die Flasche in seinen Rucksack fallen ließ, überraschte ihn Clark damit, dass er ihn ansprang. Er versuchte, ihm einen Arm um die Taille zu schlingen, doch Ryan wirbelte herum und wich aus. Dabei stolperte er über ein Lampenkabel und schepperte gegen die an der Wand aufgereihten Baseballschläger.

»Fast«, keuchte Clark und holte grinsend zu einem neuen Schlag aus.

Dieses Mal war Clark auf Ryans Schnelligkeit vorbereitet und hakte seinen Fuß um dessen Knöchel. Ryan plumpste zu Boden und rutschte zum Sofa zurück, als Clark auf ihn zukam. So wie er angriff und dass er dabei lächelte, machte Ryan klar, dass er nur Spaß machte und versuchte, ihn zu testen.

Als Clark bis auf Armeslänge herangekommen war und nach ihm greifen wollte, schoss Ryan mit dem Kopf voran zwischen Clarks Beinen hindurch, umfasste sie mit beiden Armen und stieß sich nach oben, sodass Clark von den Füßen gerissen wurde.

Clark stürzte nach vorne. Ihm passierte nichts, weil er

auf dem Sofa landete und sich dann laut lachend auf den Rücken rollte.

»Du glitschiger Mistkerl«, rief er und wedelte mit den Händen, um anzuzeigen, dass die Feindseligkeiten vorbei waren. »Gar nicht mal schlecht.«

Ryan wusste nicht recht, was er davon halten sollte. Clark schien freundlich zu sein, aber es war schon komisch, mit einem Mann zu kämpfen, den er kaum eine halbe Stunde kannte.

»Nimm das hier«, forderte Clark ihn auf und nahm einen der Schlagstöcke von der Wand. Der Metallstab war erst nur zwanzig Zentimeter lang, doch als Clark an einem Ende drehte, schoss eine Verlängerung hervor und machte ihn dreimal so lang. Ryan ließ ihn ein paarmal durch die Luft sausen, bevor er ihn auf ein Kissen mit Tarnbezug hieb.

»Du bist meine Augen und meine Ohren«, erklärte Clark. »Ich befasse mich mit den Kunden, du hältst Wache.«

Sie fuhren in einem Prius-Taxi, das wahrscheinlich zu einem weiteren von Hagars Unternehmen zur Geldwäsche gehörte. Nach dem wochenlangen Stress war Ryan froh, endlich näher an Hagar heranzukommen. Vielleicht konnte er seinem Einsatzleiter ja bald etwas Nützliches berichten.

Clark und der Fahrer unterhielten sich in einem scherzhaften Ton, der Ryan zeigte, dass sie wohl häufig zusammenarbeiteten. Nach zwanzig Minuten erreichten sie eine private Zahnarztpraxis in Edgware.

Der Empfang war elegant. Klinisch weiße Wände, ein großer Fernseher, auf dem das Tagesprogramm lief, und ein volles Wartezimmer mit Ledersesseln und Postern, die »Zahnaufhellungen schon ab £ 149,–« anboten.

Clark lehnte sich an den Empfang und schaltete sein bisschen Charme ein.

»Mein Sohn hat um 11:30 Uhr einen Termin bei Mr Lladro.«

»Bitte nehmen Sie Platz, wir rufen Sie auf.«

Clark setzte sich in den Sessel, der am weitesten vom Empfangstresen entfernt stand, und flüsterte Ryan kaum hörbar zu: »Mr Lladro hat den Laden hier vor vier Jahren aufgemacht. Seine Kreditwürdigkeit war miserabel, daher wollte sich keine Bank mit ihm einlassen. Eines von Hagars Unternehmen hat das meiste Geld beigesteuert, aber jetzt ist der kleine Wichser mit seinen Zahlungen im Rückstand.«

Ryan sah sich um und betrachtete die drei Empfangsdamen, eine Sprechstundenhilfe und eine weitere, die gerade hereinkam.

»Sieht aus, als würden sie hier das Geld nur so scheffeln«, meinte er.

»Solange die Menschen Zähne haben, verdienen Zahnärzte Geld«, nickte Clark. »Aber vor anderthalb Jahren ist Lladros Frau gestorben und seitdem ist er total neben der Spur. Karten, Koks, Callgirls. Er ist bei der Hälfte der Kredithaie der Stadt verschuldet und mittlerweile schwer zu fassen.«

»Deshalb haben Sie sich einen Termin geben lassen.«

Punkt halb elf kam die Sprechstundenhilfe zu ihnen. Ihre weißen Crocs quietschten auf den polierten Fliesen, als sie sie zu einer Kabine mit Milchglasscheiben führte, die von einem Oberlicht erhellt wurde und mit den neuesten zahnärztlichen Apparaturen ausgestattet war. Doch sobald sie eintraten, verfinsterte sich Clarks Gesichtsausdruck.

»Wo ist Lladro?«, fragte er grimmig.

Der schlanke junge Zahnarzt streifte sich einen blauen Gummihandschuh über und erklärte höflich: »Ich bin Mr Greenwin. Mr Lladro kann heute leider nicht, daher übernehme ich seine Patienten.«

»Kann nicht wieso?«, wollte Clark wissen.

»Ich glaube, es ist eine persönliche Angelegenheit.«

»Sie wissen also, wo er ist?«, grinste Clark.

»Ich kann keine persönliche Informationen über das Personal dieser Praxis herausgeben. Ich werde mich heute um Mr Lladros Patienten kümmern und ich kann Ihnen versichern …«

Noch bevor er ausgesprochen hatte, wandte sich Clark an Ryan und befahl ihm schnell: »Blockier die Tür!«

Dann schnappte er sich ein scharf aussehendes Instrument von einer Ablage neben dem Zahnarztstuhl, schob Greenwin mit einer geschickten Bewegung an die Glaswand und hielt ihm die Spitze an die Kehle. Die Schwester quiekte auf und rannte zur Tür, doch Ryan verstellte ihr den Weg, und Clark drohte: »Noch einen Schritt, Missy, und das hier geht direkt durch sein Gesicht!«

Die Schwester erstarrte einen halben Schritt von Ryan und der Tür entfernt, und Clark fing an, Greenwin zu grillen.

»Wie gut kennen Sie Lladro?«

»Nicht besonders«, erwiderte Greenwin. »Er ist seit vier Jahren mein Boss hier, aber ansonsten haben wir kaum etwas miteinander zu tun.«

»Wo ist er?«

»Ich weiß es nicht.«

»Vorhin haben Sie nicht gesagt, dass Sie es nicht wissen. Sie sagten, er könne nicht kommen.«

Greenwin blinzelte nervös und schüttelte den Kopf.

»Ich weiß nicht, was er macht, wenn er nicht in der Praxis ist.«

»Wann kommt er wieder?«

»Er hat schon seit zwei Wochen keinen Patienten mehr behandelt.«

»Und wenn Sie raten müssten, wo er ist?«

»Er spielt viel Golf.«

Während sich Greenwin und Clark angespannt unterhielten, behielt Ryan die Sprechstundenhilfe im Auge. Er war sich sicher, dass er mit ihr fertigwerden würde, falls sie versuchen sollte zu flüchten, aber es trennte sie nur eine Glaswand von anderen Kabinen, und man würde es draußen sicher hören, wenn es zu Handgreiflichkeiten käme.

»Welcher Golfclub?«

»Highgate, glaube ich.«

»Er geht nicht mehr an sein Handy«, erklärte Clark. »Hat er eine neue Nummer?«

Greenwin zuckte mit den Schultern.

»Wahrscheinlich. Das weiß ich nicht.«

»Aber Sie übernehmen seine Patienten. Da müssen Sie doch von Zeit zu Zeit mit ihm sprechen?«

»Mr Lladros Verhalten ist seit dem Tod seiner Frau ein wenig unberechenbar.«

»Ihr Boss schuldet meinem Boss Geld, und einigen anderen Schwerverbrechern auch«, schnaubte Clark. »Meine Aufgabe ist es, sicherzustellen, dass wir bezahlt werden, bevor das Geld alle ist. Eines von den Mädchen an der Rezeption kennt seine neue Nummer bestimmt. Soll ich rausgehen und sie aus ihr herausprügeln?«

Ryan sah, wie die Hand der Sprechstundenhilfe in ihrer Hosentasche verschwand.

»He!«, warnte er, doch sie machte weiter und holte vorsichtig ein iPhone aus der Tasche.

»Ich arbeite schon lange mit Mr Lladro zusammen«, erklärte sie betont ruhig, um die Spannung im Raum etwas zu lockern. »Ich werde Ihnen seine neue Telefonnummer geben, wenn Sie versprechen, sofort zu gehen. Ich weiß, dass er in ein Hotel gezogen ist, aber nicht, in welches. Aber normalerweise spielt er montagmorgens eine Runde Golf und Sie können ihn im Clubhaus bei einem späten Mittagessen finden.«

Clark schien zufrieden und nahm das spitze Gerät von Greenwins Kehle.

»Na, das war doch gar nicht so schwer, oder?«

»Es ist nicht Mr Lladros Schuld«, sagte die Schwester, und ihre Stimme stieg ein paar Oktaven in die Höhe. »Seit dem Tod seiner Frau geht er durch die Hölle.«

»Er ist ein großer Junge«, erinnerte sie Clark. »Ich werde jetzt gehen. Falls Sie daran denken, die Polizei einzuschalten oder Lladro einen Tipp zu geben, vergessen Sie nicht: Mein Boss ist der offizielle Kreditgeber für diese Praxis, also werden Sie, wenn nicht ein Wunder geschieht, bald für ihn arbeiten. Ihre Adressen und persönlichen Angaben sind bestimmt hier irgendwo gespeichert, und ich bin sicher, dass Sie nicht wollen, dass ich mit ein paar wütenden Freunden bei Ihnen zu Hause vorbeischaue ...«

Um seine Drohung zu unterstreichen, warf Clark ein gerahmtes Foto von Greenwins Zwillingen um. Der Zahnarzt sah ihn wütend an, beherrschte sich aber, und Clark und Ryan gingen hinaus.

Die Frau am Empfang erwartete, dass sie für die Untersuchung bezahlten, und rief ihnen ein »Entschuldigen Sie bitte!« nach, als sie durch die Schwingtür gingen und in das kleine Taxi stiegen.

»Na gut«, meinte Clark mit einem Blick auf die Uhr. »Es wird wohl noch eine Weile dauern, bis unser Goldjunge mit seiner Golfrunde fertig ist. Wer will was zu essen?«

30

Ning hatte eine der Überwachungskameras diskret in einer Hecke angebracht, sodass sie den Eingang zum Parkplatz des früheren Bowlingclubs zeigte, und sich dann mit Fay auf der Schaukel eines kleinen Spielplatzes ein paar Hundert Meter weiter niedergelassen. Ihre restlichen Zweifel, ob sie auch wirklich das Gewächshaus gefunden hatten, wurden zerstreut, als der weiße Transit mit den beiden blauen Streifen draußen vorfuhr.

Kurz vor Mitternacht kam ein Parkwächter, warf sie hinaus und schloss das Tor ab. Doch der Zaun war nur schulterhoch, daher konnten die Mädchen ohne große Schwierigkeiten wieder hineinklettern, sobald er weg war.

Zwischen Sonntagabend und Montagvormittag notierten sie die Abläufe im Club: Alle acht Stunden betraten zwei Wachleute den Kegelclub und zwei andere kamen kurz darauf heraus. Zwischen neun und zehn Uhr vormittags kamen drei zusätzliche Männer, einer zu Fuß, einer in dem gestreiften Lieferwagen und einer in einem verbeulten Honda-Kombi.

Gelegentlich kam einer von dem Trio heraus, entweder durch den Haupteingang oder einen der Notausgänge. Fässer mit Dünger gingen voll hinein und kamen leer heraus, Müll wurde in den Lieferwagen geladen. Die Schicht schien bis zum Nachmittag zu dauern. Der Halter des Lieferwagens kam mit zwei oder drei vollen

Müllsäcken als Erster heraus. Der Mann, der zu Fuß gekommen war, wurde von dem im Honda mitgenommen. Die einzigen anderen Besucher waren eine Postbotin und die Lieferanten einer Pizzeria und eines indischen Imbisses in der Nähe, die mit ihren Mopeds kamen.

Um ein Uhr mittags kam Fay in den Park, und Ning sah überrascht, dass sie mit Warren Händchen hielt. Sie setzten sich zu Ning auf eine Bank am Rand eines Spielfeldes mit weichem Belag.

»Und?«, fragte Fay, während Warren ihr die Hand um die Taille legte und sie auf die Wange küsste.

»Nichts Besonderes«, gab Ning zu. »Jetzt sind gerade die Gärtner und zwei Wächter drinnen. Ich habe fünf Minuten gewartet, bis sie ihr Essen geliefert bekommen haben, und dann bin ich nach hinten gegangen und habe eine zweite Kamera angebracht.«

»Wieso war die Essenslieferung dafür so wichtig?«, fragte Warren verständnislos.

»Wenn sie sich auf eine warme Mahlzeit konzentrieren, achten sie nicht so sehr auf die Bildschirme«, erwiderte Fay.

Ning demonstrierte ihr Werk mithilfe des kleinen LED-Monitors, der mit der Kamera mitgeliefert worden war. Er zeigte die Ansicht aus der Perspektive der zweiten Kamera, die genau auf die Mitte des hinteren Notausgangs gerichtet war.

»Wenn die Tür das nächste Mal aufgeht, können wir einen Blick hineinwerfen.«

Fay nickte und löste sich von Warren.

»Gute Arbeit.«

»Ihr zwei kommt ja plötzlich sehr gut miteinander aus«, bemerkte Ning, die sich fragte, ob Fay Warren wirklich mochte oder ob das Geschmuse nur dafür da war, ihre beste Informationsquelle an ihrer Seite zu behalten.

»Er ist süß«, behauptete Fay scherzhaft und ließ ihre Hand in Warrens Schoß gleiten.

»Was ist mit den Kameras von denen?«, fragte Warren.

Ning sah Fay an.

»Ist dein Lover jetzt ein gleichberechtigter Partner?«, fragte sie ein wenig gereizt.

Fays Ja kam in Form eines schuldbewussten Lächelns. »Wo wären wir denn jetzt ohne ihn?«

»Na, das muss Samstag ja ein tolles Date gewesen sein«, meinte Ning bitter, wechselte dann jedoch das Thema. »Hagars Wachmannschaft muss ein Überwachungssystem haben, aber ich kann keine Kameras sehen.«

»Und wie lange sollen wir mit dieser Überwachung noch weitermachen?«, erkundigte sich Fay.

»Ich würde sagen, noch einen Tag, wenn nichts Überraschendes passiert«, erklärte Ning. »Der Parkwächter sieht mich schon ganz schräg an, wenn er kommt und merkt, dass ich immer noch hier bin.«

»Am besten warten wir, bis die drei Kerle die Hintertür aufmachen, und greifen sie dann an«, schlug Fay vor.

Ning schüttelte den Kopf.

»Wenn die beiden Wachleute ihren Job richtig machen, werden sie jedes Mal, wenn die Tür aufgeht, extrem wachsam sein. Und wenn das Ganze hier nicht ein riesiger Bluff ist, dann haben sie wahrscheinlich Waffen. Die kommen raus und erschießen uns, noch bevor wir die Gärtner ausschalten können.«

»Du bist wirklich gut in solchen Dingen«, lobte Fay. »Wir kommen also besser nachts, wenn nur die beiden Wachen im Gebäude sind.«

»Wir müssen einen Weg finden, hineinzugelangen, ohne dass sie es merken«, sagte Warren. »Es muss einen toten Winkel geben, wenn wir nur die Kameras finden können.«

»Ich schätze, es gibt gar keine Kameras«, meinte Fay. Ning schüttelte den Kopf.

»Die billigen Funkkameras, die wir gestern gekauft haben, taugen nicht viel. Jemand mit Hagars Geld kann wahrscheinlich Kameras kaufen, die so klein sind, dass man sie nur findet, wenn man am Gebäude hinaufklettert.«

»Dann sind wir also angeschmiert«, meinte Warren.

Fay und Ning schüttelten gleichzeitig die Köpfe, und Fay sprach genau das aus, was auch Ning dachte.

»Wenn wir nicht reinkommen können, ohne dass uns die beiden Wachen sehen, dann müssen wir einen Weg finden, dass sie zu uns herauskommen.«

*

Clark entdeckte Lladros Jaguar-Limousine vor dem Golfclub. Nachdem sie einmal um den Park gefahren waren, stellten sie den Prius auf der Straße gegenüber vom Clubeingang ab. Von hier aus hatten sie einen guten Überblick über alle, die den Golfclub betraten oder verließen.

Ryan spielte an seinem Handy, bis er fürchtete, der Akku würde schlappmachen, Clark furzte geräuschvoll und fand es unglaublich lustig, die anderen aufzufordern: »Riecht doch mal!«, während der Fahrer seine Zeitung aufs Lenkrad legte und gelegentlich einen Suchbegriff aus dem Kreuzworträtsel laut vorlas.

Es waren schon drei Stunden vergangen, als Clark schließlich aufsah und zu lächeln begann.

»Da ist ja der kleine Mistkerl!«

Lladro war ein untersetzter, kahler Mann und schien mit seiner Körpergröße von einsfünfzig seine Golftasche kaum zu überragen.

Als er Ryan und Clark auf sich zukommen sah, rief er mit schriller und überheblicher Stimme: »Was wollen die beiden Gentlemen denn?«

Clarks Schweigen machte den fetten kleinen Zahnarzt einigermaßen nervös. Er wandte sich zur Flucht, doch Ryan schnitt ihm schnell den Weg ab, während Clark ihn am Kragen seines Polohemdes ergriff.

»Was ich will?«, fragte Clark nachdenklich und stieß Lladro gegen das Heck seines Jaguars. »Wie wäre es mit dreihundertdreiundachtzigtausend Pfund?«

»Jetzt hören Sie mal zu ...«, begann der Zahnarzt und versuchte, autoritär zu klingen, während ihm Clark in die Hosentasche griff. »Ich habe doch schon mit Ihren Leuten gesprochen. Der Scheck liegt unterschrieben zu Hause auf meinem Schreibtisch!«

»Das ist eine alte Platte, die ich schon zu oft gehört habe«, entgegnete Clark.

Er schlug Lladro in den Magen, trat dann einen halben Schritt zurück und warf Ryan den Jaguarschlüssel zu.

»Mach auf!«, befahl er.

Ryan starrte das kleine Plastikding an und versuchte es mit einem grünen Knopf, auf dem ein offenes Vorhängeschloss zu sehen war. Die Blinker gingen an und von den Türen erklang ein Surren.

»Den Kofferraum, du Trottel«, verlangte Clark.

Lladro jaulte auf, als Clark ihm einen weiteren Hieb versetzte. Ryan drückte den einzigen anderen Knopf und der Kofferraumdeckel sprang auf und schlug Lladro sachte ins Gesicht.

»Zeit für eine Spazierfahrt, Kahlkopf«, meinte Clark.

Entsetzt sah Ryan, wie Clark Lladro an seinem Gürtel packte. Die kurzen Beine des Zahnarztes zappelten geradezu grotesk in der Luft, als ihn Clark hochhob und in den Kofferraum seines eigenen Autos fallen ließ.

»Schlüssel!«, verlangte Clark, als er den Deckel zuknallte. »Pack auch seine Schläger ein, die sind wahrscheinlich Geld wert.«

Lladro trat und schlug gegen den Kofferraumdeckel, während sich Clark auf dem Fahrersitz niederließ und Ryan die Golftasche auf den Rücksitz warf. Sobald er auf dem Beifahrersitz saß, setzte Clark aggressiv aus der Parklücke zurück und verfehlte den dahinter parkenden Range Rover nur um Zentimeter.

Clark steuerte den Wagen mit der Handfläche und löste beim heftigen Beschleunigen das ABS-System aus. Eine scharfe Linkskurve führte ihn vom Golfclub weg, und Ryan sah im Rückspiegel, dass ihnen das Prius-Taxi folgte. Ryan überlegte, ob Clark Lladro vielleicht umbringen würde. Wenn es so weit kam, würde er versuchen müssen, den Zahnarzt zu retten, doch das würde für seine Mission das Aus bedeuten.

»Du siehst aus, als hättest du einen Geist gesehen«, bemerkte Clark, während die Golfschläger auf dem Rücksitz durcheinanderschepperten, weil er eine Kurve zu schnell nahm.

»Es ist nur so schnell passiert«, erklärte Ryan. »Und unter dieser Schutzweste bin ich klatschnass geschwitzt.«

Clark nahm eine Hand vom Steuer und schlug Ryan freundschaftlich auf den Oberarm.

»Keine Angst«, sagte er herzlich. »Das eben war der schwierige Teil. Jetzt werden wir uns ein bisschen amüsieren.«

31

Der Jaguar hatte in der Nachmittagssonne gestanden, daher japste Lladro nach Luft, als Clark den Kofferraumdeckel aufmachte.

»Na, Schwachkopf, wie geht's?«

»Lassen Sie mich mit Ihren Vorgesetzten sprechen!«, verlangte Lladro, der versuchte, seine Furcht zu verbergen.

»Die wollen nicht mit dir reden«, erwiderte Clark und griff lächelnd nach Lladros Gürtel.

»Ich verlange …!«

Lladro verstummte abrupt, als ihm Clarks Faust auf den Mund knallte.

»Du verlangst gar nichts!«, schrie Clark. »Du hörst zu!«

Lladro wurde an Hemdkragen und Gürtel aus dem Wagen gezerrt und schlug hart am Boden auf. Die Hitze im Kofferraum hatte ihn benommen gemacht, und durch den Schlag sah er nur verschwommen, doch immerhin genug, um zu erkennen, dass sie sich in einer Tiefgarage befanden und ihn die Scheinwerfer des Prius blendeten.

»Meine Vorgesetzten haben Folgendes zu sagen«, begann Clark und trat Lladro in den Bauch. Nach ein paar weiteren brutalen Tritten stellte er Lladro den Absatz auf den Magen und wandte sich an Ryan. »Willst du auch mal gegen unseren kleinen Fettball treten?«

Ryan hatte ein schlechtes Gewissen, dachte sich aber,

dass Clark sowieso weitermachen würde. Er wollte nicht, dass er seinen Widerwillen sah, doch seine zögerlichen Schritte verrieten ihn.

»Wovor hast du denn Angst?«, fragte Clark.

Ryan holte mit dem Turnschuh aus. Lladro hatte sich zusammengekrümmt, daher trat er ihn in den Rücken, allerdings nicht mit voller Wucht. Clark schien nicht zufrieden, daher setzte er mit einem weiteren, härteren Tritt nach.

»Schon besser!«, fand Clark anerkennend, als Lladro aufstöhnte. »Und hier noch ein paar für dich, Doc!«

Clark trat noch ein paarmal zu, bis Lladro fast bewusstlos auf dem Rücken lag und Blut spuckte.

»Hol den Benzinkanister«, rief Clark.

Ryan sah ihn verwirrt an.

»Aus dem Prius.«

Der Fahrer öffnete den Kofferraum des Prius und Ryan sah auf eine Reihe von Waffen und das Plastik-Kricket-Set eines Kindes. Dazwischen fand er einen rostigen Metallkanister und überlegte, wie er Lladro zur Flucht verhelfen könnte. Der Zahnarzt war nicht in der Lage, zu fliehen, daher würde Ryan erst Clark ausschalten müssen und dann irgendwie den Fahrer in dem zehn Meter entfernten Auto.

Clark riss Ryan den Kanister aus der Hand. Der Rost knirschte, als er den Deckel abschraubte. Als Clark ihm Benzin in die Augen spritzte, schrie Lladro auf.

»Du fettes kleines Schwein«, spottete Clark und zog ein Feuerzeug aus der Tasche. »Du brennst bestimmt ausgezeichnet.«

»Meinen Sie, das macht mir etwas aus?«, schrie Lladro trotzig. »Dann kann ich mit meiner Frau zusammen sein.«

»Ach nee«, knurrte Clark. »Wie viel hast du denn für Huren ausgegeben, seit die Alte abgekratzt ist?«

Ryan fasste nach dem Schlagstock in seiner Hosentasche und machte einen Schritt vor, sodass er nah genug an Clark stand, um ihm den Stock über den Schädel zu ziehen. Er war sich sicher, dass er Clark mit einem einzigen Schlag ausschalten konnte und bei dem Fahrer wäre, noch bevor der groß überlegen konnte. Es sei denn, der Fahrer hatte eine Waffe im Handschuhfach. Dann konnte er nur hoffen, dass ihn die Schutzweste auch vor Kugeln schützen würde …

Clark brach in schallendes Gelächter aus, hockte sich vor Lladro hin und steckte das Feuerzeug wieder ein.

»Der Tod lässt dich noch mal laufen, Fettkloß!«, sagte er. »Wir kassieren den Jaguar und die Golfschläger. Hagar gibt dir zwei Wochen Zeit. Entweder zahlst du die dreihundertachtzigtausend, die du ihm schuldest, oder du gehst zu einem Anwalt und lässt die Papiere vorbereiten, mit denen du ihm die Zahnarztpraxis übereignest.«

Erleichtert sah Ryan, wie Clark einen Schritt zurücktrat. Lladro schaffte es, sich ein wenig aufzurichten. Seine Hände zitterten und seine Augen brannten. Trotz der Schläge, die er kassiert hatte, schaffte er es noch, überheblich zu sein.

»Wenn ich nur mit Hagar persönlich sprechen könnte. Ich bin sicher, dass er es besser versteht, wenn er die Fakten kennt.«

Clark sah Ryan an, als wollte er sagen: *Ist das zu fassen*? Und trat dann den fast leeren Benzinkanister verächtlich zu seinem Opfer.

»Noch eines, Lladro«, erklärte Clark und lehnte sich mit einem Arm auf die Fahrertür des Jaguars. »Falls du an Selbstmord oder Flucht denkst, dann vergiss nicht, dass mir ein kleines Vögelchen gezwitschert hat, dass deine Tochter in Portsmouth Geschichte und Politik studiert. Trafalgar Halls, Zimmer 309. Wenn du verschwindest, wird sie auf meiner Besucherliste ganz nach oben schießen.«

Ryan war von den Geschehnissen ein wenig durcheinander, aber auch erleichtert, dass Lladro nur verprügelt und bedroht worden war. Der allzeit bereite Prius fuhr hinter dem Jaguar her, als sie die Tiefgarage über die Rampe verließen.

»Haben Sie schon mal jemanden umgebracht?«, fragte Ryan geradeheraus.

Craig begann breit zu grinsen und schüttelte den Kopf.

»Das würde Hagar nicht zulassen.«

»Wieso nicht?«, wollte Ryan wissen.

»Schon mal gesehen, dass ein toter Mann seine Schulden bezahlt?«

*

Clark bestand darauf, etwas zu essen, und Ryan folgte ihm auf einem zehnminütigen Spaziergang in der Sonne zu einem Café. Als er in sein Schinkensandwich biss, machte er Ryan ein Kompliment.

»Du bist ein tüchtiger Knabe«, erklärte er. »Ich habe gestern mit Craig über dich gesprochen. Wie wäre es, wenn du einen Job allein übernimmst?«

Ryan schluckte ein paar seiner Fritten, bevor er antwortete: »Was für einen Job?«

»Die Taktik sollte dir bekannt vorkommen«, lächelte Clark. »Es gibt da einen Jungen in deinem Alter, dem wir einen Beutel mit Drogen geben – na ja, eigentlich Puderzucker –, auf den er ein paar Tage aufpassen muss. Dann soll er ihn an einer bestimmten Stelle abliefern.«

»Und ich soll dafür sorgen, dass er ihn verliert?« Ryan lächelte und nickte.

»Genau«, sagte Clark. »Sechzig Pfund, wenn du es richtig anstellst. Der Junge geht zur Schule. Es sollte also kein Problem sein, ihn zu finden. Die Details habe ich noch nicht, aber ich schicke sie dir, wenn ich wieder zu Hause bin.«

*

Ein Honda-Moped kam den steilen Hügel hinaufgeknattert. Der Fahrer mit dem Sturzhelm suchte nach der Hausnummer sechzehn. Auf dem Gepäckträger stand eine Wärmebox von *Top Pizza, der Nummer 1 im Lieferservice*. In Hausnummer achtzehn wohnte man hinter einer ordentlich gestutzten Hecke, doch das Haus daneben war komplett eingerüstet, und die Planken einer Baugesellschaft lagen herum.

Als das Moped schwankend anhielt, trat der Fahrer mit seinem Turnschuh in den Baustellenschlamm. Es gehörte zum Job, zu falschen Adressen geschickt zu werden, aber er wollte doch lieber anrufen und die Adresse überprüfen lassen, bevor er zum Restaurant zurückfuhr.

Als der Teenager seine wattierte Jacke aufmachte und ein Telefon hervorzog, rannten zwei Mädchen aus der Zufahrt zwischen den Häusern. Die eine von ihnen wedelte mit den Armen.

»Bist du unser Pizzalieferant?«, fragte Fay. »Schinken und Ananas und Chicken-Wings mit Barbecue-Soße?«

Der Fahrer war erleichtert. Sein Boss tat immer so, als ob es der Fehler des Fahrers wäre, wenn er von einer Fahrt für Top Pizza zurückkam und die Bestellung im Hinterhof entsorgen musste. Aber jede Lieferung bedeutete auch die Gelegenheit, sich ein Trinkgeld zu verdienen.

»Ich dachte schon, da will mich jemand reinlegen«, erklärte der Fahrer, klappte das Visier hoch und stieg vom Bike, um die Pizzen aus der Wärmebox über dem Hinterrad zu nehmen.

»Wir übernachten auf dem Feld da hinten«, erklärte Fay. »Was schulden wir dir?«

Der Fahrer nahm die zwei Pappschachteln heraus und sah auf den daraufgeklebten Bon.

»Zwölf achtundzwanzig«, erklärte er freudlos.

Er sah zu, wie Fay in ihrer Hosentasche grub, während Ning um ihn herumging und die Hand ausstreckte, als wollte sie die Schachteln nehmen.

»Viel zu tun?«, fragte Fay.

Der Fahrer zuckte mit den Schultern. »Montags ist es immer ziemlich ruhig.«

Beim letzten Wort spürte er, wie ihm die Beine weggezogen wurden. Ning hatte ihn mit einem Tritt in die Kniekehlen zu Fall gebracht. Fay sprang hinzu und rettete die fallenden Pizzaschachteln, während Ning den Fahrer geschickt auf den Bauch rollte. Dann setzte sie sich rittlings über ihn und zerrte ihm den Arm auf den Rücken.

»Wenn du dich wehrst, breche ich ihn dir!«, drohte Ning.

Der Boden war schmutzig, und Nings Knie schmatzten im Dreck, als Fay sich zu ihr beugte und begann, den Kinnriemen des Helms zu lösen. Der Helm rollte an den Gehweg, und Ning zog seinen anderen Arm nach hinten und fesselte seine Gelenke mit Kabelbinder.

Als er gefesselt war, konnte Ning ihm eine Hand unter das Kinn legen und hob seinen Kopf aus dem Dreck.

»Mach den Mund auf.«

Der Junge ignorierte die Anweisung, daher kniff ihm Ning die Nase zu. Als er nach Luft schnappen musste, steckte ihm Fay mit Gewalt einen weichen Gummiball in den Mund. Dann zogen die Mädchen ihm einen Nylongurt über den Mund und schnallten ihn hinter seinem Kopf fest, damit er den Knebel nicht wieder ausspucken konnte.

»Du machst das gut, Kumpel«, sagte Ning, die durchaus ein schlechtes Gewissen hatte, weil sie sich über den erfolgreichen Überfall freute. Dann stand sie auf und schloss ihm einen weiteren Kabelbinder um die Fußknöchel.

Da er jetzt völlig wehrlos war, griffen ihn die Mädchen unter je einer schweißigen Achselhöhle. Er stöhnte hinter seinem Knebel, als sie ihn nach hinten in die Zufahrt zwischen den Häusern zogen.

»Keine Panik«, beruhigte ihn Ning. »Wenn wir mit deinem Bike fertig sind, sagen wir jemandem Bescheid, wo du bist.«

»Und du weißt auch, wie man so etwas fährt?«, erkundigte sich Fay.

Ning nickte.

»In China hat jeder so etwas. Ich bin schon tausendmal damit gefahren.«

Fay legte die Pizzen wieder in die Wärmebox, schwang sich auf das Moped, setzte den Helm auf, den sie mitgenommen hatten, und rutschte zu Ning vor.

»Festhalten«, befahl Ning und drückte auf den Elektrostarter am Lenker.

Dass Fay ihre Finger in Nings Bauch krallte, ließ diese vermuten, dass sie nicht viel Vertrauen in ihre Fahrkünste hatte. Doch nach einem vorsichtigen Start schwankte Ning nicht mehr und fuhr immer schneller durch die Dunkelheit.

32

Zehn Minuten vor Mitternacht hielt das Moped auf der Straße vor dem Bowlingclub. Fay sprang ab und klappte das Visier hoch, bevor sie einen raschen Blick auf den Parkplatz warf.

»Der Lieferwagen ist da«, sagte sie. »Hast du noch alle Details im Kopf?«

»Natürlich«, nickte Ning. »Hab ein wenig Vertrauen. Das mit dem Bike habe ich doch gut gemacht, oder?«

Fay wünschte ihr viel Glück, als Ning vom Moped stieg, die lauwarme Pizza aus dem Kasten holte, sie auf einem Arm balancierte und zu dem schmiedeeisernen Gitter ging. Sie hoffte, dass sie mit dem Sturzhelm niemand mit dem Mädchen in Verbindung brachte, das ein paar Tage zuvor auf der anderen Seite des Gebäudes in die Gasse gepinkelt hatte. Die Türen waren mit schwarzen Blenden verhangen, doch es fiel genügend Licht darunter hindurch, dass man die Knöpfe auf der Sprechanlage an der Tür erkennen konnte. Ning drückte auf den großen Knopf ganz unten, woraufhin drinnen ein kräftiges Summen ertönte.

Nach zwanzig Sekunden ertönte eine schroffe Männerstimme aus der Sprechanlage.

»Was willst du?«

»Pizza!«, rief Ning fröhlich.

»Hier hat niemand Pizza bestellt«, kam die Stimme verwundert zurück.

Ning vermutete, dass sie sie über eine Kamera beobachteten, daher tat sie so, als lese sie von dem weißen Adresszettel auf der Pizzaschachtel ab.

»Marston Bowling Club«, sagte sie. »Das ist doch hier, oder?«

»Das ist schon hier, aber niemand hier hat Pizza bestellt.«

»Ist irgendjemand da, der vielleicht Pizza bestellt hat?«

Jetzt klang der Mann verärgert. »Hier hat *niemand* Pizza bestellt. Wie oft soll ich dir das noch sagen?«

»Na gut«, meinte Ning enttäuscht. »Dann muss das eine Verwechslung sein. Ich rufe meinen Chef an.«

Ning stand an der Tür, schob das Helmvisier hoch und tat, als würde sie telefonieren. Sie hatte keine Ahnung, ob man sie drinnen auch hören konnte, daher spielte sie den gefälschten Anruf durch.

»Hallo ... Dieser Auftrag, sie sagen, dass sie ihn nicht wollen ... Okay, okay ... Er klang, als wollte er nicht gestört werden. ... Okay, wir sehen uns morgen. Ciao!«

Sie tat nervös, als sie wieder auf den Knopf der Sprechanlage drückte.

»Hallo?«

Der Mann klang noch gereizter als zuvor.

»Um Himmels willen!«

»Ja«, antwortete Ning zaghaft. »Es tut mir echt leid. Wir schließen um Mitternacht. Mein Boss sagt, ich soll mich für die Störung entschuldigen. Er hat Sie mit einem anderen Kunden verwechselt. Sie sind gute Kunden und so, und da die Pizza sowieso nur auf dem Müll landet, sagt er, falls Sie sie möchten, geht die hier aufs Haus.«

»Warte einen Moment«, sagte der Mann. Dann wandte er sich von der Sprechanlage ab und fragte jemand anderen: »Willst du Pizza ...? Okay. Hallo?«

»Ich bin noch da«, antwortete Ning.

»Was für eine Pizza ist es denn?«

Ning überlegte, welche Pizza die meisten Leute mochten. Doch dann kam ihr eine Idee, die ihre Chancen verdoppeln würde: »Sie ist halb und halb. Schinken und Ananas und Peperoni mit Käse.«

Der Mann am anderen Ende wiederholte ihre Worte, und Ning hörte im Hintergrund jemanden sagen: »Ich könnte eine Peperoni-Pizza vertragen.«

Dann wandte er sich wieder zur Sprechanlage: »Mein Freund hier kann zu Essen einfach nicht Nein sagen. Er schwingt seinen dicken Hintern zu dir.«

Der andere Kerl im Hintergrund sagte: »Ach, leck mich doch.«

Jetzt war Ning wirklich nervös. Die beiden Wachen konnten nicht weiter als zehn Schritte von der Tür entfernt sein, denn sie sah fast sofort, wie sich hinter dem Vorhang Schatten bewegten. Ein paar Sekunden später wurde der Riegel zurückgeschoben, und es klickte, als der Mann einen Knopf drückte und das elektronische Schloss aufsprang.

»Guten Abend«, sagte er, als die Tür aufging. Der Mann war über eins achtzig groß und eher untersetzt als fett. Aus dem Gebäude drang feuchte Luft und Ning konnte den Geruch von Marihuana-Pflanzen riechen.

»Kostenlose Pizza ist die beste«, stellte der Mann fest und lächelte Ning an.

Sie streckte die Pizzaschachtel vor, doch der Mann ergriff sie nicht gleich. Stattdessen suchte er in seiner Hosentasche, bis er eine Zwei-Pfund-Münze fand.

»Hier hast du etwas für deine Mühe«, sagte er.

Als er die Hand ausstreckte, schwenkte Ning die Pizzaschachtel nach links. So konnte der Wachmann im Inneren nicht sehen, wie sie einen kurzläufigen Elektroschocker mit 75 000 Volt für Vieh hervorzog. Das gefährliche Ende knisterte heftig, als es den Mann am Oberschenkel traf. Ning quietschte gespielt auf, als er nach vorne stürzte, ihr im Fallen die Schachtel aus der Hand schlug und vor Schmerz brüllte.

Nings schneller Vorstoß mit dem Elektroschocker hatte zur Folge, dass nicht einmal der Mann am Boden mitbekommen hatte, was geschehen war.

»Oh mein Gott!«

»Was war das?«, fragte der andere Wachmann aufgeregt über die Sprechanlage.

»Er zittert!«, rief Ning schrill. »Ich glaube, er hat einen Herzanfall oder so etwas.«

Dann griff sie nach ihrem Handy. »Ich rufe einen Notarzt.«

Die Vorstellung von einem Krankenwagen vor der Tür behagte dem Wächter drinnen gar nicht.

»Warte«, sagte er. »Ich komme raus.«

»Ich habe nur so einen ungeheuren Schmerz verspürt«, sagte der Mann am Boden und hielt sich das taube Bein, als der andere an der Tür erschien.

Dieser Mann war ein richtiger Riese. Er ließ sich auf ein Knie nieder, packte das Handgelenk seines Kollegen und fühlte nach seinem Puls. Während er sich darauf konzentrierte, holte Ning erneut den Elektroschocker hervor und stieß ihn ihm erst ins Genick, und als er nach vorne stürzte, an die Wade.

Jetzt verstand der bereits am Boden liegende Mann, was vor sich ging, konnte jedoch nicht reagieren, weil sein riesiger Kollege gerade auf ihm gelandet war. Fay, immer noch mit Sturzhelm, kam über den Hof gerannt. Als die keuchenden Männer auseinandergerollt waren, zielten die beiden Mädchen mit Pistolen aus kurzer Entfernung auf ihre Brust.

»Nach drinnen«, befahl Fay.

Der erste Mann versuchte aufzustehen, doch Ning schrie ihn an: »Runter! Kriechen!«

Als sie den Männern den kurzen Gang nach drinnen folgte, schlugen ihr eine ungeheure Luftfeuchtigkeit und ein starker Marihuana-Geruch entgegen. Die Tür zu einem Nebenraum stand angelehnt und dahinter sah sie einen langen Tisch voller Monitore mit Überwachungsbildern sowohl vom Innern als auch von der Außenseite des Gebäudes.

Am Ende des Ganges hing ein dichter schwarzer Vorhang, und Ning wurde fast geblendet, als sie das Gewächshaus betrat, das von langen Strahlerleisten beleuchtet wurde. Der Fußboden bestand aus einem weichen grünen Teppich, auf dem früher gebowlt worden war. In langen Plastikwannen wuchsen zierliche Cannabis-Pflanzen.

Die frühere Kegelbahn war mit Sperrholzplatten unterteilt worden. Fay machte die Tür zu einem weiteren Bereich auf und bemerkte sofort, dass jeder Bereich Pflanzen in unterschiedlichen Wachstumsstadien enthielt.

»Wohin gehst du?«, fragte Ning. »Wir müssen die Kerle hier fesseln.«

Fay richtete die Pistole auf die beiden Wachen, während Ning sie schnell an Armen und Beinen fesselte und mit einem Lederriemen je an einen Betonpfosten band.

»Seid ruhig, sonst werden wir euch auch noch knebeln«, drohte Ning.

Als sie fertig waren, kam Warren aus dem Park hinzu. Sofort wurde sein Blick von der früheren Lounge des Clubs angezogen. Dort standen auf einer klassischen Mahagoni-Bar fünf PCs und dahinter ein Netz aus computergesteuerten Pumpen und etlichen durchsichtigen Plastikröhren.

Beeindruckt kam seine Stimme hinter der Skimaske hervor.

»Das Zeug hier ist echt topmodern.«

»Hydrokultur«, erklärte Fay. »Wasser und Dünger werden direkt mit den Wurzeln in Kontakt gebracht, wodurch die Pflanzen wesentlich schneller wachsen als in normaler Erde. Es sieht aus, als befänden sich die Pflanzen in den verschiedenen Räumen in unterschiedlichen Stadien, vom Keim bis zu verschieden großen Pflanzen, bis schließlich zum getrockneten Endprodukt. Die Computer steuern die Menge an Licht, Wasser und Dünger für jede einzelne Zone. Und mit Pflanzen in unterschiedlichem Reifezustand hat Hagar immer frischen Cannabis zur Verfügung.«

Warren nickte.

»Eli hat eine Menge Kunden verloren, weil Hagars Stoff besser ist als seiner. Und jetzt wissen wir auch, warum.«

Fay griff in ihren Rucksack, nahm zwei Rollen extra starke Müllsäcke heraus und warf Ning eine zu.

»Seht euch nach Ware um«, sagte Fay, während Warren die zweite Rolle auffing. »Trockene Blätter, reife Pflanzen und Samen, in dieser Reihenfolge.«

»Warum nicht auch kleinere Pflanzen?«, fragte Warren.

»Sie sind wertlos. Man kann sie erst rauchen, wenn sie angefangen haben zu blühen, und bevor wir sie wieder einpflanzen könnten, wären sie schon eingegangen.«

»Und was machst du?«, fragte Ning, als Fay nach einem Barhocker griff.

Fay lächelte. »Diese ganzen Pumpen und Computer müssen Hagar ein Vermögen gekostet haben. Wenn ich sie zerstöre, werden die jungen Pflanzen sterben, und Hagar muss ganz von vorne anfangen.«

Die feuchte Luft und die satten grünen Pflanzen verbreiteten eine ruhige Atmosphäre. Ning hatte gar nicht das Gefühl, in einem Raubüberfall zu stecken, als sie durch mehrere Bereiche mit jungen Pflanzen ging. Aus dem Gewirr von Röhren und Trögen erklang das beruhigende Tropfen von Wasser, das gelegentlich vom Surren einer elektrischen Pumpe unterbrochen wurde.

Im dritten Raum, den Ning betrat, wuchsen größere Pflanzen, und die Lichter waren ausgeschaltet. Sie hatte keine Taschenlampe, daher leuchtete sie mit ihrem Handy. Sie erkannte, dass sie im hinteren Teil des Gebäudes angekommen war, denn die einzige weitere Tür führte nach links. Sie hatte rundum eine Gummidichtung, die ein merkwürdig saugendes Geräusch von sich gab, als sie sie öffnete.

Hitze und Licht in dem Raum waren unglaublich. Im Gegensatz zu den Räumen davor schien die Luft hier alle Feuchtigkeit aus Nings Lungen zu ziehen, und das Pflanzenaroma war so stark, dass es ihr Mund und Hals zu verkleben schien.

Anstelle von Pflanzenbeeten standen hier tiefe Holzschränke mit Drahtschubladen. In jeder Schublade lag eine Schicht aus ein paar Zentimetern Marihuanablätter, von frisch gepflückt und grün bis zu dermaßen trocken, dass sie knisterten, wenn man sie berührte.

Ning war keine Expertin, aber sie fand es besser, die Blätter aus den verschiedenen Stadien des Trocknungsprozesses nicht zu mischen. Die Gärtner schienen ebenfalls Müllsäcke zu benutzen, denn sie konnte eine ihrer schwarzen Tüten über ein Drahtgestell ziehen, das an die Wand geschraubt war. Dann begann sie, die leichten Schubladen herauszuziehen und ihren Inhalt in den Sack zu schütten.

Nach ein paar Minuten stapelten sich die leeren Schubladen bis auf Schulterhöhe und der Sack war voll mit den trockensten Blättern. Sie drückte so viel Luft wie möglich heraus, verknotete die Tüte und drückte dann unter dem Helm auf ihr Ohr, um das Kommunikationsgerät zu aktivieren.

Ning hatte dieses Gerät bei all ihren Missionen verwendet, fand es aber immer noch komisch, dass die Stimme ihres Einsatzleiters in ihrem Kopf zu erklingen schien.

»Alles in Ordnung?«, erkundigte sich James.

»Läuft alles glatt«, flüsterte Ning. »Ich dachte nur, du hättest gerne ein Update.«

»Ausgezeichnet«, antwortete James. »Falls du mich brauchst, bin ich in zwei Minuten da.«

Ning wollte sich schon verabschieden, als die Tür ein reißendes Geräusch von sich gab. Sie sah sich um und stellte erleichtert fest, dass es nur Fay war.

»Du hast den Trockenraum gefunden«, bemerkte Fay zufrieden. »Warren kann in zwei Räumen blühende Pflanzen ernten. Das Dumme ist nur, dass wir nirgendwo fertige Produkte finden.«

»Das hier dauert eine Weile«, meinte Ning und wedelte mit der Hand zu den weit über hundert Schrankschubladen mit trocknenden Pflanzen.

»Beruhige dich«, meinte Fay mit einem Blick auf die Uhr. »Vor morgen früh findet kein Wachwechsel statt.«

*

Vier Stunden nach ihrer Ankunft nahm Ning die Schlüssel des Lieferwagens aus dem Überwachungsraum und fuhr den Wagen mit den Streifen zur hinteren Brandschutztür des Bowlingclubs. Während Fay und Warren drinnen herumliefen und die Säcke mit den getrockneten und reifen Cannabispflanzen zur Tür brachten, machte Ning die hinteren Türen des Lieferwagens auf und warf einen großen Sack Gartengeräte und sechs Düngerfässer heraus, um Platz zu schaffen.

Dann nahm sie ein paar Säcke mit trockenen Blättern und spürte überrascht, dass ihr Wasser an die Beine spritzte, als sie sie in den Wagen lud.

»Wie sind sie nass geworden?«, fragte sie.

»Ich habe eine Menge Leitungen durchgeschnitten, die Computer zerschlagen und alle Pumpen angestellt«, erklärte Fay. »Da drinnen wird es ein wenig feucht.«

»Aber pass auf, dass du keine nassen Säcke auf die trockenen Blätter stellst«, sagte Ning.

Die drei brauchten ein paar Minuten, um den Lieferwagen zu beladen, und da es Hochsommer war, stieg die Sonne bereits über die Dächer der umliegenden Häuser, als sie den Parkplatz verließen. Ning fuhr zwei Kilometer weiter und hielt vor einer Häuserzeile mit Läden an, wo sie und Fay zum ersten Mal seit fast fünf Stunden ihre Sturzhelme abnahmen.

Auch Warren nahm seine Skimaske ab und lachte, als er die verschwitzten und verstrubbelten Haare der Mädchen sah.

»Ein schöner Anblick ist das nicht«, neckte er sie und küsste Fay auf die gerötete Wange. »Aber der Überfall war einfach irre!«

Ning ärgerte sich über die Beziehung von Warren und Fay und wurde geradezu feindselig, als aus den Küsschen heftiges Geknutsche wurde.

»Lasst den Quatsch!«, verlangte sie, als sie wieder einen Gang einlegte. »Falls ihr es nicht bemerkt habt, befinden wir uns immer noch in Hagars Revier, und wenn die Bullen sehen, wie drei Teenager um vier Uhr morgens einen Lieferwagen fahren, werden sie uns anhalten.«

»Mum hat recht«, fand Fay und stieß Warren fort.

Der alte Lieferwagen fuhr sich nicht leicht, und das Getriebe knirschte, als Ning losfuhr.

»Ich rufe Shawn an und sage ihm, dass wir etwas für seinen Boss haben«, sagte Fay.

Aber Shawn musste das Telefon gewechselt haben, denn die Nummer, die Fay anrief, war tot. Daher rief sie schließlich einen von Elis Straßendealern an, der ihr nach einigem Hin und Her eine neue Nummer gab.

Ning konnte nur Fays Seite des Gesprächs hören, aber Elis Stellvertreter war offensichtlich nicht begeistert, um vier Uhr morgens angerufen zu werden.

»Ja, ich weiß, wie spät es ist«, sagte Fay fröhlich. »Aber ich habe Neuigkeiten. Gute Neuigkeiten! Ich fahre gerade in einem Lieferwagen mit Hagars kompletter Cannabis-Ernte. Die will ich schnell verkaufen und ganz obendrein habe ich völlig gratis auch noch sein Gewächshaus demoliert.«

Fay lauschte, während Shawn etwas sagte, doch ihr Gesicht verzog sich enttäuscht, und ihr nächster Satz klang misstrauisch.

»Okay, na gut… Du hast meine Nummer. Ich warte auf deinen Anruf.«

»Problem?«, fragte Ning, als Fay das Telefon wegsteckte.

Fay zuckte mit den Achseln.

»Ich hätte gedacht, dass er sich mehr freut. Er ruft mich zurück, wenn er mit Eli gesprochen hat.«

»Na, wer würde sich schon um vier Uhr morgens freuen?«, meinte Warren.

»Wo soll ich hinfahren?«, fragte Ning.

»Es ist zu riskant, den Lieferwagen in der Stadt zu lassen«, sagte Fay. »Warren will abgesetzt werden. Danach können wir zum Schrebergarten fahren.«

33

Zwei Tage nach dem Überfall auf das Gewächshaus wachte Ning auf der Luftmatratze im Schrebergartenhaus auf. Sie setzte sich auf, betrachtete eine Fliege, die an dem schmutzigen Fenster herumkrabbelte, und den gestreiften Lieferwagen neben dem Komposthaufen am Ende des Gartens.

Nings Knie knackten, als sie aufstand. Sie überlegte, ob sie auf Fays kleinem Gasherd etwas Warmes zu trinken machen sollte, griff dann aber lieber nach der kleinen Flasche Orangenlimonade, die in einer Emailleschüssel schwamm, damit sie kühl blieb. Sie musste auf die Toilette, was bedeutete, dass sie mehrere Hundert Meter über Erde und Kies in einen übel riechenden Schuppen gehen musste, wo man es in den großen Komposttank darunter plumpsen hören konnte.

Nachdem sie sich Leggings, Gummistiefel und ein gestreiftes T-Shirt angezogen hatte, machte Ning ihren Toilettengang und begegnete auf dem Rückweg einer streng dreinsehenden Fay.

»Guten Morgen«, begrüßte sie Ning.

»Der Empfang auf meinem Telefon ist hier im Schrebergarten ziemlich bescheiden, deshalb bin ich zur Straße gegangen, um ein besseres Signal zu kriegen«, erklärte Fay. »Es gibt immer noch keine Nachricht von Shawn, und wenn ich versuche, ihn anzurufen, ist sein Telefon tot.«

»Wahrscheinlich hat er es wieder gewechselt«, meinte Ning.

»Es ist schon zwei ganze Tage her«, sagte Fay. »Was hat er vor?«

»Bleib cool«, sagte Ning. »Du verkaufst, er kauft. Er will wahrscheinlich nicht zu gierig erscheinen. Ich wette, er wird versuchen, so zu tun, als hätte er schon massenweise Cannabis, um den Preis zu drücken.«

»Und ich habe die Frau aus dem Garten Nummer zwölf gesehen, die uns die schönen Erdbeeren gegeben hat. Sie hat rumgemault, dass ich ja immer hier zu sein scheine. Ich glaube, sie vermutet, dass ich hier wohne.«

»Du kannst nicht immer hierbleiben«, nickte Ning. »Ich schmuggele dich ins Nebraska House ein. Ich muss sowieso mal wieder dahin, um zu duschen und mich umzuziehen.«

»Ich lasse den Lieferwagen nicht gern allein«, sagte Fay.

»Du musst versuchen, nicht daran zu denken«, riet ihr Ning. »Wir könnten ins Kino gehen oder so.«

Fay sah sie wütend an.

»Ich warte auf Shawn. Wie soll ich da in einem Kino sitzen, wo ich das Telefon ausschalten muss?«, knurrte sie und deutete auf den Lieferwagen.

»Ich sage ja nur, dass es nichts bringt, sich Sorgen zu machen.«

»Dass du alle fünf Minuten erklärst, was sowieso klar ist, macht die Sache auch nicht besser«, fuhr Fay auf.

Ning schüttelte den Kopf. »Spielt es eigentlich eine Rolle, ob Elis Leute die Drogen kaufen? Hagar muss wütend sein, dass sein Gewächshaus aufgespürt und zerstört worden ist.«

»Und was ist mit dem Geld?«, fragte Fay.

Ning zuckte mit den Achseln. »Wir haben vom Überfall auf das Lager noch mehr, als wir ausgeben können.«

»Mein Plan zielt aber darauf, Hagar so wütend zu machen, dass er etwas Unüberlegtes tut. Und nichts macht ihn wütender, als zu wissen, dass ich ihn beklaue und den Stoff billig an seinen tödlichsten Rivalen verhökere.«

»Wie kommst du darauf, dass Hagar etwas Unüberlegtes tun wird?«, fragte Ning. »Er ist übervorsichtig. Warren hat ihn noch nie gesehen, und er glaubt, dass ihn außer Craig auch seine anderen Helfer kaum je zu sehen bekommen.«

»Ich kenne Hagar«, behauptete Fay. »Meine Mum und meine Tante haben ihn x-mal beraubt. In der Drogenwelt kommt man nicht so weit wie Hagar, wenn man nicht schlau genug ist. Aber der rote Nebel ist sein Schwachpunkt. Solange alles läuft, wie er will, ist er vorsichtig und methodisch. Aber wenn ihm etwas unter die Haut geht, rastet er aus. Und genau dann werde ich auftauchen und ihm seinen fiesen kleinen Schädel wegpusten.«

Fay schien wieder ganz die Alte, während sie Ning mit blitzenden Augen anschaute, doch das Klingeln ihres Telefons machte sie sofort nervös.

»Ist das Shawn?«, fragte Ning.

Fay schnalzte kopfschüttelnd mit der Zunge.

»Warren schreibt aus der Schule. Er will wissen, ob ich mich mittags mit ihm treffen will.«

*

Die Siebt- und Achtklässler saßen in der Schulaula vorne auf dem Boden, während die älteren Kids sich auf die metallenen Stuhlreihen setzten. Es war das Ende des Sommerhalbjahres. Die Stimmung vor den sechswöchigen Ferien war ausgelassen, während die Jugendlichen aus der letzten Klassenstufe vollkommen die Anarchie ausriefen und mit Mehl und Eiern warfen, sich die Hemden auszogen und demonstrativ die Schulkrawatten verbrannten.

»Ruhe!«, verlangte der stellvertretende Rektor. »Klasse neun! Ich rede mit euch!«

Aber die neunte Klasse erklärte dem Vizerektor eindeutig, wohin er sich den Wunsch nach Ruhe stecken konnte, und ein Mädchen rannte kreischend davon, als ihr jemand ein Orangeneis hinten in den Kragen steckte.

Ryan hatte an der Schule ein paar Freunde gefunden, doch die ließ er links liegen, als er die Aula betrat, und ging stattdessen zwischen den Stuhlreihen hindurch zu einem Bereich, der von Elft- und Zwölftklässlern besetzt war.

Ein paar Schülerinnen aus der Dreizehnten sangen ein obszönes Lied über einen ihrer Sportlehrer und kringelten sich dann kreischend vor Lachen. Ein Lehrer kam und griff sich einen Achtklässler, der mit zwei Fingern im Mund pfiff.

»Wir hassen Tottenham und wir hassen Tottenham«, riefen ein paar Arsenal-Anhänger.

In dem ganzen Tohuwabohu setzte sich Ryan auf einen Stuhl direkt hinter einem Jungen namens Ash Regus. Ash war ein typischer Hagar-Rekrut. Ein überdurchschnittlich intelligenter Typ, der mit dem Verkauf von Drogen auf Partys Geld verdienen wollte, um sich den Weg auf die Uni zu ebnen.

Ash war mollig, hatte kurz geschorenes Haar und Pickel am ganzen Hals. Auf dem glänzenden Holzboden zwischen seinen Füßen stand ein schwarzer Rucksack, und Ryan hatte gerade eine Nachricht erhalten, dass er in der Mittagspause ein Paket von Craig bekommen hatte.

»Es macht mir nichts aus, den ganzen Tag zu warten«, erklärte der Schulleiter, auch wenn die meisten seiner Kollegen aussahen, als wollten sie sich am liebsten so schnell wie möglich mit einem Cocktail in einen Liegestuhl legen.

Ein Naturwissenschaftslehrer bemühte sich, ein paar Schüler daran zu hindern, zu gehen, doch diese Jungen würden nach den Ferien nicht wiederkommen, daher hatte er kein Druckmittel gegen sie. Ein paar Mädchen folgten ihnen mit schuldbewussten Gesichtern.

»Blöööödmann!«, schrie der letzte Junge und rangelte kurz mit dem Lehrer, ehe er die Aula verließ.

Als jemand das Licht dimmte, beruhigte sich die Lage ein wenig. Eine große Gruppe von Schülern der dreizehnten Klasse kam herein. Es hatte den Anschein, als hätten sie getrunken. Ein Lehrer gab ihnen zu verstehen, sie sollten still sein, deshalb zischten sie einander alle gegenseitig lautstark an und scharrten mit den Stühlen, während der Rektor zu seiner Rede ansetzte.

»... Damit hätten wir das Ende eines weiteren Schuljahres erreicht. Manche von uns haben das erste Jahr an einer weiterführenden Schule hinter sich und gewöhnen sich gerade erst ein. Unsere Abschlussschüler stehen am anderen Ende dieser Reise und wir wünschen ihnen alles Gute in ihrem Erwachsenenleben ...«

Während der Rektor seine Rede mit einer Stimme herunterleierte, die eine Geschichte über Jesus, der splitternackt auf einem Einrad durch den Schulhof radelte, hätte langweilig klingen lassen, konzentrierte sich Ryan auf den Rucksack. Ash schien den Inhalt wichtig zu finden, denn er hielt einen Riemen fest in der Faust und hatte den anderen um sein Fußgelenk geschlungen.

Gerade als Ryan der Meinung war, dass er keine Chance hatte, an das Päckchen aus Ashs Tasche zu kommen, trat einer der Zwölftklässler hinter ihm gegen seinen Stuhl. Wütend sah er sich um.

»Geh und setz dich zu den anderen Zehntklässlern, du Spinner«, riet ihm ein schlaksiger Kerl.

»Sonst *was?*«, fragte Ryan.

Ein weiterer Tritt beantwortete seine Frage.

»Verschwinde«, verlangte der Junge.

Der Krach veranlasste Ash und fast alle anderen in seiner Nähe, sich umzudrehen. Ryan ärgerte sich, denn das Letzte, was er wollte, war, dass Ash ihn bemerkte. Er versuchte, den Typen zu ignorieren, wurde jedoch ein weiteres Mal getreten.

»Verschwinde!«

Ryan war wütend, dass sein Plan, Ash unauffällig nachzuspionieren, geplatzt war. Als er aufstand, sahen sich noch mehr Kids um, und mindestens einer der Lehrer sah ihn an, als wollte er fragen: *Warum zum Teufel stehst du auf?*

Ryan ging auf eine Gruppe Schüler seines eigenen Jahrgangs zu, als ihm ein anderer Junge einen leeren Stuhl in den Weg trat, über den er stolperte.

»Pass auf, wo du hintrittst«, sagte der schlaksige Junge, der ihm dreimal gegen den Stuhl getreten hatte, unter dem Gekicher seiner Freunde.

Dass so viele Leute zu ihm sahen und lachten, ließ in Ryan etwas ausklinken. Er wirbelte wütend herum, riss den Stuhl aus dem Weg und warf sich auf seinen Peiniger.

Er schlang dem Jungen einen Arm um den Hals und konnte mehrere heftige Körpertreffer landen und ihm auf den Mund schlagen, während ein aufgeregtes Raunen durch die Versammlung ging. Als die Zwölftklässler erkannten, dass ihr Freund den Kürzeren zog, versuchten sie, Ryan wegzuziehen.

Er machte sich los, was ihn einen zerrissenen Hemdsärmel kostete, schlug nach einem der Jungen, die ihn von hinten angingen, und traf ihn so präzise an der Schläfe, dass er umfiel. Dann duckte er sich unter einem Schlag weg, während sich zwei Sportlehrer zwischen den Stuhlreihen hindurchdrängten, um den Kampf zu beenden. Doch noch bevor sie ihn erreichten, brach ein weiterer Tumult zwischen Zehntklässlern, die sich auf Ryans Seite schlugen, und Zwölftklässlern auf der anderen Seite aus.

Als Ryan zu Ashs Stuhl zurückwich und den Schaden betrachtete, den er angerichtet hatte – einschließlich dreier verletzter und eines bewusstlosen Zwölftklässlers –, standen sich etwa zwanzig Jungen gegenüber, wobei eine größere Anzahl Zehntklässler einer kleineren Gruppe von stärkeren Zwölftklässlern gegenüberstand.

»Alle hinsetzen!«, brüllte der Rektor.

Ryan sah sich um und stellte fest, dass alle Siebt- und Achtklässler aufstanden und sich umdrehten, damit sie sehen konnten, was hinter ihnen passierte. Einer der Lehrer legte Ryan die Hand auf die Schulter, doch der war zu aufgebracht, um ruhig zu sein.

»Nimm die Pfoten von mir, du Wichser!«

Auf diesen Spruch reagierte der Lehrer recht ungehalten und hielt Ryan einen Vortrag der Marke »Wie kannst du es wagen ...«, während die Rangelei zwischen Zehnt- und Zwölftklässlern ausartete.

Ein paar Kids begannen »Prügel!« zu schreien, und aufgeregte Neuntklässler schubsten ein paar magere Kids in die Reihen mit den Plastikstühlen, weil sie besser sehen wollten.

»Das ist nicht hinnehmbar!«, schrie der Rektor.

Das Handgemenge hörte nicht auf, obwohl jetzt mehr als zehn Lehrer versuchten, die Kinder zu trennen. Hauptsächlich schubsten sie sich nur und schrien sich an, aber es wurden auch ein paar Schläge ausgeteilt, und zumindest eine Tasche flog durch die Luft und traf ein Mädchen in den Rücken.

In diesem Moment löste ein betrunkenes Mädchen

aus der dreizehnten Klasse mit einer grell pinkfarbenen Perücke den Feueralarm am Saaleingang aus. Die Kinder begannen nach draußen zu rennen. Ryan schaffte es, sich von dem Sportlehrer zu befreien, der ihm einen Vortrag gehalten hatte, während der Schulleiter die Schüler verzweifelt aufforderte, sitzen zu bleiben. Nach kurzer Rücksprache mit einem seiner Stellvertreter änderte er seine Meinung und riet allen, sich an die Regeln für einen Feueralarm zu halten und zu den Versammlungspunkten an den Sportplätzen zu begeben.

Ryan versuchte, Ash im Blick zu behalten, aber der war verschwunden, als der Alarm losging. Er sah noch seinen Kopf, als er durch die Tür ging, doch bis Ryan selbst hindurchgelangte, war Ash in der Menge verschwunden. Die meisten der jüngeren Kids liefen gehorsam zu den Sportplätzen, während die älteren direkt zum Schultor eilten.

»Junger Mann!«, rief der Sportlehrer und packte Ryan an der Schulter, der verzweifelt nach Ash suchte. »Unsere Unterhaltung war noch nicht zu Ende!«

Ryan war genervt, dass man ihn verspottet hatte und dass er Ash aus den Augen verloren hatte. Er war nahe daran, sich mit dem Sportlehrer anzulegen, besann sich jedoch eines Besseren. Wenn sich die Mission noch weitere sechs Wochen hinzog, musste er vielleicht wieder an diese Schule, und obwohl ein Streit mit einem Lehrer ihn in den Augen der Freunde, die er hier finden konnte, zum Helden machte, konnte er das Personal auf dem CHERUB-Campus damit wohl weniger beeindrucken.

»Du wartest vor dem Büro des Rektors!«, rief der Lehrer.

Ryan ließ sich widerwillig von dem Lehrer am Arm ergreifen und zum Büro des Rektors führen. Dass Kids, die an ihnen vorbeikamen, spöttisch zischten und Dinge riefen wie »Du kriegst Ärger!« oder »Du fliegst raus!« reizte ihn nur noch mehr.

Und bei all dem waren Ash und sein falsches Drogenpäckchen völlig verschwunden.

34

Bei ihrer Rückkehr ins Nebraska House wurde Ning von einem Sozialarbeiter ins Kreuzverhör genommen, weil sie ohne Erlaubnis zwei Tage lang weg gewesen war. Es wäre schlimm gewesen, wenn sie Hausarrest bekommen hätte, aber zu ihrem Glück wurde ihr nur das Taschengeld für eine Woche entzogen, und sie wurde von einem Ausflug ans Meer ausgeschlossen, auf den sie sowieso nicht mitwollte.

Fay ins Nebraska House zu schmuggeln, war einfacher, als ihre Anwesenheit einer neugierigen Zehnjährigen im Duschraum zu erklären. Nach einer Dusche, in sauberen Kleidern und mit einer Schachtel Malteser fühlten sich die beiden Mädchen besser. Sie sahen sich irgendwelchen Mist im Fernsehen an, und zum ersten Mal seit zwei Tagen entspannte sich Fay so weit, dass sie nicht alle zwei Minuten auf ihr Telefon sah.

Die gute Stimmung hielt bis um vier Uhr nachmittags, als Shawn Fays Anruf endlich beantwortete. Die beiden Mädchen rutschten auf dem Bett zusammen, damit Ning das Gespräch mithören konnte.

»Tut mir leid, dass es so lange gedauert hat«, sagte Shawn. »Ich habe mich eingehend mit dem Boss über die Sache unterhalten. Aber im Augenblick haben wir genügend Vorräte.«

Fay und Ning vermuteten, dass er damit den Preis drücken wollte.

»Ich verlange kein Vermögen«, sagte Fay. »Es muss sich doch ein Preis finden lassen, der für euch akzeptabel ist.«

»Ich fürchte, nein«, sagte Shawn bestimmt. »Wir haben euch gerade einen Haufen Geld für das Kokain bezahlt, und Bargeld ist im Moment knapp, weil Hagar in unser Gebiet eingedrungen ist. Ihr seid clevere Mädchen. An eurer Stelle würde ich das Zeug loswerden oder euren Kumpels im Norden verkaufen, wenn es sie gibt. Zieht die Köpfe ein, und freut euch über das Geld, das ihr schon bekommen habt.«

»Shawn, das ist bestes, hydroponisches THC-Gras. Diese Qualität ist der Grund dafür, dass Hagar eure besten Kunden übernommen hat«, sagte Fay angespannt. »Das hier ist eure Gelegenheit, den Spieß umzudrehen. Eure Mannschaft könnte den besten Stoff in der Stadt verkaufen und Hagar bleibt nichts als ein Gewächshaus mit modernden Pflanzen.«

Shawn lachte unsicher.

»Was glaubst du, was passiert, wenn wir den Stoff auf der Straße anbieten? Hagar wird sofort wissen, dass es sein eigenes Zeug ist. Er ist sowieso schon angepisst wegen des Stoffs aus dem Lagerhaus. Wenn wir jetzt sein Gras an seine eigenen Kunden verkaufen, erklärt er uns den offenen Krieg.«

»Ich wusste gar nicht, dass Eli solche Angst hat«, schnaubte Fay verächtlich. »Hagar ist ein Wolf. Wenn ihr euch nicht gegen ihn wehrt, wird er euch immer weitere Happen von eurem Geschäft entreißen, bis euch nichts mehr bleibt.«

Shawn gab einen Seufzer von sich, und Fay hatte das Gefühl, als behandle er sie von oben herab.

»Hagar und Eli sind Geschäftsleute. Sie zwicken sich gegenseitig, aber ein offener Krieg kostet Menschenleben und Geld und hetzt einem das Gesetz auf den

Hals. Hagar und Eli haben schon früher miteinander geredet. Ich bin als Bodyguard mit dabei gewesen, und weißt du, über was sie sich unterhalten haben? Nicht über Straßenkämpfe und Gangsterkriege. Sie haben sich über Villen auf Ibiza, Diamantuhren und darüber unterhalten, ob der neue Porsche von meinem Boss schneller ist als der neue Ferrari von Hagar.«

»Aber Hagar hat Eli einen großen Teil seines Geschäfts gestohlen.«

Shawn schnalzte verächtlich mit der Zunge.

»Fay, du bist ein dummes Mädchen. Du hältst dich für schlau, weil du irgendwelches Gewäsch auf der Straße gehört hast. Aber deine Quellen haben keine blasse Ahnung, wie das Geschäft auf der oberen Ebene läuft. Du hast genauso viel Chancen, Eli dazu zu bringen, einen Krieg mit Hagar anzufangen, wie ich, Kanada gegen die USA aufzuhetzen.«

Fay hätte am liebsten um sich geschlagen. Doch sie war tatsächlich nur ein fünfzehnjähriges Mädchen und Shawn säte Zweifel in ihrem Kopf.

»Kannst du mir vielleicht jemanden nennen, der mir die Sachen abkauft?«, fragte sie kläglich.

»Ich würde dir helfen, wenn ich könnte«, antwortete Shawn. »Aber Eli ist entschlossen. Er will mit euch beiden nichts mehr zu tun haben. Ich weiß, wie ihr tickt, aber Eli hat sogar davon gesprochen, einen Handel vorzutäuschen und dann Hagar einen Tipp zu geben, damit seine Leute euch finden.«

»Oh Mann«, hauchte Fay und hielt das Telefon vom Ohr weg, weil ihr ganz und gar nicht gefiel, was sie hörte.

»Hört auf mich und haltet euch da raus«, riet ihnen Shawn, bevor er abrupt auflegte.

»Scheiße«, stieß Fay hervor.

Sie holte aus, um das Telefon an die Wand zu werfen, doch Ning hielt ihr Handgelenk fest.

Zwanzig Minuten lang starrte Fay schweigend in ihren Schoß, während Ning nach Worten suchte, mit denen sie sie beruhigen konnte. Nings Missionsziel war, dass Fay an Hagar dranblieb, damit sie Informationen sammeln konnte. Doch Fay konnte so waghalsig agieren, dass sie sie beide in Lebensgefahr brachte. Und Ning brachte viel Mitgefühl für ein Mädchen auf, das seine ganze Familie verloren hatte, so wie sie selbst.

»Vielleicht hat Shawn recht«, meinte sie leise.

Nach kurzem Zögern schüttelte Fay den Kopf.

»Shawn kennt vielleicht Eli, aber nicht Hagar.«

»Und du hast keinen von beiden je kennengelernt«, verwies sie Ning.

»Nein«, gab Fay zu. »Aber da draußen kursieren einfach zu viele Gerüchte. Wenn Hagar aufgebracht ist, dreht er durch. Und dann habe ich die Chance, ihn zu schnappen.«

»Vielleicht finden wir jemand anderen, der uns das Zeug aus dem Lieferwagen abkauft«, schlug Ning vor. »Du kannst meinen Anteil haben, und dann hast du auf jeden Fall genug, um ein paar Jahre bequem davon zu leben.«

Fays Gesichtsausdruck veränderte sich. Sie sah nicht länger niedergeschlagen, sondern entschlossen aus.

»Ich gebe nicht einfach auf, nur weil Eli keinen Mumm hat.«

»Aber ohne seine Macht können wir wenig ausrichten, oder?«

Fay nickte zustimmend.

»Aber es ist ja gar nicht notwendig, dass Eli einen Krieg mit Hagar anfängt, oder? Wir müssen Hagar nur dazu bringen, zu glauben, dass Eli das tut.«

Ning lächelte. »Und wie zum Teufel stellen wir das an?«

James betrat Ryans Schule durch den Haupteingang, und der Geruch erinnerte ihn an all die Schulen, auf denen er gewesen war. Die Eingangshalle war verlassen, das Hausmeisterkabuff unbesetzt, doch endlich fand er eine Putzfrau mit einer Poliermaschine.

»Man hat mich angerufen«, erklärte James. »Ich soll wegen meines kleinen Bruders zum Schulleiter.«

Die Putzfrau wies ihm die Richtung und James fand das Wartezimmer vor dem Büro des Rektors. Ryan saß auf einem Stuhl mit Schaumstofflehne zusammen mit ein paar anderen Jungen, die bei der Sprengung der Versammlung, die nie stattgefunden hatte, eine maßgebliche Rolle gespielt hatten. Neben einem der Kids saß eine aufgeregte Mutter.

»Was ist passiert?«, fragte James.

In Anwesenheit von zwei anderen Jungen, die zuhörten, konnte Ryan die Mission nicht erwähnen, daher sagte er: »Ich habe einen Kerl geboxt, der mir ständig gegen den Stuhl getreten hat, und das hat irgendwie zu einem Mini-Aufstand geführt.«

»Beeindruckend«, fand James lächelnd, bereute es dann aber.

James gehörte jetzt zum Personal von CHERUB, doch er war erst zweiundzwanzig und sympathisierte oft mit den Kids. Gelegentlich kam er sich in der Rolle eines verantwortungsvollen Erwachsenen wie ein Hochstapler vor. Er war überrascht, dass Ryan die Geduld verloren hatte, aber es war genau die Art von Schwierigkeiten, in die er selbst in seiner Agentenzeit hätte geraten können.

»Ist jemand im Büro?«, erkundigte sich James und deutete auf die Tür mit der Aufschrift »Rektor«.

»Der Rektor ist drinnen«, erklärte die Mutter des einen Jungen leise. »Aber er sagte, er müsse erst ein paar Telefonate führen, bevor er sich mit uns befassen könne.«

»Tatsächlich?«, meinte James wissend. Lehrer hatten

nicht viele Möglichkeiten, Schüler zu bestrafen, aber sie ließen sie gerne draußen warten und nervös über ihr Schicksal nachdenken.

Die Mutter zuckte zusammen, als James an die Tür klopfte und eintrat, ohne eine Antwort abzuwarten. Der Rektor saß an seinem Laptop und betrachtete eine Liste mit Gebrauchtwagen.

»Ich rufe Sie, wenn ich so weit bin«, sagte er.

James sah demonstrativ auf die Gebrauchtwagenseite und schnalzte mit der Zunge.

»Ich bin selbstständiger Mechaniker. Zeit ist Geld.«

»Sie müssen Ryans Bruder sein«, erkannte der Direktor ein wenig missbilligend, »und sein gesetzlicher Vormund.«

James nickte und der Rektor rief Ryan herein. Die nervöse Mutter sah ihn böse an, weil sie schon seit über einer halben Stunde wartete. Der Rektor hielt ihnen einen langen Vortrag darüber, was passiert war. Ryan erklärte, dass er provoziert worden war, aber dass er einsehe, dass er sich lieber an einen Lehrer hätte wenden sollen oder einfach weggehen, anstatt die Beherrschung zu verlieren und eine Rauferei anzufangen. Bislang war die Polizei nicht eingeschaltet worden, aber das könnte passieren, wenn sich jemand von den Eltern beschwerte, sagte der Rektor. Er wolle, dass Ryan nach den Ferien neu anfangen könne, daher gebe er ihm als einzige Strafe auf, einen Aufsatz von tausend Wörtern über Gandhi und andere historische Persönlichkeiten zu schreiben, die ihre Ziele mit gewaltfreien Mitteln durchgesetzt hatten.

»Tut mir leid, dass wir uns vorgedrängelt haben«, sagte James zu der Mutter, als sie gingen.

»Entschuldige«, murmelte Ryan, als er mit James die Schule verließ, wobei sie vorsichtig über zerbrochene Eier und Mehl stiegen, die die Schüler der dreizehnten Klasse verteilt hatten. »Wird das in meinem Einsatzbericht auftauchen?«

James war hin- und hergerissen. Einerseits konnte er Ryan verstehen und wollte, dass er sich bei der Mission gut fühlte, andererseits war dies einer seiner ersten Jobs als Einsatzleiter, und da wollte er alles richtig machen.

»Ich schätze, das kommt darauf an«, meinte er und ließ den Satz hängen, bis Ryan fragte:

»Auf was?«

»Nun, ich finde, die Wäsche ist lästig. Und die Spülmaschine auszuräumen. Oder Staubsaugen. Wenn sich jemand darum kümmert, könnte ich mich nachgiebig zeigen.«

Lächelnd nickte Ryan.

»Ich habe ja jetzt sowieso Ferien.«

»Vielleicht gelegentlich mal eine Fußmassage«, sinnierte James, aber das war so offensichtlich ein Scherz, dass Ryan sich nicht einmal die Mühe machte, zu antworten.

»Danke«, sagte er nur.

»Und was ist mit Ashs Paket?«, erkundigte sich James. »Wann soll er es abliefern?«

»Montagmorgen.«

»Und wie sieht dein Plan aus?«

Ryan zuckte mit den Schultern.

»Ich habe noch keinen. Aber sie haben mir seine Adresse gegeben, und ich wette, dass er den Stoff zu Hause aufbewahrt, bis er ihn abliefern soll.«

35

Die Mädchen sahen sich *Warm Bodies* auf Nings Macbook an und machten kurz nach elf das Licht aus. Eine Stunde später lag Fay weich auf ihrer Luftmatratze auf dem Boden. Es war nicht sehr bequem, aber zumindest hörte sie hier nicht, wie die Ratten durch ihren Schrebergarten raschelten.

Ein Fuß von Ning hing aus dem Bett und sie pfiff leise bei jedem Atemzug. Fay behielt sie im Auge, während sie sich aufsetzte und im Dunkeln vorsichtig nach ihren Sachen tastete. Sie schlüpfte in T-Shirt und Jeans, konnte aber nur einen ihrer zusammengeknüllten Socken finden, daher schlüpfte sie barfuß in die Turnschuhe.

Sie sah nach, ob sie Brieftasche und Schlüssel hatte, zog leise das Telefon vom Ladekabel und schlich sich hinaus. Da es so warm war, stand die Tür einen Spalt offen, aber sie quietschte leicht in den Angeln, und Fay war erleichtert, als sie zu Ning sah und ihr vertrautes Pfeifen hören konnte.

So früh am Morgen war der Haupteingang zum Nebraska House verschlossen und konnte nur von einem Knopf im Personalraum entsichert werden. Fay ging durch den Flur, betrat ein Zimmer, von dem sie wusste, dass es unbewohnt war, und öffnete das Fenster.

Sie befand sich im Erdgeschoss, doch auf dieser Seite fiel das Gelände leicht ab, sodass sie vom Fensterbrett aus eineinhalb Meter hinunterspringen musste, um auf Holzspänen zu landen. Es gab zwar Überwachungskameras, doch sie wusste, dass niemand sie ständig beobachtete. Also lief sie los, stieg auf eine niedrige Mauer und kletterte über einen Drahtzaun.

Auf dem Weg zur U-Bahn-Station Kentish Town verspürte sie ein Gemisch aus Zweifel, Aufregung und Müdigkeit. Zwölf Minuten später war sie da und stellte fest, dass die Gitter vor dem Eingang heruntergelassen waren und ein Schild besagte, dass der letzte Zug für diesen Tag bereits abgefahren war.

Fay kam sich ein wenig dumm vor und trottete zu einer Bushaltestelle, um herauszufinden, mit welchem Bus sie nach Totteridge kommen würde. Da die Karte an der Bushaltestelle nur die nähere Umgebung zeigte, nahm sie ihr Telefon und fand heraus, dass sie mit zwei Bussen zu ihrem Schrebergarten im Norden kommen würde.

*

Ryan verbrachte den Freitagabend auf dem Bauch liegend auf dem Flachdach einer Kindertagesstätte. Von dort aus hatte er einen guten Blick auf die Erdgeschosswohnung, wo Ash mit seiner Mutter und seinem Bruder wohnte. Ash hatte Besuch von einem heißen Mädchen aus der Elften bekommen, und als das Pärchen eine Stunde hinter zugezogenen Vorhängen verbrachte, war Ryan eifersüchtig geworden.

Kurz nach neun ging das Mädchen. Zwanzig Minuten später fuhr ein alter BMW vor und hupte. Ash und sein zehnjähriger Bruder packten Reisetaschen in den Kofferraum und stiegen ein, daher schätzte Ryan, dass der Mann ihr Vater war.

Nachdem die Jungen weg waren, sah Ryan ins Wohnzimmer. Dort saß ihre Mutter in einem Sessel, surfte auf dem iPad und sah fern. Das Fenster stand offen und der Vorhang wehte leicht im Abendwind. Ryan wünschte sich, sie würde ausgehen oder ins Bett gehen, doch es vergingen drei Stunden, in denen ihm das raue Dach den Bauch zerkratzte, und zweimal musste er hinter eine Klimaanlage kriechen, um zu pinkeln.

Erst um halb eins schloss Ashs Mutter das Fenster und schaltete den Fernseher aus. Die hinteren Fenster konnte Ryan nicht sehen, daher ließ er ihr vierzig Minuten, bevor er ziemlich sicher davon ausging, dass sie schlief.

Ein leeres Haus wäre ihm lieber gewesen, aber dass Ash und sein Bruder die Nacht bei ihrem Vater verbrachten, war alles in allem kein schlechtes Ergebnis. Er unterdrückte ein Gähnen und überquerte die Straße. Zwei betrunkene Pärchen liefen Arm in Arm die Straße entlang, daher umkreiste er einmal den Block und kam zurück zur Wohnung, als niemand mehr in der Nähe zu sein schien.

Sein Plan war gewesen, durch die Vordertür einzubrechen, doch zu seiner Enttäuschung fand er dort ein stabiles Steckschloss vor und ein Gitter, das ein Eindringen verhindern würde, wenn er das Glas zerbrach. Im Badezimmer stand ein Fenster mit Milchglasscheibe offen, aber um dort hindurchzukommen, hätte er um einiges magerer sein müssen.

Damit blieb das große Wohnzimmerfenster seine beste Option. Ryan zog ein Paar Gartenhandschuhe hervor und stieß gegen den weißen Plastikrahmen, doch ein stabiler Riegel verhinderte, dass es sich bewegte. Vorsichtig tippte er gegen das Glas und erkannte am Geräusch erleichtert, dass es kein verstärktes Glas war.

Verstohlen sah er sich nach rechts und links um und nahm eine Rolle doppelseitiges Klebeband aus dem Rucksack. Es war ein wenig kniffelig, es im Dunkeln zu lösen, und da der Kleber sehr stark war, würde es schwierig werden, wenn er es noch einmal abmachen musste. Nachdem er ein Quadrat abgeklebt hatte, nahm er ein merkwürdiges Gerät hervor, das aus einem Saugnapf mit dem Durchmesser einer Kaffeetasse und der Miniversion einer Fahrradpumpe bestand, die mit einem Schlauch miteinander verbunden waren.

Er drückte den Saugnapf gegen das Glas und betätigte die Pumpe. Der Saugnapf war zweigeteilt, wobei die eine Hälfte saugte und die andere Druck ausübte. Wenn der Druckunterschied groß genug war, würde die Glasscheibe zwischen den beiden Hälften in einer geraden Linie brechen.

Mit befriedigendem Klicken sprang das Glas. Ryan drehte an einem Ventil, um den Unterdruck etwas zu vermindern, und schob den Saugnapf dann nach oben, wodurch er eine saubere Schnittlinie im Glas hinterließ. Er fuhr etappenweise ein Rechteck auf der Klebefläche ab und setzte den Saugnapf dann in die Mitte.

Der Klebestreifen war zu stark, als dass er ihn hätte abziehen können, daher schnitt er mit einem Teppichmesser an dem Sprung entlang, während er mit der linken Hand den Saugnapf festhielt. Nachdem er Schnitte an drei Seiten angebracht hatte, klappte das Glas nach unten weg und hing wie an Angeln an dem starken Klebestreifen, sodass es nicht zu Boden fallen konnte.

»Gar nicht mal schlecht«, murmelte Ryan leise.

Das Saugnapfgerät war ziemlich teuer gewesen, daher steckte Ryan es wieder in den Rucksack, bevor er durch das Glas griff und den Riegel öffnete. Dann schob er das Fenster hoch und verhedderte sich beim Einsteigen in den Vorhängen, bevor er im Wohnzimmer stand, ein Bein zwischen einem Tisch mit Spiegelglasfläche und einem überfüllten Zeitungsständer eingeklemmt.

Ryan ging zur Wohnzimmertür und sah in den Flur.

Tür und Gang waren breiter als erwartet, daher vermutete Ryan, dass die Wohnung ursprünglich behindertengerecht gebaut worden war.

Der Grundriss der Wohnung war verwirrend, aber aus einer offenen Zimmertür ertönte beruhigendes Schnarchen. Er sah noch drei weitere Türen, und seine Nase führte ihn durch eine, hinter der es ähnlich roch wie in den Zimmern der schmuddeligeren Kids auf dem CHERUB-Campus.

Darin war ein Stockbett, und das Superheldenposter hinter dem oberen Bett und die Pin-ups am unteren sagten Ryan, dass Ash im unteren Bett schlief. Er schaltete eine Taschenlampe ein, deren Strahl zunächst auf einige Legosets fiel, die an der einen Wand aufgebaut waren. Ryan erkannte Ashs Schulblazer und seine Sportsachen, die zusammengeknüllt und stinkend in einer Tüte lagen.

Ash hatte den Schulschluss offenbar gefeiert, indem er ein paar unbrauchbare Stifte und Schulbücher in den Müll geworfen hatte, doch von seinem Rucksack fehlte jede Spur. Ryan kniete sich hin und suchte mit der Taschenlampe. Auf dem Schreibtisch und den Stühlen war nichts, also begann er unter den Möbeln nachzusehen.

Unter dem Bett lag zwischen Schuhen und Süßigkeitenpackungen Ashs Schultasche. Doch sie fühlte sich leicht an, als Ryan sie hervorzog, und er fand darin nur zwei Hefte und ein paar Geometriesachen. Er stieß ein paar Schuhe aus dem Weg und lächelte, als er endlich sah, was er suchte.

Ash hatte das in Folie gewickelte Paket ganz weit unter sein Bett geschoben. Ryan kroch darunter, bis er mit der Schulter zwischen dem Teppich und dem Bett klemmte, konnte aber selbst so das Paket nur mit den Fingerspitzen erreichen.

Er schob sich wieder hervor und nahm zwei Lineale vom Schreibtisch, die er wie Stäbchen einsetzte: Er langte mit ihnen hinter das Paket und zog es nach vorne. Fast hatte er es herausbugsiert, als er ein leises Geräusch hinter sich hörte und sich das Licht veränderte.

»Mama!«, schrie eine Mädchenstimme laut.

Mit dem Paket in einer Hand krabbelte Ryan unter dem Bett hervor und bemerkte die Speichen eines Rollstuhls, die sich ihm näherten.

»Im Zimmer von den Jungen ist ein Einbrecher!«, schrie das Mädchen.

Ryan war wütend auf sich selbst. Den ganzen Abend hatte er die Wohnung überwacht und trotzdem nicht mitbekommen, dass Ash eine Schwester im Rollstuhl hatte.

Als er versuchte, sich aufzurichten, fuhr ihm der Rollstuhl gegen die Beine und klemmte ihn gegen einen Nachttisch. Während er sich wand, holte sie mit einer Metallkrücke aus und stieß ihm die Gummispitze in den Bauch.

Ryan stöhnte vor Schmerz auf, schaffte es aber, sich so weit umzudrehen, dass er das Mädchen ansehen konnte. Sie war nur etwa zwölf Jahre alt, doch obwohl ihre Beine am Knie endeten, war ihr Oberkörper sportgestählt.

Ryan stemmte sich mit den Füßen gegen den Nachttisch, während er einen weiteren Schlag mit der Krücke einsteckte. Er versuchte, den Rollstuhl zurückzuschieben, doch sie hatte die Bremse angezogen, und er konnte sich nur befreien, indem er die Füße hinter die Kommode hakte und sie mit Gewalt umstieß.

Als Ashs Mutter hereinkam, konnte sich Ryan zwar wieder bewegen, doch der Rollstuhl hatte ihn immer noch in der Ecke eingekeilt.

»Sophia!«, warnte Ashs Mutter. »Sei vorsichtig! Vielleicht hat er ein Messer!«

Doch Ryan bekam noch zwei weitere Hiebe mit der Krücke ab, bevor Sophia widerstrebend von ihrer Mutter außer Reichweite gezogen wurde.

»Ruf die Polizei, Liebes, ich kümmere mich um ihn!«

Ashs Mum griff nach der Krücke ihrer Tochter und hielt sie drohend über Ryan, als der sich aufsetzte.

»Wenn du auch nur zuckst, schlage ich dich k.o.!«, drohte sie.

Ryan hörte, wie Sophia im Flur den Notruf wählte. Ihre Mutter war ziemlich kräftig gebaut, daher hoffte er, dass ihr Gewicht sie langsam machen würde, als er aufsprang und auf Ashs Bett hüpfte. Wie er gehofft hatte, traf die Krücke eher das Bett als ihn.

Es klirrte, als die Krücke den Metallrahmen des Bettes traf, und Ryan verzog sich zum Fußende, von wo aus er ein paar Kissen nach der Frau warf. Das kurze Überraschungssmoment nutzte er, um, das Päckchen an die Brust gedrückt, an ihr vorbei in den Flur zu flüchten.

Ryan rannte zur Wohnungstür, doch das nutzte ihm wenig, denn sie war abgeschlossen. Sophia ließ das Telefon fallen und rollte furchtlos auf ihn zu. Die Vorderräder des Rollstuhls scharrten an seinem Knöchel entlang, doch ohne die Krücke war die Zwölfjährige eine weit weniger imposante Gegnerin, und Ryan konnte sich an ihr vorbeidrängeln und ins Wohnzimmer laufen.

Er duckte sich unter der Krücke weg, die Ashs Mutter schwang, doch sie traf ihn hinten am Bein, brachte ihn aus dem Gleichgewicht und ließ ihn auf ein Sofa stürzen. Erneut schwang die große Frau die Krücke, doch Ryan rollte sich über das Sofa, sodass sie mit dumpfem Wumm die Kissen traf, anstatt ihn k.o. zu schlagen.

»Die Cops sind in zwei Minuten hier!«, rief Sophia aus dem Gang.

Ryans Bein gab nach, als er sich weiterschleppte und irgendwie aus dem Fenster wuchtete, durch das er hereingekommen war. Zu seiner Überraschung stellte er fest, dass er immer noch das Päckchen hatte, als er über einen kleinen Vorhof stolperte und eine niedrige Mauer zur Straße überwand.

In der Zwischenzeit hatte Sophia die Tür aufgeschlossen und rollte rasch zum Tor. Ryan humpelte, und sie holte zu ihm auf, als er die Straße entlangrannte. Erleichtert hörte er, wie Sophias Mutter von der Tür her schrie.

»Liebling, das ist das Risiko nicht wert! Komm sofort wieder zurück!«

Enttäuscht hörte Sophia auf zu schubsen und ließ den Rollstuhl ausrollen. Ryan war etwa zehn Sekunden lang erleichtert, doch gerade als er begann, etwas langsamer zu laufen, hörte er das Heulen von Polizeisirenen.

36

Fay lernte schnell. Sie hatte Ning zugesehen und sich ein paar YouTube-Videos zum Thema Autofahren angeschaut, doch es war schwieriger, Gaspedal und Kupplung in den Griff zu bekommen, als sie es sich vorgestellt hatte.

Sie war schon richtig wütend geworden, als sie endlich den richtigen Druck aufs Gaspedal fand und die Kupplung sanft genug kommen ließ, um den Motor nicht gleich wieder abzuwürgen. Der Lieferwagen ruckte an und setzte sich dann auf den groben Kieswegen zwischen den Schrebergärten in Bewegung.

Als der Motor heulte, trat Fay auf die Kupplung und wollte den zweiten Gang einlegen. Da sie noch kein Gespür für die Gänge hatte, holperte der Wagen, bevor sie den zweiten Gang gefunden hatte, über ein Schlagloch, und sie kam vom Weg ab und rollte auf ein Gewächshaus zu.

Sie trat auf die Bremse, hatte aber noch nicht gelernt, dass der Motor ausging, wenn man nicht auf die Kupplung trat, bevor der Wagen stand. Stotternd blieb der Wagen stehen, nicht ohne mit dem Vorderreifen einen Graben in ein Blumenkohlbeet gezogen zu haben.

»Verdammt!«, fluchte Fay.

Eine Stunde später ging es schon besser. Die Reifen knirschten auf dem Kies, während Fay geschickt vom zweiten in den dritten Gang schaltete und gegensteuerte, wenn sie ein Schlagloch aus der Bahn warf. Die Hauptwege zwischen den Schrebergärten bildeten ein unregelmäßiges Rechteck, und sie bremste vor einer scharfen Kurve ab, trat auf die Kupplung und schaltete in den zweiten Gang zurück, bevor sie wieder beschleunigte.

Ein Loch, das sie zuvor noch nicht bemerkt hatte, ließ Fay zusammenzucken, doch sie lächelte, als sie wieder auf dreißig Stundenkilometer beschleunigte und sicher den dritten Gang einlegte.

Nach zwei Stunden höchster Konzentration war Fay müde und erschöpft. Sie parkte am Schuppen, nahm sich eine Dose Red Bull und trank sie, während sie auf ihrer Matratze saß und mit den Karten-Apps auf ihrem Telefon spielte.

Von den Schrebergärten bis zu einer Adresse in Finchley waren es sieben Kilometer. Hagar versuchte zwar, seinen Wohnort geheim zu halten, aber Fay hatte auf der Straße jemanden kennengelernt, der sie mit einer Drogensüchtigen in Kontakt brachte, die behauptete, bei Hagars Söhnen Babysitter gewesen zu sein. Fay hatte dreihundert Pfund für die Adresse bezahlt und wusste, dass sie nicht angelogen worden war, weil sie auf dem Google-Street-Bild einen schwarzen Mercedes vor dem Haus hatte stehen sehen, den Craig fuhr.

Fay hatte verhindern wollen, dass jemand ihre Fahrstunden mit dem Lieferwagen bemerkte, daher schaltete sie das Licht erst ein, als sie am Haupttor direkt gegenüber dem riesigen Misthaufen zu drei Pfund den Sack stand.

Sie hatte zwar einen Schlüssel für das Tor, doch der hatte so lange im Schuppen gehangen, dass er ganz verrostet war, und sie musste sich ziemlich abmühen, das Tor aufzubekommen. Als sie draußen war, schloss sie wieder ab, setzte sich wieder hinters Steuer und fuhr mit einem ziemlich flauen Gefühl im Bauch auf die Straße.

Sie schaltete gut in den zweiten Gang, doch dann erwischte sie den ersten statt des dritten, als sie beschleunigte, woraufhin der Motor aufheulte und der Wagen bockte. Ein hinter ihr fahrender BMW hupte und der Fahrer wich auf die Gegenfahrbahn aus.

»Nach dreihundert Metern fahren Sie geradeaus über den Kreisverkehr. Zweite Ausfahrt«, erklang es aus dem Navi.

Der Gedanke an einen Kreisel behagte Fay gar nicht, und sie blieb an einer roten Ampel stehen, direkt hinter dem BMW, der eben an ihr vorbeigefahren war. Zwei weitere Autos rollten hinter ihr an, und sie stellte entsetzt fest, dass der Lieferwagen rückwärts rollte, wenn sie den Fuß von der Bremse nahm.

Ein erschrockener Fahrer hinter ihr hupte, weil sie fast auf ihn auffuhr. Fay trat hektisch auf die Bremse, was den Motor abwürgte, und schaffte es gerade wieder, anzufahren, als es wieder rot wurde. Sie wollte nicht noch einmal an der Steigung anfahren, daher übersah sie die rote Ampel geflissentlich und schnitt über die Mitte des Kreisels, bevor sie die zweite Ausfahrt nahm.

Die restliche Fahrt bestand aus einer ähnlichen Mischung aus nervöser Fahrweise und Beinahe-Unglücken, doch irgendwie schaffte sie die sieben Kilometer, ohne einen Unfall zu bauen oder von der Polizei angehalten zu werden. Die Straße, in der Hagar wohnte, fiel steil ab, und Fay musste kräftig auf die Bremse treten, als der Lieferwagen im Abstand von kaum dreißig Zentimetern an den zu beiden Seiten geparkten Autos vorbeischoss.

»Sie haben Ihren Bestimmungsort erreicht.«

Fay seufzte erleichtert auf und hielt vor der Nummer siebenundfünfzig an. Hagars Haus war eine große Jugendstilvilla aus honigfarbenem Sandstein mit großen Schiebefenstern. An der linken Seite befand sich ein modernerer Anbau, ein zweistöckiger Kasten aus verspiegeltem Glas. Unterhalb davon führte eine steile Rampe zu einer Vierergarage.

Fay hatte keine Ahnung, ob jemand zu Hause war, aber es war anzunehmen, dass ständig eine Wache anwesend war, daher arbeitete sie schnell. Sie schaltete die Scheinwerfer aus, ging um den Lieferwagen herum und zog die Schiebetür an der Seite auf.

Die schwarzen Säcke mit Marihuana verbreiteten einen durchdringenden Geruch, als sie in den Wagen griff und einen Metallkanister mit Benzin herausholte. Sie schraubte den Deckel ab und verteilte das Benzin über alle Säcke.

Sie musste nach Luft schnappen, als sie wieder auf die Straße trat. Die Seitentür ließ sie offen und setzte sich für eine letzte kurze Fahrt hinters Steuer. Sie nahm ihr Telefon vom Beifahrersitz, wo sie es als Navi genutzt hatte, klopfte auf die Hosentasche, um sich zu vergewissern, dass ein Brief und ein Feuerzeug darin waren, löste die Handbremse und ließ den Motor an.

Durch die abschüssige Straße gewann der Wagen auf dem Weg zur Rampe ziemlich schnell an Fahrt. Fay brachte ihn oben an der Rampe, die zu den beiden breiten Garagentoren führte, zum Stehen. Bei laufendem Motor löste sie die Handbremse, dann zündete sie einen Stofffetzen an, der in einer benzingefüllten Colaflasche steckte, und sprang aus dem Wagen.

Der Wagen setzte sich in Bewegung, als Fay darum herumlief. Aus einem Abstand von ein paar Metern warf sie die Benzinbombe durch die offene Seitentür und duckte sich instinktiv. Nach ein paar fast enttäuschenden Sekunden stieg aus dem Inneren ein Feuerball auf, dessen Wucht die hinteren Türen aufknallen ließ.

Fay war nicht gerade begeistert darüber, dass der Wagen leicht vom Kurs abkam, aber dagegen konnte sie nichts machen. Während das führerlose Auto schneller wurde, lief sie geduckt zur Haustür und warf einen Brief ein. Auf einem einzelnen Blatt Papier stand:

Halt dich aus dem Marihuana-Geschäft raus.
Der Anschlag auf deine Autos ist die letzte Warnung.
Nächstes Mal sind es deine Kinder.

Schnell entfernte sie sich von der Einfahrt, konnte jedoch nicht widerstehen, sich noch einmal umzusehen, als der Lieferwagen die Garage traf. Er war weiter vom Kurs abgekommen, als ihr lieb war, aber obwohl er nur den Pfosten zwischen den beiden Toren traf, anstatt eine davon zu durchbrechen, wie sie gehofft hatte, hatte er doch genug Wucht, um die Ziegel zu durchschlagen.

Die Garagentüren quietschten und gaben nach, als der Wagen eindrang. Flammen erhellten die Garage und Fay erhaschte einen Blick auf die Silhouette eines teuren Sportwagens. Im Haus begannen zwei Hunde zu bellen und die Lichter gingen an.

Fay grinste, machte auf dem Absatz kehrt und rannte, so schnell sie konnte, die Straße hinunter.

*

Drei Minuten nachdem Ryan aus dem Fenster von Ashs Haus geklettert war, war die Polizei vor Ort. Glücklicherweise hatte Ryan sich in ein Wohngebiet mit vielen Gassen und Fußwegen flüchten können, und die Cops hatten keine große Lust, ihn dort zu suchen.

Ryan tat der Bauch von dem Stoß mit der Krücke weh und die Ferse seiner rechten Socke war blutgetränkt. Er nahm einen Nachtbus nach Hause, und James spielte mit dem Gedanken, ihn ins Krankenhaus zu schicken, um nachsehen zu lassen, ob er sich eine Rippe gebrochen hatte, doch dafür schien ihm die Verletzung dann doch zu tief zu liegen.

Nach einer Dusche ging Ryan ins Bett, eine Mullbinde auf dem Bauch und einen dicken Verband um den Knöchel. Er war erleichtert, dass er sich keine Gedanken mehr wegen des Päckchens von Ash machen musste, doch es war eine unangenehm heiße Nacht, und wegen der Schürfwunden und Schmerzen schlief er nur unruhig und schlug sich mit Bettdecke und Kissen herum.

In den frühen Morgenstunden griff er nach einem Wasserglas, doch das war leer. Sein Körper glänzte schweißnass, als er aufstand, es füllte und ein paar Eiswürfel hineinfallen ließ. Er wollte schon wieder ins Bett gehen, als er ein Licht an dem Nokia aufblitzen sah, das Craig ihm gegeben hatte.

Er nahm das Telefon und stellte fest, dass er eine Nachricht von einer unbekannten Nummer verschlafen hatte. In Großbuchstaben stand dort:

ALLE SAMMELN! SOFORT ZUM HANGOUT!

Er sprang aus dem Bett. Aus dem Fenster konnte er das Hangout gut sehen. Dort lief ein Mann mit einer Daunenweste heraus und auf dem Rasen hinter dem Gebäude waren mehrere Fahrzeuge illegal geparkt.

»James!«, schrie Ryan.

James rührte sich nicht, bis ihn Ryan an der Schulter rüttelte.

»Ich bin zu müde, Kerry«, stöhnte James und rollte sich auf den Rücken.

»He, Loverboy!«, rief Ryan scharf.

»Was ist?«, fragte James träge, setzte sich auf und rieb sich die Augen.

Ryan hielt das Nokia hoch.

»Vor einer halben Stunde kam diese Nachricht. Da drüben sind jede Menge Leute und Autos.«

»Warum?«, wollte James wissen.

»Woher soll ich das wissen?«

»Hast du mit Ning gesprochen? Vielleicht weiß sie etwas.«

Ryan schüttelte den Kopf.

»»Ich dachte, ich spreche lieber erst mit dir. Soll ich rübergehen?«

»Wahrscheinlich schon«, meinte James. »Wir müssen wissen, was los ist. Zieh du dich an, ich rufe Ning an.«

Während sich Ryan hastig Jeans und ein Hoodie überstreifte, wachte Ning im Nebraska House auf und zog ihr Telefon vom Ladekabel.

»Ich habe keine Ahnung, was los ist«, erklärte sie und sah sich um, während James sprach. Als sie feststellte, dass neben ihr auf dem Boden niemand schlief, schaltete sie das Licht an. »Fay ist weg. Sie hat ihre Schuhe und ihr Telefon mitgenommen. Weiß der Himmel, was sie vorhat, aber ich wette, es hat etwas damit zu tun…«

37

Ryan hatte sich vorsichtshalber mit Kampfstiefeln, Schutzweste und einem ausziehbaren Schlagstock am Gürtel gewappnet. Während er auf dem Weg über den Hof zum Hangout sorgfältig den Hundehaufen auswich, hörte er James über das Funkgerät in seinem Ohr.

»Ich habe mich in die Notrufzentrale von London eingeloggt«, erklärte er. »Vor knapp zwei Stunden wurde von einem größeren Vorfall in Finchley berichtet. Ein brennender Lieferwagen wurde absichtlich in eine Garage in der Hartwood Road 57 gefahren. Das ist Hagars Adresse.«

»Der Lieferwagen, den Fay und Ning gestohlen haben?«, fragte Ryan leise.

»Das wird nicht gesagt, aber es ist wahrscheinlich«, antwortete James. »Fünf Autos wurden zerstört. Das Feuer wurde unter Kontrolle gebracht, hat aber größere Schäden an einem Anbau angerichtet. Es gab keine Toten, allerdings wurde ein Kind mit Verdacht auf Rauchvergiftung in ein Krankenhaus gebracht. Die Hartwood Road bleibt vorerst für den Verkehr geschlossen.«

»Hagar muss stinkwütend sein«, meinte Ryan. »Ich bin jetzt lieber still, ich gehe rein.«

Ryan kannte das Hangout, wenn hauptsächlich Leute in seinem Alter dort waren, doch jetzt waren es fast nur Männer Anfang bis Mitte zwanzig. Er konnte Warren und Craig ausmachen. Im Hintergrund standen einige der wichtigsten Leute von Hagar, und Ryan verspürte ein Kribbeln im Nacken, als er Hagar selbst erkannte.

»Wo willst du hin, Kleiner?«, fragte ihn ein großer Rothaariger mit einer Augenklappe, der ihm am Eingang den Weg verstellte.

»Ich habe Craigs Nachricht bekommen«, erwiderte Ryan.

Der Rothaarige sah ihn misstrauisch an, bis ein Kerl, den Ryan ein paarmal bei der Waschanlage gesehen hatte, rief: »Ryan ist in Ordnung. Komm her, Junge!«

Ryan ging zu dem Mann, der Max hieß.

»Was ist denn los?«, erkundigte er sich.

»Hier ist die Kacke echt am Dampfen«, erzählte Max. »Elis Jungs haben Hagars Haus überfallen. Hagar war nicht zu Hause, aber sein Sohn liegt im Krankenhaus.«

»Scheiße«, entfuhr es Ryan.

Am anderen Ende des Raumes standen Hagar und Craig zwischen zwei Billardtischen. Craig war der größere von beiden und hatte Hagar die Hand auf die Schulter gelegt.

»Warum die Sache überstürzen?«, fragte Craig beschwichtigend. »Wir wissen doch, dass die Mädchen den Lieferwagen gestohlen haben.«

»Mein Junge liegt im Krankenhaus!«, schrie Hagar wütend.

»Nur zur Beobachtung. Er hat ein wenig Rauch eingeatmet. Judy sagt, er rennt völlig zufrieden in der Notaufnahme herum.«

»Wir wissen, dass Eli das Zeug aus dem Lager von Fay Hoyt gekauft hat«, erklärte Hagar. »Er muss einen Insider haben. Er muss mein Gewächshaus gefunden haben und hat die Mädchen geschickt, um es auszurauben.«

Craig schüttelte den Kopf und erwiderte gereizt: »Das

können wir nicht mit Sicherheit wissen. Wir wissen gar nichts.«

»Willst du damit sagen, dass meine Sicherheitsmaßnahmen so lasch sind, dass eine Fünfzehnjährige mein Gewächshaus und meine Adresse ohne fremde Hilfe finden konnte? Wer ist eigentlich mein Sicherheitschef?«

»Ich«, gab Craig zu.

Ryan wusste, dass Warren den Mädchen bei der Suche nach dem Gewächshaus geholfen hatte, und stellte fest, dass dieser ziemlich nervös wirkte.

»Viele Menschen können dich nicht leiden, Hagar«, stellte Craig fest. »Wir haben unsere Quellen. Ich finde nur, wir sollten uns erst ein klareres Bild darüber verschaffen, was passiert ist, bevor wir etwas Unüberlegtes tun.«

Hagar trat einen Schritt zurück.

»Ich habe mich entschieden, Craig. Bist du dabei oder nicht?«

Hagar deutete zur Tür, um Craig zu zeigen, wo er hingehörte, wenn er nicht parierte.

Craig nickte gehorsam.

»Du bist der Boss«, sagte er ein klein wenig zögernd.

»Also, Leute! Kommt her und hört zu!«, rief Hagar.

Während des Streits zwischen Hagar und Craig hatten sich alle anderen in die verschiedenen Ecken des Raumes gedrückt. Doch jetzt kamen sie hervor, stellten sich zwischen die Billardtische und lehnten sich dagegen.

»Wir sind angegriffen worden«, erklärte Hagar. »Bei meinem Haus und meiner Familie ziehe ich eine Grenze. Eli hat uns provoziert, daher erwartet er wahrscheinlich, dass wir losziehen und seine Dealer auf der Straße angreifen. Aber der Idiot ist nicht der Einzige mit Insiderinformationen. Ich habe eine Liste mit Elis Objekten. Wir werden auf die Straße gehen, aber wir werden nicht da zuschlagen, wo er es erwartet.«

Ein paar aus der versammelten Mannschaft lachten nervös und einige johlten.

»Vier oder fünf in jedes Auto«, befahl Hagar. »Im Spielzimmer sind genügend Werkzeuge und Geräte. Jedes Team erhält drei Ziele. Und kommt nicht mit irgendwelchen Ausreden zurück, warum ihr die nicht alle erledigt habt!«

*

Ning wollte unbedingt wissen, was Fay getan hatte, doch sie konnte nichts von dem erwähnen, was sie von James erfahren hatte, als sie sie endlich erreichte.

»Was ist los?«, erkundigte sie sich. »Bist du okay?«

Fay klang begeistert und erzählte: »Bei dir wurde es mir zu heiß. Also bin ich mit einem Nachtbus zum Schrebergarten gefahren. Und dann habe ich mich um den Lieferwagen und ein paar andere Dinge gekümmert.«

»Wie gekümmert?«, wollte Ning wissen.

»Du hattest recht«, erklärte Fay. »Der Streit mit Hagar ist ausschließlich meine Sache. Es war nicht fair von mir, Warren und dich mit hineinzuziehen.«

»Was hast du denn genau getan? Wo ist der Lieferwagen?«

»Ich kann jetzt nicht reden. Ich beobachte gerade das Hangout und da kommen jetzt massenweise Leute raus.«

»Es ist mitten in der Nacht«, meinte Ning. »Wer ist denn da?«

»Sieht aus, als hätte ich recht gehabt, dass Hagars Schwachpunkt sein Temperament ist.«

»Du sprichst in Rätseln«, behauptete Ning. »Ich dachte, wir wären Partner? Was ist los? Warum bist du beim Hangout?«

»Ich habe gerade einen Krieg angezettelt, Baby!«, kicherte Fay. »Und jetzt muss ich hier verschwinden, bevor mich jemand sieht. Du hast doch morgen keine Schule, oder?«

»Gestern war der letzte Schultag«, antwortete Ning.

»Komm am Vormittag zum Schrebergarten«, verlangte Fay. Sie atmete schwerer, daher vermutete Ning, dass sie bereits losgelaufen war. »Ich erkläre dir alles. Aber komm nicht vor halb elf, ich brauche meinen Schönheitsschlaf.«

»Warum kannst du es mir nicht jetzt sagen?«, fragte Ning gereizt. Aber Fay hatte schon aufgelegt.

*

Auf dem Hocker hinter dem Tresen eines Rapid24-Supermarkts saß eine massige Angestellte namens Bijal. Es war 4:30 Uhr. Es waren keine Kunden im Laden, doch ihr Blick löste sich vom Fernsehschirm, auf dem sie eine Folge von *Friends* sah, als ein verbeulter VW-Bus vor dem Laden hielt.

Die Türen gingen alle gleichzeitig auf. Ein magerer Fluchtfahrzeugfahrer. Drei gut gebaute Männer, darunter Hagar, sowie die Teenager Warren und Ryan.

Nicht viele Läden hatten rund um die Uhr geöffnet, daher fand Bijal nichts dabei, dass ein Haufen Betrunkener vorfuhr. Normalerweise tankten sie hier nach dem Besuch eines Nachtclubs Alkohol und Zigaretten nach.

Doch als Bijal maskierte Gesichter und eine Sammlung von Baseballschlägern und Prügeln sah, außerdem den furchterregenden Kerl mit der weißen Augenklappe und dem feuerroten Haar, hatten sie ihre volle Aufmerksamkeit. Die Tür war nur zwei Meter vom Fernseher entfernt. Bijal rannte zum anderen Ende des Tresens, von wo aus sie die Tür innerhalb einer Sekunde mit einem Notschalter verschließen konnte.

In dem Moment, als ihre Handfläche den Knopf traf, stieß Hagar die Tür auf. Er spürte, wie die elektrischen

Bolzen hervorschossen, doch da war er schon einen halben Schritt im Laden.

»Das ist aber nicht sehr höflich«, erklärte Hagar grinsend, als er an den Tresen ging.

Einer der anderen Männer sprang über den Tresen und stieß Bijal gegen die Zigarettenregale.

»Willst du Alarm auslösen?«, schrie er.

Als Ryan eintrat, schlug der Kerl Bijal mehrere Male, stieß sie zu Boden und trat ihr in den Bauch.

»Die Kasse ist nicht verschlossen«, rief Bijal. »Nehmt das Geld!«

Bijal war schon früher überfallen worden, aber noch nie von einer so großen Bande. Sie erwartete, dass der Mann die Kasse aufmachte und das Geld herausnahm, doch stattdessen hob er das ganze Gerät hoch, riss den Stecker aus der Wand und warf es auf den Fernseher.

Als der Fernseher kaputtging, flackerten die Lichter. Hagar war zu den Alkoholregalen gegangen und begann mit seinem Baseballschläger Wein- und Schnapsflaschen zu zerschlagen. Ryan folgte Warren zum hinteren Teil des Ladens, wo sie sich dem Regal mit Milchprodukten widmeten.

Da die Decke ziemlich niedrig war, bekam Ryan einen Schauer heißer Glassplitter ab, als er mit dem Schläger eine Halogenleuchte traf. Gleich darauf wurde er von der Sahne aus den geplatzten Packungen getroffen, und er roch Wein und Rum, die über den Boden auf ihn zuflossen.

Der Laden war nicht sehr groß und nach einer Minute hatten die fünf jedes Regal zerschlagen.

»Raus hier!«, befahl Hagar. »Und bringt die Schlampe auf die Straße.«

Ryan half Hagar, die kreischende Angestellte hinauszubringen, während Warren wieder in den Bus sprang, wo der Fahrer den Motor aufheulen ließ.

Hagar trat noch ein paarmal heftig zu.

»Sag deinem Boss Eli, er soll aus der Stadt verschwinden! Er ist am Ende, kapiert?«

»Wer ist Eli?«, jammerte Bijal und hielt sich schützend die Arme vors Gesicht.

Ihre Reaktion überraschte Ryan nicht, denn schließlich würde sich ein Drogenboss nicht bei den Angestellten seiner legalen Geschäfte vorstellen.

Ryan schlüpfte ins Auto neben Warren, und als Letzter kam der Verrückte mit der Augenklappe aus dem Laden, eine Packung Toilettenpapier und ein brennendes Feuerzeug in der Hand. Das erste Geschoss aus brennendem Papier flog bis ganz nach hinten in den Raum und erlosch zischend, doch das zweite landete zwischen zerbrochenen Whiskeyflaschen und ließ überall blaue Flammen hochschießen.

»Jippieh-ayhee!«, schrie Hagar und sprang in den Wagen, wobei er Ryan empfindlich auf die Zehen trat. »Wie in alten Tagen.«

Zuletzt setzte sich der Kerl mit der Augenklappe ins Auto und noch mit offener Beifahrertür raste der Wagen los. Die Reifen quietschten. Ryan löste sich von Hagar und stellte fest, dass dieser die Kasse im Arm hielt.

»Meißel!«, schrie Hagar. »Gebt mir einen Meißel oder so was!«

Der Mann, der Hagar gegenübersaß, reichte ihm einen großen Schlitzschraubenzieher. Nachdem sie einen Kilometer gefahren und dabei ein paarmal scharf abgebogen waren, ertönte ein befriedigendes Klacken, als die Schublade federnd aufsprang. Die Münzen klimperten.

Hagar riss grinsend die Zehner und Zwanziger heraus und warf sie Ryan und Warren zu.

»Das könnt ihr euch teilen. Nennt es ein Geschenk von Onkel Hagar.«

38

Ryan hatte sich ein Bild von Hagar gemacht, als er seinen Namen ein paar Monate zuvor zum ersten Mal auf dem Campus gehört hatte. Er hatte sich jemanden vorgestellt, der ernst und finster war, der nur Befehle gab und die Drecksarbeit Leuten wie Craig überließ.

Doch diese Vorstellung hätte falscher nicht sein können. Hagar hüpfte im hinteren Teil des Busses aufgeregt herum wie ein großes Kind, erzählte Witze und Geschichten über die Orte, an denen sie vorbeifuhren: das stillgelegte Kino, in dem er zum ersten Mal richtig geknutscht hatte, den Laden, in dem er mit Craig als Kind Feuerwerkskörper gestohlen hatte, und eine Wohnung, die er gekauft hatte und in der zwei Wochen nach dem Einzug die Decke heruntergefallen war.

»Die Bauleiterin verwies auf die ganzen Ausschlussklauseln in ihrem Vertrag. Also haben Craig und ich sie an den Knöcheln aus dem Fenster gehalten, woraufhin die Dame eiligst einen Scheck für meine neue Decke unterschrieb.«

Ryan hatte noch nie mit Fay Hoyt gesprochen, aber James hatte ihm von Nings Teil der Mission erzählt, und je länger er mit Hagar zusammen war, desto klarer wurde ihm, dass Fay seine Persönlichkeit ausgezeichnet eingeschätzt hatte.

Da es ein Wochentag war, hatten nicht viele Restaurants geöffnet, doch sie fanden schließlich einen Hähnchengrill. Hagar kaufte Pommes frites für alle und schüttete sich fünf Päckchen Mayonnaise in seine Tüte.

»Echt, Jungs, ich liebe so was!«, sagte Hagar zu Ryan und Warren, während er sich die Fritten in den Mund schob. »Je höher ich gestiegen bin, desto weniger Spaß hatte ich im Leben.«

»Ich bin so weit unten wie nur möglich«, grinste Ryan. »Lust, zu tauschen?«

Hagar lachte laut auf, als der große VW in einen Tunnel fuhr, und johlte noch lauter, als der Kerl auf dem Beifahrersitz eine Pepsidose aufmachte, die explodierte wie ein Vulkan.

Mittlerweile hatten sie sich ein paar Kilometer von Hagars Gebiet entfernt. Der Tunnel führte sie nach Ostlondon mit seinen hell erleuchteten Wolkenkratzern am Canary Wharf, die sich hinter den Straßen mit Neubauwohnungen erhoben. Dort erwartete sie ein weiterer Minibus voller Schläger, diesmal ein Renault, bei der Müllstation eines eleganten vierzehnstöckigen Gebäudes.

»Das da ist Elis Hubschrauberlandeplatz«, erklärte Hagar und deutete ganz nach oben auf das blitzende rote Licht auf dem Dach.

Ryan und Warren schüttelten ein paar Leuten die Hände, während Hagar die Männer aus dem Renault abklatschte. Dann streiften sie sich Masken über, und die beiden Teenager liefen den acht Männern hinterher, die durch ein unverschlossenes Metalltor an den Mülleimern vorbei und die Stufen einer Feuerleiter hinaufliefen.

Der Kerl mit der Augenklappe musste Elis Haus zuvor ausgekundschaftet haben. Er hatte genau das richtige Werkzeug, um es in den Spalt zwischen den Feuertüren zu stecken. Dann ruckelte er daran herum, bis er den Metallriegel dahinter lösen konnte.

Heiße Luft aus einer Klimaanlage schlug Ryan entgegen, als er eintrat, und es roch nach Chlor. Durch eine weitere Tür gelangten sie in den hinteren Teil eines stimmungsvoll erleuchteten Swimmingpools, in dem eine uralte Frau graziös ihre Runden schwamm, bis sie die zehn Maskierten bemerkte, die, mit Baseballschlägern und Macheten bewaffnet, zielstrebig am Pool vorbeigingen.

Über eine mit Teppichboden ausgelegte Treppe erreichten sie eine hotelartige Lobby im nächsten Stock, wo ein verschlafener Concierge hinter einem grauen Granittresen saß.

»Aufwachen!«, rief Hagar, und zwei seiner Männer gingen schnell hinter den Tresen, um sicherzustellen, dass er nicht Alarm schlug. »Sie haben doch den Aufzugschlüssel, oder? Wir müssen ins Penthouse im vierzehnten Stock.«

»Das darf ich aber nicht«, verwies ihn der Mann.

Hagar deutete auf seine Leute, von denen einer eine große Schüssel mit Orangen und Limonen vom Tresen stieß.

»Bock auf ein Kämpfchen?«, erkundigte sich Hagar spöttisch.

Steifbeinig ging der Concierge zu den gläsernen Aufzugtüren, von denen einer ein Schild trug, das darauf hinwies, dass er nur zwischen 6 Uhr morgens und Mitternacht in Betrieb war. Der andere Aufzug kam ein paar Sekunden später und Hagar, fünf seiner Schläger und der Concierge quetschten sich hinein.

»Ihr seht aus, als könntet ihr ein wenig Training gebrauchen«, meinte Hagar. »Wir sehen uns oben, aber trödelt nicht herum!«

Hagar benahm sich vielleicht wie ein großes Kind, aber Ryan stellte fest, dass Warren und die anderen beiden kräftigen Männer den Befehl, vierzehn Stockwerke zu Fuß hinaufzulaufen, ohne Widerspruch akzeptierten.

Zwei Treppen für jedes Stockwerk und alle elf Stufen eine 180-Grad-Wendung – dabei wurde ihnen fast schwindelig. Ryan war im Erdgeschoss als Letzter durch die Tür gegangen, aber obwohl ihm immer noch der Knöchel wehtat, war er der Einzige, der es bis nach oben schaffte, ohne keuchend anhalten zu müssen.

Der vierzehnte Stock enthielt nur eine einzige Penthouse-Wohnung. Der Concierge hatte Hagar aufgeschlossen und sie betraten die Wohnung durch eine reich verzierte, doppelt mannshohe Holztür.

»Na, ihr habt euch ja Zeit gelassen!«, begrüßte Hagar Ryan fröhlich. »Willkommen im Chez Eli! Wo sind die anderen?«

»Kommen gleich«, antwortete Ryan atemlos und sah sich in der Luxuswohnung um.

Hinter einem marmorgefliesten Eingangsbereich erweiterte sich das Apartment zu einem großen, offenen Raum, der auf drei Seiten von bodentiefen Fenstern gerahmt war und einen beeindruckenden Ausblick auf die Schiffe bot, die langsam auf der Themse dahinfuhren.

Eine gläserne Treppe führte zu den Schlafzimmern und einem Balkon im Stockwerk darüber. Der ältliche Concierge musste sich auf ein breites Ledersofa setzen und die Hände auf den Kopf legen, während Hagar Hof hielt und nach einer großen Vase griff, die mit Zeitungsschlagzeilen und Zeichnungen von minderen Berühmtheiten verziert war.

»Eli hält sich für gebildet«, erklärte Hagar und deutete auf die zeitgenössischen Gemälde an der einzigen unverglasten Wand. »Sieht dieser Mist für euch aus wie Kunst? Und dafür zahlt er Zehntausende!«

Natürlich ließ er die Vase vor sich auf dem Boden zerschellen. »Was steht ihr hier so rum?«, rief er. »Schlagt hier alles kurz und klein!«

Als Warren und die anderen verschwitzt und keuchend in die Wohnung stolperten, begann der Rest von Hagars Leuten bereits, die Gemälde von der Wand zu reißen, die Möbel zu zerschlagen, die Waschbecken zu verstopfen und die Wasserhähne voll aufzudrehen.

Ryan nahm sich eine Holzskulptur und benutzte sie wie einen Speer, um ein Loch in ein großes Damien-Hirst-Bild zu stoßen. Dann tat er sich mit Warren zusammen, ging auf den Balkon und warf Topfpflanzen in einen winzigen Outdoor-Pool.

Es machte Spaß, Sachen kaputt zu machen, und die Jungen kicherten haltlos, als sie mit tropfnassen Kleidern wieder nach drinnen stolperten, wo der Kerl mit der Augenklappe gerade versuchte, einen gläsernen Esstisch mit einem mit Nägeln besetzten Kricketschläger zu demolieren.

»Wer will eine Rolex?«, rief Hagar und kam mit drei diamantbesetzten Herrenuhren und der Schmuckschatulle einer Frau aus einem der oberen Schlafzimmer.

Als gerade jemand eine Sprinkleranlage mit einer brennenden Ausgabe des Wired-Magazins auslöste und Warren sich einen schicken Sony-Laptop unter den Arm klemmte, wurde Ryan von einem metallischen Knirschen draußen abgelenkt. Er ging zurück auf den Balkon, blickte über das Geländer und sah, dass in die Seite des VW-Busses, in dem sie gekommen waren, ein BMW gerammt war. Zwei weitere Autos waren angekommen. Mindestens ein Dutzend Maskierter stürmte in die Lobby, während der Fluchtwagenfahrer aus dem Renault gezerrt und kräftig zusammengeschlagen wurde.

»He, Leute!«, schrie Ryan und rannte hinein. »Elis Männer sind da!«

»Was?«, rief Hagar und stürmte auf den Balkon, gefolgt von Warren und ein paar anderen Männern. »Scheiße! Die haben Curtis! Joe, ruf Verstärkung! Alle anderen kommen mit runter, dann zeigen wir es diesen Schweinen!«

Ein paar von Hagars Männern freuten sich offensichtlich auf einen Kampf, aber Ryan war weniger begeistert, und Warren sah ziemlich verschreckt drein, als die maskierten Männer aus der Wohnung stürmten.

Ein weiterer Sprinkler ging an und löste in der Wohnung einen kreischenden Alarm aus, während der erste erfolgreich einen brennenden Zeitungsständer und die Vorhänge gelöscht hatte. Ryan stellte fest, dass er und Warren die Einzigen waren, die noch in der Wohnung geblieben waren, als der Concierge hinausging und sich das Telefon ans Ohr hielt.

»Der ruft bestimmt die Bullen!«, meinte Warren und lief ihm nach.

Doch Ryan zuckte nur mit den Achseln und hielt ihn zurück.

»Wen kümmert das? In einem großen Gebäude wie diesem haben die Sprinkler bestimmt bei der Feuerwehr schon Alarm ausgelöst und mittlerweile hat die halbe Nachbarschaft den Notruf gewählt.«

»Stimmt auch wieder«, gab Warren zu und sah sich nervös um. »Elis Leute sind mehr als wir. Wenn sie uns kriegen, brechen sie uns alle Knochen im Leib. Und ein paar von seinen Leuten spritzen ihren Gegnern angeblich gerne Säure ins Gesicht.«

Auch Ryan hatte Angst, wollte es Warren jedoch nicht merken lassen.

»Ich habe nicht die Absicht, mich in die Schlacht zu stürzen. Lass uns ein paar Stockwerke tiefer gehen. Wir können uns in einem anderen Stockwerk verstecken, bis es wieder ruhiger ist. Vielleicht können wir sogar in eine leere Wohnung einbrechen oder so.«

Warren klang immer noch nervös, als er Ryan hinausfolgte, den Laptop noch unter den Arm geklemmt.

»Hagar wird stinksauer, wenn wir uns drücken.«

»Geh doch runter und prügele dich, wenn du willst«, riet ihm Ryan, als er die Tür zum Treppenhaus aufmachte und auf die Schritte weiter unten lauschte. »Ich bin sicher, ich kann mir eine Ausrede ausdenken ... klingt, als sei die Luft rein.«

Er begann, die Stufen hinunterzulaufen. Nach drei Stockwerken hielt er inne, sodass Warren fast in ihn hineingerannt wäre.

»Psst!«, machte er und schlich sich mit schlagbereitem Baseballschläger vorsichtig weiter. Er konnte die Geräusche, die ganz nah, aber gedämpft erklangen, nicht einordnen.

Doch dann erkannte er es plötzlich.

»Sie stecken im Aufzug fest«, sagte er und schlug mit der Handfläche gegen die Wand. »Irgendjemand muss den Stecker gezogen haben.«

Warren lächelte unsicher.

»Und wer ist da drin? Unsere Leute oder die anderen?«

»Keine Ahnung. Ist mir auch egal«, behauptete Ryan.

Als sie im achten Stock ankamen, klang es, als ob ein paar Männer von unten heraufkommen würden. Ryan beschloss, dass es an der Zeit war, das Treppenhaus zu verlassen. Er führte Warren durch eine Schwingtür in einen teppichbelegten Gang, von dem zu beiden Seiten Wohnungstüren abgingen. Dann duckten sie sich, damit sie durch das bruchfeste Glas nicht gesehen werden konnten.

Ryan stand nicht auf, um nachzusehen, wie viele Männer vorbeigingen, aber es mussten drei oder vier sein. Warren ging zur Tür, als sie vorbei waren, aber Ryan schüttelte den Kopf.

»Unten schlagen sie sich wahrscheinlich noch die Köpfe ein. Lass uns lieber hier abwarten.«

Doch sein Plan, einfach sitzen zu bleiben, wurde nach knapp einer Minute ruiniert. Seit der erste Sprinkler losgegangen war, hatte man ein leises Piepen hören können, das »Bereit machen zum Verlassen des Gebäudes« bedeutete, aber jetzt musste wirklich etwas Feuer gefangen haben, und der Feueralarm schrillte im ganzen Haus laut los.

Aus den Wohnungen kamen Leute, manche in Hausschuhen und Morgenmänteln, andere knöpften sich die Hosen zu oder steckten die Arme durch ihre Sweatshirts. Ryan riss sich die Skimaske vom Kopf und warf den Baseballschläger weg. Warren folgte seinem Beispiel.

Die Bewohner reagierten relativ gelassen. Ein Mann hielt seinen verschlafenen sechsjährigen Sohn an der Hand und bemerkte zu seinem Nachbarn, dass wahrscheinlich jemand seinen Toast verbrannt hatte, wie beim letzten Mal.

»Von Elis Männern hat uns keiner gesehen«, raunte Ryan in Warrens Ohr. »Das ist unsere Chance, hier rauszukommen. Wie zwei ganz normale Jungen.«

Ein steter Strom von Menschen lief die Feuertreppe hinunter, wobei ihnen ein älteres Ehepaar, das eine halbe Treppe vor ihnen ging, das Tempo vorgab.

»Brauchen Sie Hilfe?«, fragte Ryan, als er eine Frau hinter sich sah, die sich mit einem Baby in einem Arm und einem Kleinkind im anderen abmühte.

Da sie sich um das Kleinkind kümmern musste, lief Ryan die sieben Stockwerke mit einem winzigen schlafenden Baby im Arm hinunter. Es war eine gute Tarnung, und der warme, milchige Geruch beruhigte Ryan irgendwie und erinnerte ihn an die Zeit, als sein jüngster Bruder Theo geboren worden war.

Am Fuß der Treppe wiegte Ryan das Baby sanft im Arm und sah sich vorsichtig um. Durch den Feueralarm war der Aufzug automatisch nach unten gefahren worden, doch von den Insassen war nichts zu sehen. In der Lobby waren die Bewohner noch ruhig, doch als sie das Chaos draußen sahen, blickten sie entsetzt drein.

Der Renault-Van war gerammt worden und sein bewusstloser Fahrer wurde von einem Feuerwehrmann am Boden behandelt. Der VW war in Brand gesteckt worden. Aus seinem geräumigen Inneren tropfte weißer Löschschaum.

Zwischen den beiden Feuerwehrwagen stand ein Sanitäter, der mit einem Motorrad gekommen war, und behandelte ein übel zugerichtetes Bandenmitglied. Gerade waren zwei Polizeiautos angekommen, und Ryan sah einen großen Blutfleck, von dem aus sich klebrige Fußabdrücke um das Gebäude herumzogen.

Ryan und Warren gesellten sich zu den Hausbewohnern, die versuchten, sich auf das Blut, die Autowracks und den Rauch, der aus der Balkontür des obersten Stockwerks drang, einen Reim zu machen. Ryan gab das Baby seiner Mutter zurück und wandte sich an Warren.

»Der Concierge erinnert sich vielleicht an unsere Kleidung«, meinte er leise. »Wir sollten hier verschwinden.«

Die beiden Teenager gingen um das Gebäude herum und eine Straße zwischen zwei identischen Hochhäusern entlang, wo ihnen zwei große Kerle begegneten, von denen einer eine blutige Nase hatte. Es mussten Elis Leute sein, aber sie hielten die Köpfe gesenkt, als seien sie nur darauf bedacht, nicht verhaftet zu werden.

Hinter dem Gebäude sammelte sich eine Feuerbrigade mit Atemschutzgeräten. Ryan führte Warren auf eine Zufahrt und ging schnell weiter, aber nicht so schnell, dass sie Verdacht erregten. Nach ein paar Hundert Metern kamen sie am Schauplatz eines Kampfes vorbei: Ein einzelner Basketballschuh Größe 54, ein paar Münzen und ein kaputtes iPhone lagen herum.

»Das ist Joes Schuh«, erklärte Warren, der der Versuchung nicht widerstehen konnte, eine Zwei-Pfund-Münze aufzuheben.

»Welcher war noch mal Joe?«, fragte Ryan.

»Der Rothaarige mit der Augenklappe.«

Fünfzig Meter weiter kamen sie an der Machete vorbei, die er dabeigehabt hatte und die jetzt blutverschmiert war.

»Das ist ganz schön heftig«, fand Warren.

Ryan verließ den Gehweg und lief auf den Parkplatz eines Baumarktes. Auf der Straße dahinter huschten die Scheinwerferlichter vieler Autos vorbei, und Ryan vermutete, dass sie ziemlich sicher waren, sobald sie erst auf die andere Straßenseite gelangten. Bis auf drei Lieferwagen mit Firmenaufschriften war der Parkplatz leer. Sie waren fast an der Straße, als sie einen Schrei hörten, der sie zusammenzucken ließ.

»Warren!«

Die Jungen blieben stehen und drehten sich um. Ryan legte eine Hand an den Schlagstock, als er sich bückte und unter einen der Lieferwagen sah.

»Hagar?«, fragte Ryan, als er ihn erkannte und hinter ihm die Silhouette eines riesigen Mannes erblickte, der leise stöhnte.

»Seid ihr verletzt?«, fragte Hagar.

»Uns geht es gut«, antwortete Ryan. An Hagars Armen blitzten die gestohlenen Rolex-Uhren im Licht der Scheinwerfer auf.

»Ich habe eine Verletzung an der Hüfte, aber das ist nicht schlimm. Frank blutet stark. Eli hat so einen irren Chinesen mitgebracht mit einem Samurai-Schwert.«

Ryan kroch unter den Truck. Es war nicht viel Platz, aber er sah, wie Frank aus einer Wunde am Hinterkopf blutete. Hagar hatte sich sein T-Shirt ausgezogen, das Frank gegen seinen Kopf drückte, doch Ryan zog es fort.

»Was machst du denn?«, fragte Hagar.

»Ich habe einen Erste-Hilfe-Kurs gemacht«, antwortete Ryan und untersuchte den langen Schnitt am Kopf des Mannes.

Glücklicherweise hatte Frank schön lange Haare, und Ryan wusste genau, was er tun musste. Frank jaulte auf, als Ryan mit dem Finger das Ende des Schnittes suchte.

»Es wird wehtun, aber es stoppt die Blutung«, erklärte er und wandte sich an Warren. »Wir sind an einem Einkaufswagen vorbeigekommen. Bei den Büschen. Geh nachsehen, ob er rollt.«

Als Warren ging, drehte Ryan auf jeder Seite des Schnittes eine dünne Haarsträhne zusammen und verknotete sie so, dass sie die Wunde verschlossen. Dies tat er im Abstand von zwei Zentimetern mehrere Male, wobei sich sein Patient jedesmal vor Schmerz verkrampfte.

»Darauf wäre ich nie gekommen«, sagte Hagar bewundernd.

Ryan nickte.

»Es hält besser als Stiche. Sie wissen doch, wie schwer es ist, ein Haar auszureißen?«

Als Ryan fertig war, kam Warren mit dem Einkaufswagen über den Parkplatz zurückgerannt.

»Geht es noch lauter?«, beschwerte sich Hagar wütend.

»Funktioniert er?«, erkundigte sich Ryan.

»Die Vorderräder sind ein wenig schief, aber man kann ihn schieben.«

»Ich habe den Schnitt so gut wie möglich verschlossen«, erklärte Ryan, »aber er hat jede Menge Blut verloren, und wenn er nicht richtig versorgt wird, schafft er es vielleicht nicht.«

»Zu dritt können wir es wohl schaffen, ihn in den Wagen zu heben, und einer von euch Jungen wird ihn zu den Sanitätern rüberfahren müssen«, nickte Hagar.

Warren sagte kein Wort, daher trat Ryan vor.
»Das werde dann wohl ich machen«, sagte er.
Hagar schlug ihm freundschaftlich auf die Schulter.
»Guter Junge. Wenn dich die Cops festhalten, halt die Klappe, und einer meiner Anwälte holt dich da raus, bevor du bis drei zählen kannst.«

39

Zwei Sanitäterteams kümmerten sich um mindestens vier Verletzte. Bei dem ganzen Chaos stellte niemand Ryan irgendwelche Fragen, und er fuhr hinten im Krankenwagen zur Notaufnahme und beruhigte Frank, während die Ärzte sich um den bewusstlosen Fluchtwagenfahrer kümmerten.

Ryan war nicht zimperlich, aber der Arm des Fahrers war zerschmettert, und er war mit etwas Scharfem im Gesicht getroffen worden und hatte eine grausige Wunde am Auge.

Schon an einem Krankenhaus vorbeizufahren, erinnerte Ryan daran, wie seine Mutter an Krebs gestorben war. Eines zu betreten und die Schilder zur Röntgenabteilung und Chemotherapie zu sehen, sowie die vertrauten Uniformen von Schwestern und Pflegern, löste unangenehme Erinnerungen aus.

Ryan folgte Franks Krankenbahre zu einer Kabine, während der Fahrer auf die Intensivstation gebracht wurde. Nachdem er ein paar Minuten gewartet hatte, riet ihm eine Schwester, in den Wartebereich zu gehen. Dort standen drei von Hagars Schlägern an den Verkaufsautomaten, während Craig hektisch telefonierte.

»Hi«, sagte Ryan.

Sobald er aufgelegt hatte, gab Craig Befehle.

»Mindestens zwei von Elis Verwundeten sind hierhergebracht worden. Einige von seinen Leuten treiben sich auch hier herum. Ich muss etwas erledigen, und vier von euch bleiben hier und passen auf, dass sie unsere Verletzten nicht angreifen.«

Ryan kämpfte gegen den Schlaf an, während er zwei weitere Stunden auf einem Plastikstuhl verbrachte. Die Spannung stieg, als ein paar von Elis Männern auftauchten und Getränke aus einem Automaten zogen, doch sie sahen ebenso müde aus wie Ryan, und zu mehr als bösen Blicken kam es nicht.

Ryan starrte einen am Boden klebenden Kaugummi an, als Craig zurückkam und ihm aufs Knie schlug.

»Aufwachen, Junge!«, sagte er, während sich Ryan das Auge rieb. »Komm mit mir!«

Ryan folgte ihm hundert Meter durch die Gänge, bis sie schließlich die Abteilung für Leichtverletzte erreichten. Dort saß Hagar in einem Rollstuhl in einer Kabine. Sein Bein war verbunden und er hatte eine Krücke auf dem Schoß.

»Rate, wer gerade angerufen hat«, knurrte Hagar.

»Eli«, antwortete Craig.

Hagar sah ihn überrascht an.

»Woher weißt du das? Hast du schon mit ihm gesprochen?«

»Ich weiß, wie der Mann tickt«, antwortete Craig. »Was hatte er zu sagen?«

»Er sagt, er hätte keinen Krieg angefangen und will nicht, dass die Sache eskaliert. Er sagt, Fay und dieses andere Mädchen hätten meine Garage ruiniert und dass ich mir meine Überwachungsaufnahmen ansehen soll, wenn ich ihm nicht glaube.«

»Hast du dir die Bilder angesehen?«

»Das System ist in einem Schrank hinten in der Garage. Wenn das Feuer es nicht zerstört hat, dann haben ihm die Feuerwehrschläuche bestimmt nicht gutgetan.«

»Vielleicht bekommt ein Techniker etwas heraus,

wenn er die Festplatte in ein anderes Gerät einbaut«, schlug Craig vor.

Hagar zuckte mit den Achseln.

»Eli hat keine Ahnung von meiner Überwachungsanlage, aber wenn er so etwas sagt, dann weiß er auf jeden Fall, dass es keiner von seinen Leuten war. Vielleicht hat er die Mädchen ja angestiftet. Aber warum sollte Eli die gestohlene Ware verbrennen, die er auf der Straße teuer verkaufen könnte?«

Craig nickte.

»Das, was heute Nacht passiert ist, ist geschäftsmäßig Unsinn. Dein Haus zu ramponieren, ist die Tat von jemandem, der dich ganz persönlich ärgern will.«

»Fay Hoyt, der Horror-Teen«, rief Hagar theatralisch. »Ich hätte wissen müssen, dass sie es ist! Sie weiß, dass ich eine kurze Lunte habe, und genau so einen Stunt hätten ihre Tante oder ihre Mutter abgezogen.«

Craig wirkte besorgt.

»Und was heißt das jetzt für dich und Eli? Er muss doch ziemlich sauer sein, dass du seine Wohnung ausgebrannt hast, und es braucht nicht viel, dass es hier in der Notaufnahme zum Kampf kommt.«

Hagar lächelte.

»Eli sagt, er verzeiht mir, dass er sich neu einrichten muss, wenn ich ihm verzeihe, dass er Fay das gestohlene Kokain abgekauft hat.«

Craig wirkte erleichtert.

»Ohne die genauen Zahlen zu kennen – aber das klingt fair. Ein Krieg würde uns zehnmal so viel kosten, und wenn es zu Gewalt kommt, haben wir das Gesetz im Nacken.«

»Eli und ich werden uns am Freitag treffen«, verkündete Hagar. »Bis dahin hat er versprochen, alles zu tun, um Fay Hoyt aufzuspüren.«

»Irgendwelche Hinweise?«

Hagar zuckte mit den Schultern.

»Wir müssen diese Mädchen schnell finden. Verbreitet auf der Straße, dass ein Kopfgeld auf sie ausgesetzt ist. Zehntausend für Fay und dreitausend für ihre Komplizin.«

»Fay schnüffelt ständig irgendwo herum, um an Informationen zu kommen«, sagte Craig. »Bei einem Kopfgeld von zehntausend steckt sie jedesmal, wenn sie sich hervorwagt, den Kopf in eine Schlinge.«

Ryan stellte fest, dass er Glück gehabt hatte, dieses Gespräch mit anzuhören, und es juckte ihn, wegzukommen und Ning zu warnen.

»Warum hast du den Jungen mitgebracht?«, fragte Hagar.

»Du hast gesagt, er sei okay, und unser normaler Junge liegt auf der Intensivstation, und das Auge hängt ihm aus dem Kopf.«

»Ah, die Übergabe«, sagte Hagar.

Craig lachte. »Das Geschäft ruht nicht, nur weil du einen Wutanfall bekommst und den Krieg ausrufst.«

Obwohl Craig sein Untergebener war, deutete nichts darauf hin, dass Hagar ihm seine Direktheit übelnahm. Stattdessen wandte er sich an Ryan.

»Hast du Lust auf einen Trip, Junge?«, fragte er. »Oder musst du schon ins Bett?«

*

Es war ein schöner Morgen, als Ning mit einer braunen McDonalds-Tüte zur Schrebergartenhütte ging.

»McMuffin mit Schinken und Ei und Orangensaft«, sagte sie, als sie den Schuppen betrat und Fay die Tüte reichte.

Zufrieden sah sie in die Tüte.

»Nichts für dich?«

»Habe ich unterwegs gegessen«, erzählte Ning. »Also,

was war letzte Nacht los? Warum hast du dich weggeschlichen?«

Ning wusste zwar von James und Ryan, was passiert war, wollte aber ihre Tarnung nicht gefährden. Fay erzählte ihr von dem Lieferwagen und dass sie gesehen hatte, wie Hagars Schläger das Hangout verließen.

»Und was ist dann passiert?«

Fay zuckte mit den Achseln.

»Sie sind alle mit Autos weggefahren. Ich konnte ihnen nicht folgen, aber sie müssen Eli hinterher sein.«

»Und warum hast du dich rausgeschlichen?«, fragte Ning ein wenig verärgert.

»Tut mir leid«, sagte Fay. »Du und Warren, ihr habt euch dabei nicht wohlgefühlt, deshalb habe ich das allein gemacht.«

»Wir drei haben zusammengearbeitet, um das Gewächshaus auszurauben«, grollte Ning. »Was gibt dir das Recht, unseren Profit zu verbrennen?«

»Mir ist das Geld egal«, behauptete Fay. »Ihr könnt meinen Anteil aus dem Kokain-Deal haben.«

Ning schüttelte den Kopf.

»Es geht nicht um das Geld. Es geht darum, dass wir ein Team sind.«

»Aber wir sind kein richtiges Team, oder?«, meinte Fay. »Ich tue das alles, weil Hagar *meine* Mutter und *meine* Tante umgebracht hat.«

Ning erwiderte nichts, sondern schüttelte nur teilnahmsvoll den Kopf und setzte sich auf einen Klappstuhl. Fay nahm den Deckel von ihrem McMuffin ab und begann den Schinken zu essen.

»Und was jetzt?«, fragte Ning.

»Jetzt halten wir uns eine Weile zurück«, erklärte Fay. »Hoffentlich gehen sich Hagar und Eli eine Zeit lang gegenseitig an die Kehle. Vielleicht nimmt mir Eli ja die Mühe ab, Hagar abzumurksen.«

Ning hatte eine SMS von Ryan erhalten, die sagte, dass der Krieg abgeblasen worden war, aber das konnte sie nicht sagen.

»Wie kannst du da so sicher sein?«, fragte sie daher.

»Das kann ich nicht«, gab Fay zu. »Aber sowohl meine Mutter als auch meine Tante sagten, dass Hagar zwar unberechenbar ist, aber dass man sich auf sein Temperament verlassen kann.«

Ning musste der Versuchung widerstehen, sie darauf hinzuweisen, dass ihre Tante und ihre Mutter ihren Kampf gegen Hagar letztendlich verloren hatten, denn das würde Fay nur aufregen und in die Defensive drängen, daher versuchte Ning es anders.

»Hast du mit Warren gesprochen?«

»Er war bei den Leuten, die aus dem Hangout kamen. Ich habe ihm ein paar Nachrichten geschickt, aber er hat nicht geantwortet.«

»Die Schule ist aus, und wir haben Geld«, stellte Ning fest. »Ich schlage vor, wir bringen ein wenig Abstand zwischen uns und diese Nachbarschaft, bis sich die Lage beruhigt hat.«

Fay nickte.

»Es scheint niemanden groß zu kümmern, dass ich von meiner Pflegefamilie getürmt bin. Ich habe meine Sozialarbeiterin ein paarmal angerufen, damit sie nicht denken, ich sei tot, und eine große Suchaktion starten. Und ich schätze, es würde auch nicht groß in den Nachrichten kommen, wenn du verschwindest.«

»Ich könnte ins Nebraska House zurück und meine Sachen holen. Wir treffen uns in ein paar Stunden bei King's Cross und nehmen den ersten Zug nach Norden.«

Fay schüttelte den Kopf.

»Ich will die Stadt nicht verlassen. Warren kann nicht mitkommen. Er ist eng mit seiner Mutter und seinem

Bruder verbunden und kann nicht einfach verschwinden.«

»Warum sollte Warren mitkommen wollen?«, fragte Ning. »Hagars Leute haben keine Ahnung, dass er etwas mit uns zu tun hat. Um Himmels willen, er war bei der Schlägertruppe dabei!«

Fay lächelte ein wenig verlegen.

»Es ist nicht wegen Warren, sondern wegen mir. Ich will nicht weg von ihm.«

Ning fiel der Unterkiefer herunter.

»Soll das heißen, dass du ihn wirklich magst?«

Fay lachte laut und schlug sich die Hand vor den Mund.

»Ja, natürlich mag ich ihn wirklich. Was glaubst du denn?«

Ning fühlte sich etwas unbehaglich.

»Warren ist unsere beste Informationsquelle. Er ist ein netter Kerl, aber ich habe geglaubt, das sei eher so eine Nutzbeziehung.«

Enttäuscht meinte Fay: »So siehst du das also? Ich dachte, zwischen uns hätte es wirklich gefunkt.«

»Ja, wahrscheinlich schon«, gab Ning ein wenig hilflos zu. »Wenn ich so darüber nachdenke. Es ist nur... Ach, ich weiß auch nicht.«

»Und glaubst du, Warren mag mich auch?«, erkundigte sich Fay.

»Ich bin nicht gerade eine Expertin auf dem Gebiet, aber er scheint es ernst zu meinen.«

Die beiden Mädchen lächelten sich an. Fay schob sich die Haare aus dem Gesicht und wurde ein bisschen rot.

»Wenn du in der Stadt bleiben willst, musst du dich ruhig verhalten«, riet ihr Ning.

Fay nickte.

»Sie werden nach uns suchen, als Paar. Wahrscheinlich sollten wir uns lieber nicht mehr treffen.«

Ning war beunruhigt, denn ihre Mission besagte, dass sie in Fays Nähe bleiben sollte.

»Ich glaube, das ist schon in Ordnung«, sagte sie daher. »Aber wir sollten uns nur in der Stadtmitte sehen, nicht in dieser Gegend.«

»Das klingt vernünftig«, meinte Fay. »In London gibt es Millionen Menschen. Wir müssen uns nur von Hagars Gebiet fernhalten.«

40

Um 6:15 Uhr wartete Ryan an der Station St. Pancras auf den ersten Zug nach Chatham, fünfzig Kilometer östlich von London. Da er Angst hatte, einzuschlafen und seine Haltestelle zu verpassen, sah er nach der Ankunftszeit und stellte seinen Wecker am Handy.

In Chatham drängten sich die Pendler in ihrer Arbeitskleidung auf dem gegenüberliegenden Bahnsteig, als Ryan über eine Fußgängerbrücke zu Clark ging, der in der Ankunftshalle auf ihn wartete.

»Fühlst du dich stark?«, erkundigte sich Clark.

»Ich bin k.o.«, gab Ryan zu und lief hinter ihm über den Bahnhofsparkplatz zu einem hohen Laster mit dem Logo einer Umzugsfirma – *Rufen Sie uns an – Uns ist kein Auftrag zu groß oder zu klein.*

»Das hier wird dich etwas aufmuntern«, sagte Clark und reichte ihm eine verbeulte Blechkanne, als sie einstiegen.

Ryan schraubte den Deckel ab und roch starken schwarzen Kaffee, den er in die beiden schäbigen Plastiktassen füllte, die Clark auf das Armaturenbrett gestellt hatte.

»Du magst deinen Kaffee aber süß!«, stellte Ryan fest, als er den stark gezuckerten Kaffee schmeckte. Das mochte er zwar nicht, aber er hatte die ganze Nacht nicht geschlafen und hoffte, dass ihm das Koffein zusammen mit dem Zucker die Spinnweben aus dem Hirn fegen würde.

Clark trank seinen Kaffee in zwei Zügen und setzte dann gekonnt aus der engen Parklücke zurück.

»Klingt, als hätte ich gestern den ganzen Spaß verpasst«, meinte er, während sie den Bahnhof verließen.

Sie fuhren auf einer halb ländlichen Straße, auf der sich in der Gegenrichtung der Verkehr zum Bahnhof staute. Gähnend gab Ryan Clark eine Zusammenfassung der Ereignisse der letzten Nacht. Dabei musste er gut aufpassen, dass er keine Informationen weitergab, die er über James erhalten hatte.

»Hagar hat ein verdammt hitziges Temperament«, lachte Clark. »Das bringt ihn noch mal um!«

»Wie ist er so weit nach oben gekommen, wenn er sich nicht beherrschen kann?«, fragte Ryan.

Clark musste einen Augenblick überlegen.

»Wegen seiner Wutanfälle haben die Leute Angst vor ihm, aber anders als die meisten Bosse hat er kein großes Ego. Er hat eine gute Mannschaft um sich versammelt und normalerweise hört er auf sie.«

»Und was machen wir jetzt?«

»Wir räumen die verdammte Scheiße weg«, gab Clark zur Antwort. »Am helllichten Tag.«

»Sollten wir gestern die Drogen wegbringen?«, fragte Ryan.

Clark schnaubte und schüttelte den Kopf.

»Drogen, hä?«

An einem Knopf an der Mittelkonsole schaltete Clark das Radio ein. Ryan wollte weitere Fragen stellen, aber Clark ging nicht darauf ein.

»Gleich kommen die Verkehrsmeldungen.«

Ryan ärgerte sich, dass er Clark so viel erzählt hatte und nichts dafür wiederbekam.

Zwanzig Minuten später fuhr der Laster von der Straße ab. Der ganze Wagen wackelte, als sie einen unbefestigten Weg zu einem großen Stallgebäude mit Aluminiumwänden entlangfuhren. Es wirkte zwar verfallen, doch Ryan bemerkte, dass einige Teile des Daches kürzlich repariert worden waren.

Clark wendete den Wagen in Richtung Hauptstraße und fuhr rückwärts an den Haupteingang heran.

»Auf dem Land ist es scheiße«, stellte Clark fest und machte die Tür auf.

Ryan hatte seine besten Turnschuhe an und war froh, dass der lehmige Boden auf dem Weg zum Stall knochentrocken war. Clark schloss auf, und Ryan trat ein und betrachtete neugierig die mit Metallgittern untergliederten Reihen, die kaputten Gummischläuche und die Reste von vertrocknetem Kuhmist.

»Werden hier Kühe gemolken?«

Clark zuckte mit den Achseln.

»Hier ist schon seit zehn Jahren keine Kuh mehr rumgelatscht.«

Weiter im Inneren waren die Abteilungen entfernt worden, doch die alten Schläuche hingen immer noch von der Decke. Es roch ätzend und auf dem Fußboden waren Brandspuren zu sehen. Links und rechts lagen riesige Haufen von Plastiksäcken an den Wänden aufgestapelt.

»Mir brennen die Augen«, beschwerte sich Ryan.

»Atme lieber nicht zu viel davon ein«, riet ihm Clark und deutete auf die schwarzen Tüten. »Das muss alles in den Laster.«

Die erste Tüte war schwer, und als Ryan sie anhob, riss sie auseinander, und der Inhalt ergoss sich auf den Boden. Verwundert sah Ryan Hunderte von ein bis zwei Meter langen Stücken weißen Plastik-Isolierkabels, aus denen der Metallkern entfernt worden war.

»Es würde mir die Sache sehr erleichtern, wenn sie anständige Tüten kaufen würden«, beschwerte sich Craig. »Du musst sie von unten unterstützen, sonst passiert das jedes Mal.«

Clark zeigte Ryan, wie man es machte, lud sich drei Tüten auf ein Mal in die Arme und watschelte damit zum Laster. Ryan hatte nicht so lange Arme und konnte immer nur zwei Tüten auf einmal nehmen. Er wünschte sich, er hätte mehr als nur ein T-Shirt an, denn die spitzen Enden der Plastikstücke pikten ihn in die Arme.

Während er zwischen der Scheune und dem Laster hin- und herging, fragte er sich, wozu das wohl gut war. Die Tüten waren nicht zugeknotet, und jedes Mal wenn Clark sich abwandte, riskierte Ryan beim Tragen einen Blick in eine hinein, um zu erkunden, was das wohl war.

Doch es waren immer nur Kabel. Ryan vermutete, dass diese Kabel in großen Mengen importiert wurden und dass in einigen Rollen Drogen statt des Drahtes in der Plastikummantelung steckten. Die Brandflecken auf dem Boden und der Geruch mussten entstanden sein, als man das Plastik geschmolzen hatte, um die Drogen oder das Metall zu entfernen.

Als die Hälfte der Säcke von der einen Wand im Laster waren, bluteten Ryans Arme. Auf einer Tüte bemerkte er einen pulvrigen Handabdruck, und nach einem vorsichtigen Seitenblick auf Clark, der gerade den Laster belud, riss er den Teil der Tüte mit dem Handabdruck ab und steckte ihn in die Tasche.

Aufregender wurde es nicht, und Ryan musste ungefähr fünfzigmal laufen und sich mit dem Gestank, den Kratzern und seinem lädierten Fuß abfinden. Nachdem sie ein paar Hundert Tüten verladen hatten, stieg Clark in den Laster und begann die Tüten, die sie hineingeworfen hatten, aufzustapeln.

Unter den letzten Tüten lagen große Pappspulen, auf denen die Kabel aufgerollt gewesen waren. In eine Tüte passten zwei Rollen, aber die meisten waren einfach an der Wand aufgestapelt worden. Es waren zwei verschiedene Sorten. Eine mit einer roten Aufschrift, *Sonata X*

Lautsprecherkabel, und eine zweite mit einer blauen Aufschrift, *Sonata Supreme Audiokabel*. Beide Produkte waren angeblich in China hergestellt worden.

Ryan stellte fest, dass er sich mittlerweile eine ganze Menge Dinge merken musste. Seine Position, die Bezeichnungen auf den Spulen, das Kennzeichen des Lasters und ein oder zwei Dinge, die Clark gesagt hatte.

Da Clark nie mehr als zwanzig Meter entfernt war, konnte er es nicht riskieren, Fotos zu machen. Aber sein Telefon hatte eine App zur Sprachaufzeichnung, die er einschaltete, sodass er ein paar verbale Notizen machen konnte.

Erst nach neun Uhr morgens nahmen Ryan und Clark je eine letzte Ladung Tüten und warfen sie erschöpft, aber zufrieden in den vollen Laster. Ryans T-Shirt klebte ihm am Körper und seine Arme waren voller kleiner Kratzer. Vor der Scheune fand er einen Wasserhahn und spritzte sich herrlich kaltes, wenn auch leicht verfärbtes Wasser über den Körper.

Clark inspizierte noch einmal die früheren Melkstände und kam kopfschüttelnd wieder heraus.

»Sauberer geht es nicht«, meinte er zu Ryan. »Aber den Boden so zu verbrennen … und das nur für Metall im Wert von ein paar Hundert Pfund …«

Sie hielten an einer Raststätte und kauften sich an einem Imbissstand Sandwiches mit Würstchen und Ei und dünnen Tee in Styroporbechern. Dann fuhr Clark zu einer Müllverwertungsanlage. In der Nähe roch es übel, und um die Müllwagen, die ihre Last am Fuß eines riesigen Hügels abluden, flogen scharenweise Möwen.

Clarks Ladung musste unregistriert bleiben, daher fuhr er durch einen Eingang, durch den das Personal auf seine Parkplätze kam, und gab dem Mann, der ihnen das Tor öffnete, zweihundert Pfund.

»Um diese Zeit hierherzukommen, ist nicht gut«, warf ihm der Angestellte vor. »Zu viele Augen.«

Clark zuckte mit den Achseln, als wolle er sagen: *Da kann man nichts machen,* und fuhr dann durch das Tor.

Die Müllwagen konnten ihre Last einfach abkippen, doch Clark und Ryan mussten das Heck des Lasters aufmachen und alle Spulen und die Säcke mit den Plastikkabeln einzeln hinauswerfen. Immer wenn sie etwa fünfzig Tüten auf einen Haufen geworfen hatten, kam ein Bulldozer und schob sie zu dem großen Berg.

Ryan bemerkte, dass eines seiner besten Paar Schuhe in Flüssigkeiten patschte, die aus Tausenden von Mülltüten stammten, und um die Sache perfekt zu machen, lachte Clark auch noch schallend auf, als er einen großen Möwenschiss auf den Hinterkopf bekam.

»Du bist ein guter Junge«, sagte Clark zu Ryan, als er ihn am Bahnhof von Chatham absetzte. »Ich sage Craig, dass du jeden Penny wert bist, den sie dir zahlen.«

Ryan wurde auf einmal klar, dass ihm niemand angeboten hatte, ihm etwas zu zahlen, während er auf den Zug nach Hause wartete. Als er losfuhr, war die Rushhour vorbei, und er setzte sich auf einen leeren Platz, übermüdet und nach verbranntem Plastik, Schweiß und Müll stinkend.

Er steckte eine schmutzige Hand in die Tasche und nahm das Telefon heraus, das nur noch 9 % Akkuladung hatte.

»Ich kann noch nicht alles zusammensetzen«, erzählte er James. »Aber ich glaube, wir sind dicht davor, herauszufinden, wie Hagars Leute die Drogen ins Land bringen.«

41

An den Wochentag-Vormittagen war es in den Schrebergärten am ruhigsten. Fay und Ning saßen auf Klappstühlen vor dem Schuppen in der Sonne und wurden nur gelegentlich vom Lärm der Hochgeschwindigkeitszüge gestört, die am Ende der Anlage vorbeifuhren.

»Wir könnten ins Kino gehen«, schlug Ning vor.

»Ich muss mir Sonnencreme kaufen«, erwiderte Fay. »Meine Haut ist sehr hell. Ich werde sonst bald aussehen wie ein Hummer.«

»Du willst dir keinen Film ansehen?«

»Warren ist ins Bett gegangen. Wir können uns alle drei heute Abend treffen und etwas unternehmen.«

Warren war zwar ein netter Kerl, aber dass sich Fay in ihn verliebt hatte, bedeutete für Ning die Gefahr, beiseitegedrängt zu werden. Während sie überlegte, wie sie es fertigbringen sollte, dass die beiden Schluss machten, bekam sie eine Nachricht von James, der berichtete, er habe gerade von Ryan gehört.

Fay hatte die Augen geschlossen, und Ning war dabei, eine Antwort zu tippen, als sie bemerkte, wie zwei junge Männer auf sie zukamen. Da sie die Sonne im Rücken hatten, konnte sie sie erst nicht erkennen, aber Ning wurde sofort misstrauisch, weil die Schrebergärten eigentlich nur von älteren Leuten genutzt wurden.

»Wir bekommen Gesellschaft«, warnte Ning und drückte Fays Knie.

Fay richtete sich auf und Ning erkannte Elis Stellvertreter Shawn. Ning vergewisserte sich, dass sie ihren Rucksack in Reichweite hatte. Die Situation war heikel, denn Ning wusste zwar, dass sich Eli und Hagar versöhnt hatten, doch das konnte sie Fay nicht sagen, ohne ihre Tarnung aufzugeben.

»Guten Tag, meine Damen«, begrüßte sie Shawn, als er bis auf ein paar Meter herangekommen war.

Fay blinzelte und hielt sich die Hand vor die Augen.

»Wie habt ihr uns gefunden?«

»Ich weiß gerne alles über die Leute, mit denen ich Geschäfte mache«, erklärte Shawn grinsend. »Nach unserem ersten Treffen habe ich euch beschatten lassen.«

»Ich weiß gar nicht, was ihr hier wollt«, meinte Fay abwehrend. »Ihr wolltet Hagars Zeug nicht, also bin ich es losgeworden.«

»Und auf wie spektakuläre Weise!«, lachte Shawn.

»Und weshalb seid ihr hier?«

Wieder lachte Shawn und breitete die Arme aus.

»Hagar hat eine Belohnung auf euch beide ausgesetzt«, erklärte er. »Aber ich denke, als Zeichen des guten Willens wird Eli wohl darauf verzichten.«

Shawn und sein Kumpel waren stehen geblieben, doch Ning sah, wie drei weitere Kerle von hinten herankamen. Sie tippte zweimal auf ihr Ohrläppchen, um das Kommunikationsgerät einzuschalten, und schickte James die Nachricht, die sie geschrieben hatte, mit dem Zusatz: SHAWN HIER. FEINDSELIG!

»Und wenn ich nicht mitkommen will?«, fragte Fay wütend und sah sich nervös um.

»Dafür habe ich meine Freunde mitgebracht«, erklärte Shawn. »Wir können zivilisiert gehen, oder ihr könnt tretend und kreischend mitkommen. Aber mitkommen werdet ihr.«

Fay und Ning sahen einander an. Auch ohne Worte

war klar, dass keine von ihnen kampflos aufgeben würde.

Fay bewegte sich zuerst und schleuderte im Aufstehen ihren Stuhl beiseite. Ning grub die Hand in den Boden neben ihr und warf Shawn und einem Kumpel eine Ladung Dreck in die Augen.

Fay war eine ausgezeichnete Läuferin. Geschickt wich sie dem Arm eines von Shawns Helfern aus und sprang schnell wie eine Gazelle über ein Erdbeerbeet in den nächsten Garten. Ning war langsamer, aber kräftiger. Während Shawn sein Gesicht vor dem fliegenden Dreck schützte, griff sie an, packte ihren leichten Stuhl und benutzte ihn als Rammbock. Shawn krümmte sich vor Schmerz zusammen, als ihn das Plastikstuhlbein in die Lenden traf.

Während Fay in Richtung des Haupttores verschwand, lief Ning in die entgegengesetzte Richtung. Ein sonnengebräunter Opi mahnte Ning, nicht auf seinen Broccoli zu treten, und wollte wissen, *was zum Teufel da los war*, als sie über sein Gelände trampelte.

Ning sah sich um und ärgerte sich. Shawn lag noch am Boden, aber alle drei anderen, die von hinten gekommen waren, verfolgten sie. Wahrscheinlich hatte Fays Geschwindigkeit sie abgeschreckt.

Einer ihrer Verfolger war schneller als die anderen und holte unablässig auf. Als sie nur noch Sekunden davon entfernt war, geschnappt zu werden, blieb sie stehen, riss einen Stock aus dem Boden und brach ihn entzwei, um ein scharfes Ende zu haben.

»Versuch's nur!«, warnte sie ihren Gegner.

Doch nicht nur dessen Beine waren schnell. Als Ning mit dem Stock ausholte, duckte er sich und schoss aus dieser Position vor. Fast hätte er sie mit dem Kopf in die Brust gerammt, doch sie wandte sich beiseite. Als sie weiterrannte, spürte sie, wie er nach ihrem Rucksack griff, und konnte sich nur befreien, indem sie ihn fallen ließ.

Über das Kommunikationsgerät in ihrem Ohr erklang James' Stimme: »Sprich mit mir! Was ist los?«

Ning konnte nicht antworten, weil sie durch einen weiteren Garten lief und unglücklich in einer Furche aufkam. Sie stolperte, konnte sich noch ein paar Schritte aufrecht halten, doch dann stürzte sie in ein Bambusgestell, an dem Bohnenranken wuchsen.

Als sie auf der frisch umgegrabenen Erde landete, warf sich der Läufer auf sie. Sie hieb ihm mit dem Ellbogen auf die Nase, doch er hatte breite Schultern und riesige Muskeln, die ihr die Luft aus den Lungen pressten.

Sie wehrte sich immer noch, als Shawn angehumpelt kam und aus kaum einem Meter Entfernung mit einer Pistole auf sie zielte.

»Halt still, Kleine!«, rief er, höchst missvergnügt wegen des Stuhlbeines, und befahl: »Brich ihr den Arm!«

»Ning? Geht es dir gut?«, fragte James. »Ich habe dich lokalisiert. Ich setze mich aufs Bike und rufe Verstärkung.«

»Brich ihr den verdammten Arm«, wiederholte Shawn, während ihr das Blut aus der Nase des Kerls aufs T-Shirt tropfte.

Sie hatte sich schon aus allen möglichen Situationen befreit, doch der Kerl war doppelt so schwer wie sie und bestand nur aus Muskeln. Sie ächzte und wehrte sich, als er ihre Handgelenke packte, doch er drehte ihr den Arm auf den Rücken und zog daran.

»Nein!«, schluchzte Ning und schrie dann: »Hilfe!«

»Das wird dich lehren, mich in die Eier zu treffen!«, schrie Shawn und setzte ihr den Stiefel in den Nacken, während ihr Arm ein grausiges Knacken hören ließ.

»James!«, schrie Ryan und zog seine müllverseuchten Schuhe aus, bevor er die Küche in ihrer Wohnung betrat.

James hatte keine Zeit gehabt, ihm eine Nachricht zu schicken, doch ein halb gegessenes Marmeladenbrot und ein offener Laptop auf dem Küchentisch sagten ihm, dass er überstürzt aufgebrochen sein musste. Ryan war hin- und hergerissen. Am liebsten wäre er ins Bett gegangen und hätte ein paar Stunden geschlafen, doch er war auch aufgeregt, weil er in Chatham so viel herausgefunden hatte, und wollte ein wenig weiter nachforschen.

Aber was auch immer er machte, zuerst musste er duschen. Er zog sich vor der Waschmaschine aus, warf alles, einschließlich seiner Turnschuhe, hinein und gab einen großen Schuss Desinfektionsmittel dazu, bevor er die Maschine anschaltete.

Auf seinem Körper zeigten sich dunkle und helle Streifen, weil ihn seine Kleidung nur teilweise vor dem Dreck geschützt hatte. Das Wasser der Dusche verfärbte sich schiefergrau und aus seinen Haaren lösten sich große Dreckstücke. Das kalte Wasser machte ihn munter, und er fühlte sich angenehm sauber, als er auf der Bettkante saß und sich die gepunkteten Arme mit Salbe einrieb. Über ein paar Kratzer legte er Pflaster und erneuerte den Verband um seinen Knöchel.

Da man schnell vergisst, lernt jeder CHERUB-Agent, alles so bald wie möglich aufzuschreiben. Ryan öffnete ein Standardformular auf seinem Laptop, tippte ein paar Absätze über das, was in der Nacht geschehen war, spielte dann die Notizen ab, die er mit dem Telefon aufgenommen hatte, und vergewisserte sich, dass er nichts vergessen hatte.

Nachdem er den Bericht gespeichert und eine Kopie an die Einsatzleitung auf dem Campus geschickt hatte, öffnete Ryan eine Kiste mit spezieller Ausrüstung in James' Zimmer und fand ein Drogentestset. Mit der Pinzette zupfte er weiße Flöckchen von der Plastiktüte mit dem Handabdruck und ließ sie in eine blassgrüne Lösung fallen.

Er schüttelte das Röhrchen und ließ die Lösung sich eine halbe Minute lang setzen, dann tauchte er einen Teststreifen hinein. Helles Grün ließ auf einen geringen Kokainanteil schließen, aber der Streifen verfärbte sich spinatgrün, was bedeutete, dass die winzige Probe zu fast einhundert Prozent rein war.

Zufrieden, dass er der Quelle reinen Kokains auf der Spur war, das er laut seiner Mission finden sollte, machte Ryan einen Webbrowser auf und suchte nach *Sonata X Lautsprecherkabel*. Er gelangte auf die amerikanische Webseite der Gesellschaft und las sie sich durch. Sonata stellte *qualitativ hochwertige Lautsprecherkabel zu höchst konkurrenzfähigen Preisen* her.

Ryan hatte nicht gewusst, dass eine Anlage durch die Kabel besser klingen konnte, und machte große Augen, als er sah, dass das beste Kabel von Sonata, Carbon X, für hundert Dollar der Meter verkauft wurde.

Dann klickte Ryan auf eine Seite, die die Sonata-Händler in Übersee auflistete. Der Verkäufer in Großbritannien war AV Master, mit Sitz in Rochester. Von Rochester hatte Ryan noch nie etwas gehört, bis zu diesem Morgen, als der Zug dort fünf Minuten vor seinem Treffen mit Clark in Chatham gehalten hatte.

Als Nächstes musste sich Ryan in einen sicheren Browser einloggen. Gähnend gab er ein langes Passwort ein und hielt den linken Daumen über das Feld für die Fingerabdruckerkennung am Laptop. Jetzt war er im CHERUB-System und konnte auf Datenbasen des britischen Geheimdienstes zugreifen sowie auf die anderer Regierungseinheiten, wie das Fahrzeugregister, Unternehmensdaten und Steuer- und Zollakten.

Einige der Datenbanken brauchten ewig, bis sie reagierten, aber fünfzehn Minuten später hatte Ryan eine Liste der leitenden Angestellten von AV Master ausgedruckt sowie die Angaben zum Eigentümer des Umzugswagens. Offensichtlich hatte die Umzugsfirma den Laster vor ein paar Jahren verkauft und er war unter falschem Namen gekauft worden.

Ryan hatte nur eine eingeschränkte Zugriffsberechtigung und konnte nicht auf Aufzeichnungen von Privatgesellschaften wie Banken, Internetprovidern oder Handyanbietern zugreifen. Er war müde und entschloss sich, schlafen zu gehen und die Hintergrund-Recherche James zu überlassen. Doch beim Schließen der Browserfenster bemerkte er plötzlich ein Gesicht auf dem Bildschirm, das ihm bekannt vorkam.

Es war der Geschäftsführer des Kabelimporteurs AV Master, und Ryan wusste, dass es wichtig war, doch er musste eine halbe Minute angestrengt nachdenken, bevor ihm einfiel, woher er ihn kannte. Das Bild war mindestens zehn Jahre alt, und die Haare waren anders, aber er war schließlich sicher, dass das der Mann war, der ihm bei seinem ersten Besuch im Hangout seinen Mitgliedsausweis laminiert hatte.

Ein Besuch auf der Webseite des Hangout bestätigte Barrys Identität. Sein vollständiger Name war Barry Crewdson, Leiter des Jugendzentrums The Hangout in Kentish Town und stellvertretender Direktor von The Hangout in London. Bis zu diesem Zeitpunkt hatte Ryan geglaubt, dass das Hangout ein Gemeindezentrum war, das von Drogendealern übernommen worden war. Doch das änderte sich, als er die Webseite betrachtete und die Regierungsberichte über die höheren Angestellten und Leiter las.

Der Webseite nach war die Organisation 1988 von Marie Crewdson gestiftet worden, die 2004 von der

Königin geadelt worden war. The Hangout war eine wohltätige Einrichtung, die zu einem Netzwerk aus dreißig außerschulischen Clubs in England und Wales sowie Zentren für Waisenkinder im Iran und in Pakistan gehörte. Lady Crewdson war die Vorsitzende von The Hangout und auch die meisten anderen leitenden Angestellten stammten aus der Familie Crewdson.

Die Tatsache, dass die Familie Crewdson The Hangout betrieb, war kein Geheimnis. Schnell fand Ryan Zeitungsberichte über verschiedene Crewdsons, in denen es hauptsächlich um Kinderarmut und die Arbeit der Gemeindezentren mit den unterprivilegierten Kindern ging.

Auf den Bildern in diesen Artikeln zeigten sich die Crewdsons als weitläufige, fröhliche Familie, die Kordhosen und grob gestrickte Pullover trug. Sie schienen jede Menge Kinder zu haben, arbeiteten unermüdlich für das Gemeinwohl, und auf jedem Bild war ein Labrador oder ein niedlicher Schäferhund zu sehen.

Nachdem er die Verbindung zwischen Barry und der Firma gefunden hatte, über die die mit Drogen gefüllten Kabel ins Land kamen, begann Ryan in die Regierungsakten zu sehen und weitere Familienmitglieder der Crewdsons zu googeln.

Lady Crewdson selbst schien ziemlich sauber zu sein, auch wenn Ryan es befremdlich fand, dass diese wohltätige Heilige sechseinhalb Millionen für eine Villa am Regent's Park hingeblättert hatte, wie aus ihren Steuerunterlagen hervorging. Neben AS Masters besaß Barry Crewdson auch Anteile an einer europäischen Transportfirma und einem Gepäckimporteur. Seinem Bruder und seinen beiden Schwestern gehörten weitere Gesellschaften, darunter eine Kette von Schrotthändlern, Wettbüros, Casinos, Juwelieren und ein halbes Dutzend Immobiliengesellschaften.

Es passte alles perfekt zusammen. Die Crewdsons waren die Letzten, die man verdächtigen würde. Eine angesehene Familie, die irgendwie durch den Besitz von einem Netzwerk aus Firmen, mit denen man Drogen transportieren und Geld waschen konnte, ein zig Millionen schweres Vermögen gemacht hatte.

Seine letzten Zweifel wurden zerstreut, als er von den seriöseren Artikeln in der nationalen Presse zu den zweifelhafteren Informationen in lokalen Blogs und den Webseiten der Lokalzeitungen kam. Ein Hangout-Zentrum in Nord-Wales war von einem dortigen Ratsmitglied als *Drogennest* bezeichnet worden. In einem Zentrum in Manchester hatte man Kokain beschlagnahmt. Ein Mitarbeiter eines Hangout-Zentrums in East Sussex war nach einer Drogenrazzia auf Kaution freigekommen, und Lady Crewdson hatte persönlich damit gedroht, einen Journalisten zu verklagen, der behauptete, das neue Hangout-Zentrum in Cardiff sei mit den Spenden eines der dortigen Drogenbarone gegründet worden.

Je länger Ryan mit seiner Maus klickte und auf der Tastatur herumtippte, desto zwielichtiger sah die Familie Crewdson aus. Er musste laut lachen, als er feststellte, dass der frühere Kegelclub, der Hagars Gewächshaus beherbergt hatte, einer Firma namens Pegasus Properties gehörte, die wiederum im Besitz einer Firma auf Jersey war, die Lady Crewdsons drei Enkelinnen dreihunderttausend Pfund Dividende ausbezahlt hatte.

Ryan wusste, dass er auf etwas Großes gestoßen war, doch nach über einer Stunde online war er es leid, auf James zu warten, schickte seine Erkenntnisse daher per Mail an den Campus und warf sich aufs Bett, um ein wenig Schlaf nachzuholen.

42

Ning fühlte sich schwach, als Shawn sie eine steile Treppe hinter einem türkischen Club hinaufführte. Die Räume hatten früher einmal zu einer Zahnarztpraxis gehört und die abgestandene Luft roch immer noch leicht nach Minze.

Ning wurde auf einen klapprigen Stuhl im früheren Wartezimmer gesetzt. Der Sprinter hatte im Auto hinter ihr gesessen, daher konnte sie ihn sich jetzt zum ersten Mal richtig ansehen. Dunkelhäutig, gut aussehend, kaum älter als zwanzig. Sein T-Shirt spannte sich über imposanten Muskeln an Armen und Brust und unter anderen Umständen hätte sie ihn bestimmt sexy gefunden.

»Goldfarb Kieferorthopäde«, sagte Ning extra undeutlich, als würde sie gleich das Bewusstsein verlieren, doch sie wusste – oder hoffte zumindest stark –, dass James sie hören konnte. »Türkischer Club. Warum bringt ihr mich hierher? Ist Eli Türke?«

»Hör auf zu blubbern«, befahl Shawn und nahm sein Telefon. Während er wählte, standen zwei der anderen Schläger in der Tür. Der dritte konnte nicht widerstehen und ging in das Behandlungszimmer gegenüber und spielte am Zahnarztstuhl herum. Ning wurde jedesmal schlecht, wenn sie ihren Oberarm ansah, an dem sich eine große Schwellung über dem gebrochenen Knochen spannte, die durch die innere Blutung immer größer wurde.

Sie schloss die Augen und hoffte, ohnmächtig zu werden und in einer freundlicheren Umgebung wieder zu sich zu kommen, doch James' Stimme holte sie in die Realität zurück. Sie kam ihr laut vor, weil der winzige Lautsprecher in ihrem Ohr saß, doch außer ihr konnte ihn niemand hören.

»Ich habe deine Position bestätigt«, sagte James, dessen Motorrad im Hintergrund brummte. »Ich fahre hin und sehe es mir an.«

Shawn sah mittlerweile wie ein verdatterter Schuljunge aus, der wegen seiner Dummheit heruntergeputzt wurde. Doch als er seinen Anruf bei Eli beendet hatte, tat er so, als wäre nichts passiert, und ließ seine Wut an seinen Schlägern aus.

»Warum seid ihr alle hinter *ihr* hergerannt?«, schrie er und deutete auf Ning. »Eli will beide Mädchen und keine faulen Ausreden!«

»Die andere ist gerannt, als hätte sie eine Rakete im Hintern«, erwiderte einer der anderen.

»So eine Art Usain Bolt oder so ...«, warf ein anderer ein.

»Ihr solltet doch zu viert in der Lage sein, ein Schulmädchen zu fangen!«, fuhr Shawn auf.

Einer der Männer in der Tür regte sich über Shawns Tonfall auf und widersprach ihm: »Vielleicht wäre es dir ja gelungen, wenn du dich nicht von einer Fünfzehnjährigen hättest ausschalten lassen!«

Shawn trat dicht vor ihn und sah ihm tief in die Augen. »Du hältst dich jetzt wohl für was Besonderes, was? Ich habe schon für Eli gearbeitet, als du noch Stützräder am Fahrrad hattest.«

Doch der andere wich nicht zurück.

»Wer *du* bist, weiß ich ganz genau«, höhnte er. »Ein emporgekommener Laufbursche für den Anführer einer Bande ohne Mumm. Wir sollten jetzt auf der Straße sein und Hagars Leute aufmischen, anstatt uns mit ein paar Schulmädchen zu befassen.«

Ning horchte auf, als sie hörte, wie sich ihre Gegner stritten, und konnte der Versuchung nicht widerstehen, sie anzustacheln.

»Da hat er eigentlich recht, Shawn.«

Shawn wirbelte herum und sah sie finster an.

»Soll ich dir den anderen Arm auch noch brechen?«

Ning zuckte mit den Achseln.

»Ich finde es nur witzig, dass ihr alle mit mir abgezogen seid«, behauptete sie und versuchte, frecher zu klingen, als der Schmerz es eigentlich zuließ. »Als Fay gesehen hat, dass ihr mit mir weggefahren seid, ist sie bestimmt direkt zum Schuppen zurückgegangen und hat unser Zeug geholt. Wäre einer von euch dageblieben, hättet ihr eine Chance gehabt. Aber jetzt? Jetzt sitzt sie wahrscheinlich in einem Zug nach ganz weit weg.«

»Wer fragt dich schon?«, fuhr Shawn sie an.

»Aber da ist was dran«, erwiderte der Sprinter. Er spielte mit dem blutigen Taschentuch, das er sich in sein rechtes Nasenloch gesteckt hatte.

»Oh Mann!«, schrie Shawn, wirbelte herum und schleuderte wutentbrannt sein Telefon an die Wand. »Warum muss ich mit solchen Idioten zusammenarbeiten?«

Das Samsung-Klapphandy verabschiedete sich von seiner Batterie, als es unter dem Stuhl neben Ning liegen blieb. Mit ihrem gesunden Arm hob sie es auf und sagte todernst: »Ich glaube, jetzt hast du es kaputt gemacht.«

Shawn lief krebsrot an und sah aus, als würden ihm gleich die Augen aus dem Kopf springen.

»Du!«, schrie er und deutete auf den Sprinter. »Bleib hier und lass sie nicht aus den Augen. Der Rest kann rausgehen, sich was überlegen und Fay Hoyt suchen!«

»Wo suchen, Boss?«, fragte der Kerl, der an dem Zahnarztstuhl herumgespielt hatte.

Ning hörte James über das Kommunikationsgerät.

»Wir haben den Club gefunden. Wir sind keine zwei Minuten entfernt.«

Sie bemerkte das »wir« und fragte sich, ob er Ryan als Verstärkung dabeihatte.

»Geht zurück zum Schuppen im Schrebergarten«, befahl Shawn. »Seht nach Hinweisen. Briefe von Verwandten, alte Zugtickets, irgendetwas. Fay hat da gewohnt. Es muss irgendwelche Hinweise darauf geben, wen sie kennt oder wo sie hingeht.«

Die drei kräftigen Männer schmollten wie Kinder, denen man gerade eine Stunde Nachsitzen aufgebrummt hatte, und schlurften missmutig zur Tür.

»Fünf Sekunden«, erklärte James Ning. »Betäubungsgranate.«

Ning sah zum Fenster, wo die Spitze einer Aluminiumleiter gegen die Außenwand schlug. Der Mann, der sie hinaufraste, trug einen schwarzen Einsatzhelm. Er durchstieß das Glas mit einem gepolsterten Handschuh und warf einen grauen Zylinder in den Raum. Während sich Shawn und seine Leute nach dem Lärm umsahen, schoss Ning durch das Wartezimmer, legte sich den gesunden Arm über die Augen und hielt den Mund offen, damit ihr der Knall nicht die Trommelfelle platzen ließ.

Es knallte laut, und ein blauer Blitz zuckte durch den Raum, während unten gleichzeitig die Tür eingeschlagen wurde.

»Polizei! Alles auf den Boden!«

Vier Polizisten in Schutzkleidung rannten die Treppe hinauf. Der auf der Leiter trat sich durch das Glas den Weg frei. Ihm folgte James, der ein wenig vorsichtiger war, da er nur T-Shirt, Jeans und seinen Motorradhelm trug.

»Auf den Boden!«, schrien die Cops. »Hände auf den Kopf!«

Ning sah erfreut, wie ein großer Polizist Shawn zu Boden stieß.

»Entführung!«, erklärte er. »Dafür kriegst du zehn Jahre, Kumpel!«

James zuckte zusammen, als sich der Rauch verzog und er Nings Arm sah.

»Bist du in Ordnung?«, fragte er.

»Es ist nur der Arm«, erwiderte Ning.

»Wir warten nicht auf den Krankenwagen«, erklärte James. »Ich lasse dich in einem der Polizeiwagen ins Krankenhaus bringen und komme mit dem Motorrad nach.«

Langsam lichtete sich das Chaos, und es war nur noch Ächzen und Stöhnen zu hören, als die Polizisten allen Handschellen anlegten und ihnen ihre Rechte vorlasen. Der muskulöse Sprinter hatte sich am heftigsten gewehrt, und die Polizisten mussten ihn zu dritt in die richtige Position bringen, um ihm Handschellen anlegen zu können.

Als die Cops atemlos abzogen, bemerkte Ning die Waffe im Halfter an James' Gürtel.

»Habe ich eine Wunde am Rücken?«, fragte sie. »Ich glaube, ich kann da Blut spüren.«

James neigte sich vor, um sich die Sache anzusehen, doch Ning schnappte sich nur die Betäubungspistole von seinem Gürtel und zielte damit aus weniger als einem Meter Entfernung wutentbrannt auf den Rücken des Sprinters. Ein Metalldraht schoss hervor, durchschlug sein T-Shirt und versetzte ihm einen Schlag mit fünfzigtausend Volt zwischen die Schulterblätter.

Noch bevor James sich umdrehen konnte, drückte Ning ein zweites Mal auf den Auslöser und schrie: »Das ist für meinen gebrochenen Arm, du Arschloch!«

»Wow!«, rief James.

Er hatte den Polizisten seinen Geheimdienstausweis gezeigt, aber von CHERUB hatten sie keine Ahnung, daher musste er einschreiten, damit sie sie nicht auch noch verhafteten.

»Sie ist in Ordnung!«, rief er und winkte die Cops zurück. Dann nahm er Ning den Taser weg und warnte sie leise: »Das ist nicht cool!«

Doch obwohl James entschlossen war, sich als Einsatzleiter zu beweisen, wusste er doch noch gut genug, was die jungen CHERUB-Agenten durchmachten, und fand Nings Reaktion in gewisser Weise lustig.

»Du hast Glück, dass hier so viele Cops sind!«, schrie Ning, die James zurückhalten musste. »Sonst würde ich dich anzappen, bis die Batterie alle ist!«

43

Drei Monate später

»Ich liebe Ihren Einrichtungsstil«, erklärte Ryan, als er James' Zimmer auf dem Campus betrat, wobei er über Haufen mit schmutziger Wäsche steigen musste und fast einen Stapel zerlesener Motorradzeitschriften und eine Kaffeetasse vom Küchenschrank gestoßen hätte.

»Kennst du Kerry schon?«, fragte James und deutete auf eine attraktive Asiatin auf dem Sofa.

»Ich habe Sie schon gesehen«, gestand Ryan und reichte ihr die Hand. »James hat bei der Mission die ganze Zeit von Ihnen geredet.«

»Nur Gutes, hoffe ich«, sagte Kerry.

»Er hat nur gelästert«, scherzte Ryan. »Wie lange sind Sie denn jetzt zu Besuch aus den Staaten?«

»Zwei Wochen«, erwiderte Kerry. »Ich nehme an einer Konferenz in Cambridge teil.«

»Cool«, fand Ryan.

James ging um das Sofa herum und gab Kerry einen Kuss.

»Ich hoffe, ich komme nicht zu spät«, sagte Ning von der Tür aus. »Der Stau auf dem Rückweg von der Physiotherapie war grauenvoll. Ich habe Popcorn mitgebracht. Schokolade und Karamell-Salz ... hi, Kerry!«

»Wie geht es dem Arm?«, erkundigte sich James.

»Schwach und blass«, verkündete Ning und wedelte

mit der schlaffen Hand. »Offenbar dauert es mindestens sechs Monate, bis er wieder voll einsatzfähig ist. Aber hoffentlich kann ich schon früher wieder auf Missionen gehen.«

Sie stolperte über James' dreckige Laufschuhe, als Kerry aufstand und sie auf die Wange küsste.

»Gratuliere!«, sagte Ning. »Zeig doch mal den Ring «

»Ring?«, fragte Ryan.

»Woher weißt du das?«, wollte Kerry wissen und streckte den Verlobungsring vor. »Das sollte doch geheim bleiben.«

»Sie kennen doch den Campus-Tratsch«, meinte Ning achselzuckend. »Ich schätze, es wissen alle.«

»Wissen was?«, fragte Ryan.

»James hat ihr die Frage gestellt«, erklärte Ning. »Wieso weißt du das nicht?«

Ryan zuckte mit den Schultern.

»Das ist doch Mädchentratsch. Und wann kommt das Baby?«

»Sehr witzig, Ryan«, meinte James. »Verfrachte deinen Hintern lieber auf mein Sofa, bevor ich dir reintrete.«

»Würde ich ja, wenn das nicht von Pornoheftchen und Dreckwäsche belegt wäre«, gab Ryan zurück.

»Wenn er mich wirklich heiraten will, sollte er seine Angewohnheiten verbessern«, fand Kerry.

»Haben Sie schon ein Datum festgelegt?«, wollte Ning wissen, als sie sich neben Kerry auf das Sofa setzte.

»Das wird wohl noch eine Weile dauern«, erwiderte diese.

»Das liegt daran, dass wir so weit voneinander entfernt sind«, erklärte James. »Ich arbeite hier und sie studiert noch in Amerika.«

»Wir sind immer wieder miteinander gegangen, seit ich zwölf war«, erzählte Kerry und lächelte James an.

»Er fand, es sei Zeit, sich zu binden. Diese Interkontinental-Beziehungen sind schwierig, aber es lohnt sich, dafür zu kämpfen.«

»Wo ist jetzt wieder diese verflixte DVD?«, fragte James.

»Ich weiß wirklich nicht, wie du in diesem Saustall leben kannst«, meinte Kerry. »Du musst doch den halben Tag damit verschwenden, irgendetwas zu suchen.«

»Ich weiß, wo meine Sachen sind, solange sie niemand anders wegräumt«, erwiderte James.

Nach ein paar Minuten fiel ihm ein, dass die DVD schon in seinem Gerät steckte, und er drückte auf Start.

»Das ist eine Preview für eine Sendung, die nächsten Dienstag auf *BBC Panorama* läuft«, erklärte James. »Da geht es um die Crewdsons, das Hangout und den ganzen Skandal.«

»Den ich so brillant aufgedeckt habe«, verkündete Ryan.

James stellte fest, dass er keinen Platz mehr auf dem Sofa hatte, und rollte seinen Bürostuhl heran.

»Wenn dein Ego noch größer wird, passt du nicht mehr durch die Tür«, warnte Ning.

»Du und Ning, ihr solltet euch zusammentun«, fand James.

»Ja«, nickte Kerry, »die Chemie zwischen euch stimmt auf jeden Fall.«

»Ha«, meinte Ning, »er hat diese bekloppte Freundin Grace und ich habe mehr Verstand.«

»Wird Hagar in der Dokumentation erwähnt?«, fragte Ryan, der gerne das Thema wechseln wollte.

James schüttelte den Kopf.

»Hagar schien uns der Oberboss zu sein, doch am Ende erwies er sich als nur einer von fünfzig Leuten, die das Geschäft auf der Straße leiteten. Fay und Ning haben sein Gewächshaus zerstört, und seine Kokain- und

Heroinvorräte sind weg. Einer der Cops hat mir erzählt, dass Eli noch irgendwo herumhumpelt, aber Hagar ist von der Bildfläche verschwunden.«

»An Geld wird es ihm wahrscheinlich nicht mangeln«, vermutete Ning.

»Ich kann es immer noch nicht fassen, dass dieser Barry ein Drogenbaron ist«, meinte Ryan. »Er trug Clarks und einen roten Bart. Er machte den Eindruck eines Biologielehrers oder eines anderen Langweilers.«

»Ist das nicht genau der Grund, warum die Crewdsons so lange damit durchgekommen sind?«, fragte Kerry.

»Okay, es fängt an«, verkündete James und angelte sich eine Handvoll Popcorn. »Haltet alle die Klappe!«

*

Fay Hoyt hielt Warren um die Mitte, als ihr Fahrrad unter einer großen Eiche stehen blieb. Sie nahm vier ordentlich gefaltete Badehandtücher aus einer Satteltasche und hielt sie im Arm, während sie ihm einen langen Kuss auf die Lippen gab.

»Der Schwesternlook ist sexy«, fand Warren und bewunderte ihre in ein sauberes weißes Polohemd verpackten Brüste, die dunkelblauen Hosen und die neuen weißen Pumps.

»Schräg«, neckte ihn Fay, fasste ihn um den Hals und blies ihm sachte ins Ohr. »Ich liebe dich!«

»Dann bleib auf dem Fahrrad sitzen«, riet ihr Warren, »und wir fahren einfach weiter.«

Fay sah sich um und warf ihm eine Kusshand zu, als sie den Weg zwischen den hohen Bäumen entlangging. Sie hatte erwartet, dass sie nervöser wäre, aber die tiefstehende Sonne und die goldenen Blätter, die unter ihren Füßen raschelten, vermittelten ihr ein Gefühl der Ruhe.

Alessandro's Health Resort lag tief im Wald versteckt

und bestand aus einem großen zweistöckigen Gebäude zwischen Douglas-Fichten. Aus den heißen Bädern auf den Gästebalkonen stieg Dampf auf und der Parkplatz war voller teurer Autos.

Fay zog eine Magnetstreifenkarte durch ein Schloss an einem Seiteneingang. Für achthundert Pfund pro Nacht schritten die Gäste hier über Marmor und dicke Teppiche, doch Fay fand sich in einem fensterlosen Gang wieder, über dessen Leichtbetonwände Stromkabel und freiliegende Wasserleitungen führten.

Sie ging schnell. Ein Wartungsmonteur mit einem Schüsselbund in der Größe eines Fußballs nahm nicht einmal Notiz von ihr, als er an ihr vorbeiging. Sie hatte sich richtig ausstaffiert, vom gestickten Logo auf der Hosentasche bis zu den ultraweichen Handtüchern über ihrem Arm.

Erneut zog sie die Karte durch ein Schloss und betrat den Spa-Bereich mit seiner vanilleduftenden Luft und der leisen Jazzmusik. Ein Gast hatte auf den Marmorboden getropft, doch gleich würde eine Reinigungskraft kommen und die Spur beseitigen.

Der Gang teilte sich. Fay sah Leute in Trainingskleidung, die alkoholfreie Cocktails schlürften, und bog bei einem Schild, das zu den *Behandlungsräumen 11–19* führte, links ab. Sie klopfte an die Tür von Raum 17 und trat ein, ohne auf eine Antwort zu warten.

Auf dem Massagetisch lag ein Mann unbestimmter Herkunft, Anfang vierzig und leicht übergewichtig. Die Masseurin trug zu viel Make-up und hatte Schultern wie ein Tennisprofi. Sie drehte sich schnell um, und als sie sah, dass Fay die Uniform der Aushilfen im Alessandro's trug, blaffte sie sie an: »Dieser Raum ist besetzt. Komm später wieder zum Saubermachen!«

Fay bemühte sich um einen osteuropäischen Akzent und erwiderte verlegen: »Sind Sie Magdalena?«

»Ja.«

»Sie haben einen persönlichen Anruf an der Rezeption. Ich soll Ihnen ausrichten, dass Sie schnell dorthin kommen sollen.«

Die Therapeutin sah sie verwundert an.

»Geht es um meine Mutter? Warum legen sie den Anruf nicht hierher?«

»Das weiß ich nicht«, antwortete Fay. »Heute ist mein erster Tag.«

Magdalena entschuldigte sich bei ihrem Patienten und wischte sich das Massageöl von den Händen, dann verließ sie den Raum. Die Massageräume wurden durch flackernde LED-Kerzen erhellt und es herrschte eine relativ hohe Luftfeuchtigkeit. Auf Fays Rücken bildeten sich Schweißperlen, als sie an das Massagebett trat.

»Erasto, nicht wahr?«, erkundigte sich Fay jetzt ohne Akzent.

Der Mann lag auf dem Bauch und starrte durch ein Loch in der Liege auf den Boden.

»Kennen wir uns?«, fragte er, stützte sich auf einen Ellbogen und sah sich um.

»Früher hast du Hagar bevorzugt«, erwiderte Fay und betrachtete eine lange rosa Narbe auf seiner Brust. »Ich habe von deinen kleinen Gesundheitsproblemen gehört. Aber das hier scheint dir ja zu bekommen. Du siehst recht fit aus.«

Hagar begann zu verstehen, mit wem er sich in einem Raum befand, und setzte sich auf. Fay warf zwei ihrer Handtücher zu Boden, unter denen eine Pistole mit Schalldämpfer zum Vorschein kam.

»Ich fürchte allerdings, dass dir diese Kur hier nicht bekommt, Erasto.«

»Ich habe Geld«, flehte Hagar. »Ich kann dich reich machen!«

Hagar hob die Hände, als Fay auf ihn zielte.

»Meine Mutter hat mir gesagt, wie es geht«, sagte sie und fuhr in leisem Singsang fort: »Eine Kugel ins Herz und eine in den Kopf. So kann man sicher sein, dass er wirklich tot ist.«

Sie drückte zweimal auf den Abzug. Es war ein guter Schalldämpfer, daher erklang kaum ein Geräusch. Sie steckte die rauchende Waffe wieder unter die Handtücher und spürte die Wärme des Laufes, als sie hinausging, wobei sie die Tür mit einem Tritt öffnete, um keine DNA-Spuren oder Fingerabdrücke zu hinterlassen.

Rasch begab sie sich wieder zu Warren und dem Fahrrad. Er wich vor ihrem Kuss zurück, abgeschreckt durch die winzigen Blutspritzer auf ihrer Wange und der Tatsache, dass sie ihn gerade ganz nebenbei zum Komplizen bei einem Mord gemacht hatte. Doch sie legte eine Hand auf sein Herz, und es fühlte sich unglaublich gut an, ihre Wärme zu spüren, als er davonfuhr.

»Du und ich, wir beide werden zusammen alt werden«, verkündete Fay leise.

AUTOR

Robert Muchamore, Jahrgang 1972, lebt und arbeitet in London. Als Teenager träumte er davon, Schriftsteller zu werden. Er wusste nur nicht, worüber er schreiben sollte. Daher arbeitete er dreizehn Jahre als Privatdetektiv, doch als sich sein Neffe darüber beschwerte, dass es nichts Vernünftiges zu lesen gäbe, beschloss er, das Schreiben wiederaufzunehmen. Seine Agentenreihe TOP SECRET wurde in über 28 Länder verkauft und zum internationalen Millionenbestseller.

Von Robert Muchamore sind bei cbj bereits erschienen:

Top Secret 1 – Der Agent (30184)
Top Secret 2 – Heiße Ware (30185)
Top Secret 3 – Der Ausbruch (30392)
Top Secret 4 – Der Auftrag (30451)
Top Secret 5 – Die Sekte (30452)
Top Secret 6 – Die Mission (30481)
Top Secret 7 – Der Verdacht (30482)
Top Secret 8 – Der Deal (30483)
Top Secret 9 – Der Anschlag (30484)
Top Secret 10 – Das Manöver (30818)
Top Secret 11 – Die Rache (30826)
Top Secret 12 – Die Entscheidung (30830)

Top Secret – Die neue Generation 1. Der Clan (31126)
Top Secret – Die neue Generation 2. Die Intrige (31127)
Top Secret – Die neue Generation 3. Die Rivalen (31417)
Top Secret – Die neue Generation 4. Das Kartell (16337)
Top Secret – Die neue Generation 5. Die Entführung (16338)

Rock War – Unter Strom (16291)
Rock War – Das Camp (16334)
Rock War – Heiße Phase (16335)

Mehr zu der Reihe unter www.topsecret-buch.de

ÜBERSETZERIN

Tanja Ohlsen studierte klassische Archäologie und Anglistik in Heidelberg und Berlin. Neben ihrer Tätigkeit auf verschiedenen Ausgrabungen machte sie ihre staatliche Übersetzerprüfung im Fachgebiet Geisteswissenschaften und hat mittlerweile über 150 Titel aus dem Englischen, Norwegischen und Dänischen übersetzt. Wenn sie nicht gerade übersetzt, unternimmt sie mit Vorliebe lange Expeditionen mit dem Seekajak an der norwegischen Küste.

Mehr über cbj auf Instagram unter @hey_reader